KB190959

삼국지 3

삼국지 3

후계자

이원호 지음

한결미디어
HANGYEOL
MEDIA

차례

1장 누르하치 가문 정리

    장교 윤성은 함경도 종성 태생으로 10살 때부터 부친을 따라 호랑이 사냥을 다녔다.

    14살 때 부친이 죽자 화승총을 유산으로 받은 윤성은 25살이 되었을 때는 이름난 포수가 되었다.

    그러다 왜란이 일어나자 장교로 차출당해 이곳 한양성에까지 오게 되었다.

    윤성은 28세.

    지금까지 화승총으로 왜군 13명을 잡았다.

    호랑이를 쏘았다면 13장의 호피를 얻었겠지만, 난리 때라 상관한테서 칭찬 몇 마디 들었을 뿐이다.

    "너, 나하고 같이 남쪽으로 가야겠다."

    도사 전충교가 말했을 때는 미시(오후 2시) 무렵이다.

    어영청군의 숙사 안.

    둘은 마루방에 앉아있다.

    윤성이 고개를 들었다.

    "남쪽 어디로 갑니까?"

    "이번에 공을 세우면 너는 당장에 종7품 별장이 된다."

    "아이구, 별장이라니? 누구를 잡습니까? 왜장 고니시나 가토는 아니겠지요?"

"아니다."

"그놈들은 표적이 된 적이 없습니다."

"글쎄, 아니라니까."

전충교가 말을 이었다.

"화승총 챙겨서 유시(오후 6시) 무렵에 내 숙소로 오너라."

목적지는 듣지 못한 채 윤성이 자리에서 일어섰다.

"왜군의 모략이야."

쓴웃음을 지은 이순신이 앞에 앉은 이영남을 보았다.

만호 이영남은 본래 원균의 수하였다가 지금은 이순신의 심복이 되었다.

이순신이 말을 이었다.

"어디, 이런 소문이 한두 번인가? 작년에는 내가 왜군과 밀통해서 왜군 함대를 통과시켰다고 하지 않았는가?"

"지금은 더 심합니다."

이영남이 고개를 저었다.

"통제사께서 전하를 밀어내고 새 왕조를 세운다는 것입니다."

"그 말을 믿는 사람이 이상한 사람 아닌가?"

"대감."

주위를 둘러본 이영남이 목소리를 낮췄다.

"조정에서는 그 말을 믿는 것 같습니다. 특히, 우수사 영감은 그 소문을 오히려 퍼뜨리고 있습니다."

우수사란 경상우수사 원균을 말한다.

이순신이 입을 다물었고 이영남이 말을 잇는다.

"어제도 휘하 장수들을 모아놓고 이게 무슨 일이냐면서 떠들었다고 합니다.

이것은 오히려 소문에 부채질하는 꼴입니다."

이순신이 입을 다물었다.

왜군이 부산포에 닿았던 재작년 4월.

경상우수사 원균은 왜군의 대군을 보자 겁이 나 휘하의 전선 70여 척을 불사르고 도망질을 쳤다.

그것을 말리던 이영남이 원균에게 정나미가 떨어져 전선 1척을 이끌고 이순신과 합류했다.

나중에 원균도 타다 만 전선 2척과 함께 전라좌수사 이순신의 휘하에 들었다.

그러나 사사건건 방해, 시기를 일삼아서 장수들이 죽이려고까지 했다.

원균은 이순신보다 5살 연상인 데다 관직에도 일찍 올랐다.

지금도 원균은 이순신이 운이 좋아서 해전에서 연전연승했다고 믿는 위인이다.

그때 이순신이 고개를 들었다.

"원균을 부르라."

"원균이오."

원균이 들어섰기 때문에 청 안에 있던 이영남, 전라우수사 이억기도 긴장했다.

경상우수사 원균은 정3품이지만 3도수군통제사 이순신은 종2품으로 대감이다.

이순신이 불러서 왔다면 '부르셨습니까?' 해야 맞다.

지금까지 원균과 2년이 넘게 함께 전쟁을 치렀지만 항상 이렇다.

이순신이 모르는 척 안 들은 척 흘렸기 때문이다.

그러나 전장에서 해전(海戰)을 치를 때는 딴전을 피우지 못했다.

이순신이 앞쪽에 앉은 원균을 보았다.

유시(오후 6시) 무렵.

청의 기둥에 매단 등의 불꽃이 흔들리고 있다.

"수사, 소문을 들었소?"

"무슨 소문입니까?"

원균이 비대한 몸을 조금 앞으로 기울였다.

턱이 세 겹으로 늘어졌고 배가 튀어나와서 허리끈을 매지 않았다.

거구다.

청 안이 조용해졌고 이순신이 말을 이었다.

"나에 대한 소문이 세상에 떠돈다던데, 수사가 장수들한테도 말했다고 들었소. 모르시오?"

"모르겠소"

그때다.

이순신이 주먹으로 옆에 놓인 팔걸이를 내려쳤다.

"네, 이놈!"

벽력같은 외침이다.

깜짝 놀란 원균이 머리를 뒤로 젖혔고 눈을 크게 떴다.

청 안이 물벼락을 맞은 것처럼 조용해졌고 당황한 원균이 입을 열었을 때다.

이순신이 다시 소리쳤다.

"네가 떠들어 댔지 않느냐! 나, 이순신이 새 왕조를 일으킨다는 소문이 있다고 말이다! 내가 왕이 된다는 소문이 있다고 말이다!"

눈을 부릅뜬 이순신이 원균을 노려보았다.

이순신의 기세가 무서웠기 때문에 원균이 입 안의 침을 삼켰다.

이순신이 손으로 원균을 가리켰다.

"전시(戰時)에 적을 이롭게 하는 소문을 내는 자는 지휘관이 처단할 수 있다. 저놈을 잡아라!"

그때 대기하고 있던 장교들이 달려들었다.

순식간에 원균을 덮친 장교들이 포승으로 원균을 감기 시작했다.

그제야 정신을 차린 원균이 소리쳤다.

"어, 이것 놔라!"

그러나 장교들은 사정없이 원균을 묶었다.

그때 원균이 다시 소리쳤다.

"이보시오! 통제사!"

"네, 이놈! 누구를 부르느냐! 이 건방진 놈. 이보시오라고?"

이순신이 자리에서 일어서더니 원균을 가리켰다.

"저놈을 마당으로 끌고 나가 목을 베어라!"

"통, 통제사 대감."

"네, 이놈! 닥쳐라!"

이순신이 다시 장교들에게 소리쳤다.

"저놈을 마당으로 끌고 나가라! 통제사의 권한으로 적을 이롭게 하는 소문을 낸 경상우수사 원균의 목을 벤다!"

"대감!"

끌려 일어선 원균이 몸부림을 치다가 청 바닥에 넘어졌다.

요란한 소리가 났고 비대한 몸인 데다 묶여 있어서 장교들이 겨우 일으켰다.

원균이 땀으로 범벅된 얼굴로 소리쳤다.

"대감!"

"끌고 나가라! 마당에서 목을 쳐라!"

"대감! 살려주시오!"

원균이 마침내 비명을 질렀다.

"나는 소문을 말했을 뿐이오!"

"네 이놈!"

"살려주시오!"

"목을 내놓아라! 어서 끌고 나가라!"

"대감! 제발……."

장교들이 끌고 나가자 원균이 몸부림을 치다가 다시 넘어졌다.

그때 넘어진 원균이 울부짖었다.

"억울하오! 대감! 살려주시오!"

발버둥까지 쳤기 때문에 둘러선 장수들은 모두 외면하고 있다.

"예상하고는 있었지만 비겁한 인간입니다, 대감."

얼굴을 일그러뜨린 이영남이 외면한 채 말했다.

이영남은 33세다.

이순신보다 17년 연하라 부친처럼 대접하고 있다.

그때 이순신이 정색하고 말했다.

"저런 자가 더 끈질긴 법이다. 그러니 더욱 조심해야 된다."

"소인도 그쯤은 압니다, 살려고 무슨 짓이든 할 테니까요."

내실의 마루방 안.

원균은 살려서 돌려보냈다.

본래 여러 장수 앞에서 기(氣)를 꺾어줄 의도였지 죽일 생각은 없었다.

전시(戰時)에는 지휘관이 지휘도로 휘하 장수를 베어 죽일 권한이 있다.

그러나 거의 시행되지는 못했다.

고개를 든 이영남이 이순신을 보았다.

"원 수사도 당분간 입조심, 몸조심할 것입니다. 이번에 대감의 기세를 보았으니까요."

"당분간이야."

이순신이 쓴웃음을 지었다.

"원균을 살려두면 언젠가는 큰 화를 당할 날이 있을 것이다. 그러나 그 일은 운에 맡겨 두는 것이 낫겠다."

이번 일은 소문을 가라앉히려는 작전이었다.

한동안 왜군과 소강상태가 되어있는 상황에서 정3품 수사를 베어 죽인다면 임금이 무슨 트집을 잡을지 모르는 것이다.

이산은 북상하는 중에 장사영이 영양왕에 봉해졌다는 소문을 들었다.

도살자 장사영은 요동 관찰사 양우현이 임명한 왕인 셈이다.

도살자 장사영이 산구(山口) 지역의 왕으로 자리 잡게 되자 안칠성의 진군이 그쳤다.

장사영의 무리는 산적 수준이지만 20만 대군이다.

안칠성은 40만 대군을 자랑하지만 장사영의 산적 떼가 옆구리를 치면 위험한 것이다.

"산적을 산적으로 제압했습니다."

이번에 이산을 따라온 요중이 말했다.

"양우현의 잔꾀가 빛이 났습니다."

이산이 고개를 끄덕였다.

요동 지역을 지배해온 순찰사 겸 태수 양우현이다.

그럴 만한 자질이 있었다.

북경의 자금성에 들어가 앉은 만력제나 환관들은 한숨 돌린 셈이다.

이산이 고개를 돌려 뒤를 따르는 기마군을 보았다.

곤도가 이끄는 위사대는 1백 기.

예비 마 2필씩을 끌고 있었기 때문에 3백 필의 말 떼가 속보로 달리고 있다.

모두 농군 복색을 했고 말에는 식량과 장비를 실어서 대상처럼 보였다.

그때 요중이 말했다.

"주군, 오늘은 차보령에서 쉬시지요."

미시(오후 2시) 무렵.

차보령까지는 1백50리(75킬로) 남았다.

하루에 4백 리(200킬로)씩 북상하는 중이다.

카리단은 금주(金州)로 돌아가는 길에 골짜기에 있는 공불사에 들렀다.

공불사(空佛寺)는 5백 년 된 고찰로 승려가 1백여 명이다.

유시(오후 6시) 무렵.

카리단이 주지승에게 말했다.

"대사, 이곳에서 며칠 쉬어가겠지만 내가 시주를 하지."

카리단의 눈짓을 받은 위사가 자루를 들고 와 땅바닥에 쏟았다.

그 순간 땅바닥에 번쩍이는 금화가 쌓였다.

"금화 2백 냥이네. 이놈이면 우리 닷새 양식은 되겠지?"

카리단이 묻자 주지가 허리를 굽혔다.

"충분합니다."

흥분한 주지가 손으로 안쪽 객사를 가리켰다.

"객사를 다 쓰시지요. 저희들이 공양을 대접하지요."

카리단이 이끈 기마군 5백은 서쪽 지역 부족들을 순방하고 오는 길이다.

그때 위사장 고르진이 소리쳤다.

"객방을 나눠 잡고 경비대는 모여라!"

안쪽에는 귀인을 맞는 객방이 있다.

객방에 들어간 카리단에게 군사(軍師) 상가르가 말했다.

"전하, 바탄 부족장 게르코이가 곧 올 겁니다."

"내 생각도 그래."

카리단의 얼굴에 웃음이 떠올랐다.

이번 순방의 주목적인 바탄 족장 게르코이한테 이곳으로 오라는 사신을 보낸 것이다.

게르코이는 15만 명가량의 바탄족을 이끌고 있지만, 정예 기마군 6천을 보유하고 있다.

성격이 급하고 명(明)에 대한 반감이 많아서 누르하치가 우유부단하다고 공개적으로 불평을 늘어놓았다.

카리단이 말을 이었다.

"게르코이를 의형제로 삼고 여동생 하나를 내 부인으로 만들면 되겠지."

"여동생이 다섯인데 동복 여동생은 둘입니다. 그중 하나가 21세로 미혼입니다."

"그럼 그 동생을 데려가면 되겠군."

그때 상가르가 정색하고 카리단을 보았다.

"전하, 누르하치 님도 우리를 주시하고 있을 것입니다."

"알겠지. 지금도 밀정들이 따라다니고 있을 거다."

의자에 등을 붙인 카리단이 쓴웃음을 지었다.

"하지만 속수무책이야. 누르하치의 성품으로는 날 어떻게 할 수가 없어."

"전하."

상가르는 카리단을 전하라고 부른다.

긴 얼굴을 든 카리단이 말을 이었다.

"누르하치 님은 우유부단하시지는 않습니다. 결단하실 때는 결단합니다. 그러니까 주의하시는 것이……."

"내가 30년을 겪은 동생이야."

카리단이 말을 잘랐다.

"형은 인삼 장사에 재미를 붙여서 움직이지 않아. 그대도 그런 형한테 질려서 나한테 온 것이 아니냐?"

카리단의 시선을 받은 상가르가 숨을 들이켰다.

그러고는 어깨를 늘어뜨렸다.

맞는 말이었기 때문이다.

상가르가 수십 번 건의했어도 누르하치는 아직 시기가 덜 되었다고 움직이지 않았다.

"카리단이 공불사(空佛寺)에 머물고 있습니다."

첨병으로 나간 군사가 보고했다.

술시(오후 8시) 무렵.

이곳은 황무지의 개울가에 설치한 진막 안.

첨병이 말을 이었다.

"병력은 5백 정도. 공불사는 사찰 규모가 커서 그 병력을 다 흡수하고 있습니다."

그때 요중이 물었다.

"거기서 얼마나 머물 예정인가?"

"모릅니다. 말 떼를 골짜기 안쪽에 몰아넣고 중들이 성안에서 쌀을 사 왔는데 백미가 2백 석이 넘었습니다."

"그렇다면 그곳에서 며칠 머물 것 같군."

고개를 끄덕인 요중이 이산을 보았다.

"주군, 공불사입니다."

눈이 번들거리고 있다.

이곳에서 공불사까지는 5백여 리(250킬로), 기마군으로 하루 반나절 거리다.

고개를 든 이산이 옆에 선 곤도에게 말했다.

"10인장 이상을 다 모아라."

곤도가 소리 없이 진막을 나갔을 때 이산이 요중에게 말했다.

"내가 누르하치 집안싸움에 말려들게 되었군."

"이미 누르하치 가문이기 때문입니다."

요중이 바로 대답했다.

"이것으로 주군께서는 가문의 기둥이 되시는 것입니다."

나주성 객사 안.

도사 전충교가 술잔을 들면서 물었다.

"어디 다녀오느냐?"

"화승총 심지 구하고 왔소."

"그렇군."

탁주를 벌컥거리며 삼킨 전충교가 고개를 끄덕였다.

객사 뒷마당이 보이는 마루방 안이다.

"1백 보 거리에서 10발 9중이 확실하더구나. 네가 윗길이다."

"박길이도 잘 쏩니다."

내려오면서 여러 번 사격 연습을 했다.

도둑 떼를 만나 둘을 쏘아 잡기도 했다.

종사관 오상기가 데려온 포수 박길이도 명사수였지만 오면서 쏘는 걸 보니까 10발 6, 7중이다.

신시(오후 4시) 무렵이다.

오상기와 박길이는 옷이 해져서 옷을 구하러 나갔다.

그때 전충교가 윤성의 잔에 술을 채워주면서 말했다.

"오늘은 푹 쉬고 내일 통영으로 내려가도록 하자."

"예, 나리."

술잔을 받은 윤성이 전충교를 보았다.

"내일은 도착하기 힘듭니다."

"이틀은 걸리겠지."

"수군통제영의 누구를 만나십니까?"

윤성이 문득 물었더니 전충교가 쓴웃음을 지었다.

"글쎄, 가서 말해주지."

한양성에서 이곳까지 내려오는 데 나흘이 걸렸다.

말을 탔으니 이 정도지 두 발로 걸었다면 열흘도 넘었을 것이다.

술을 벌컥거리며 삼킨 윤성이 손등으로 입가에 묻은 술을 닦았다.

나흘 동안 같이 부대끼면서 목적지는 이순신이 지휘하는 삼도수군통제영이라는 것은 알았지만, 통제영에서 누구를 만나는지는 몰랐다.

그때 객사 뒷마당으로 오상기와 박길이가 들어섰다.

"어, 우리도 한잔해야지."

술상을 본 오상기가 떠들썩한 목소리로 말했다.

넷이 대취했다.

술시(오후 8시)가 되었을 때 전충교와 오상기는 방으로 들어가 곯아떨어졌다.

윤성도 제 방으로 돌아가 누웠을 때다.

박길이가 팔을 잡아 일으켰다.

"잠깐 나가자."

"왜 이래?"

"할 말이 있어."

고개를 든 윤성이 몸을 일으켰다.

그러고 보니 박길이는 다른 사람이 술 석 잔 마실 때 두 잔을 마셨다.

박길이는 32세.

역시 함경도 포수 출신이다.

윤성과는 함경도에서부터 안면이 있는 사이다.

눈이 맑지 못해서 적중률이 떨어지나 1백 보 거리에서 10발 6, 7중은 되니 명사수다.

둘이 뒷마당의 창고 구석으로 옮겨 왔을 때는 잠시 후다.

이곳에서는 뒷마당도 보이지 않는다.

"왜 그래?"

이제는 술이 조금 깬 윤성이 묻자 박길이가 주위를 둘러보았다.

주위는 어둠에 덮였고 인기척도 없다.

그때 박길이가 한 걸음 다가섰다.

어둠 속에서 눈이 번들거리고 있다.

"너 우리가 뭐 하러 가는지 알아?"

"통제영에서 판옥선에 타겠지. 그쯤은 짐작할 수 있어."

"흥. 그래서?"

"아마 왜군과의 해전 때 적장을 쏘는 일이겠지."

"적장을 쏴?"

"고니시나 가토가 될까, 쏘면 7품 별장을 시켜준다고 했으니까."

"내가 종사관한테서 들었어."

어깨를 부풀린 박길이가 말을 이었다.

"우리가 누구를 쏘는지 말해주지."

"말해."

"통제사야."

"누구?"

"삼도수군통제사 이순신."

"우리가?"

"그렇다. 그래서 선발된 거야."

"……."

"어명이란다."

"……."

"종사관이 제 입으로 말했어. 어명을 받았으니 마음 놓고 쏘라고."

"……."

"너한테도 곧 도사가 말해줄 거다."

"……."

"우리는 통제영 근처에 숨어 있다가 통제사를 쏘아 맞히는 역할이야. 누구를 만나는 게 아냐."

"……."

"통제사가 저격당하면 왜군의 소행으로 알려지겠지. 왜군의 저격병이 되는 거다, 우리는."

둘은 시선을 마주친 채 잠시 입을 열지 않았다.

다음 날 오후.

통영에서 50리(25킬로) 거리인 하중현의 산기슭.

아직 신시(오후 4시)여서 주위는 환하다.

잠시 말을 멈춘 넷이 쉬고 있다.

반나절 동안 1백여 리(50킬로)를 주파한 것이다.

그때 전충교가 윤성에게 말했다.

"내가 할 이야기가 있다."

"소인한테 말씀이오?"

"그렇다."

고개를 끄덕인 전충교가 오상기를 보았다.

"종사관은 잠깐 자리를 비켜주게."

"그러지요."

오상기가 옆에 선 박길이에게 눈짓을 하면서 일어섰다.

둘이 옆쪽 산모퉁이를 돌아갔을 때다.

전충교가 정색하고 입을 열었다.

"잘 들어라."

"예, 나리."

"나는 어명을 받들고 온 사람이다."

"예, 나리. 압니다."

"네 목표를 알려주마."

"예, 나리."

"삼도수군통제사 이순신은 역모를 꾀하고 있다. 임금이 되려는 역모다."

숨을 들이켠 윤성을 향해 전충교가 말을 이었다.

"이순신을 쏘아야 한다."

"……."

"그것이 주상 전하에 대한 충성이 아니겠느냐?"

전충교의 시선을 받은 윤성이 고개를 끄덕였다.

무표정한 얼굴이다.

"쏘지요."

"옳지."

전충교가 커다랗게 고개를 끄덕였다.

"네가 맞히면 당장 7품 별장이 된다. 그리고 고을 현령이 되는 것도 금방이야."

다가선 전충교가 윤성의 어깨를 두드리기까지 했다.

"오늘 저녁에 통영 근처의 조선소에 가는 것이야. 거기가 저격하기에 적당하다. 이순신이 매일 조선소에 들른다고 하니까."

"내가 선두에 서겠다."

이산이 말하자 곤도가 고개부터 저었다.

"저한테 맡기시지요. 주군은 안 되십니다."

이곳은 공불사가 내려다보이는 산 중턱이다.

나무 사이에 몸을 숨기고 있는 위사는 모두 25명.

이산과 곤도가 추려온 정예다.

술시(오후 8시) 무렵.

공불사는 군데군데 불을 켰고 마당 가에 모닥불을 피워놓아서 돌아다니는 군사들의 모습이 다 드러났다.

이산이 곤도를 보았다.

"내가 카리단을 직접 처리해야 돼."

"왜 그렇습니까?"

"카리단은 나를 동생처럼 대우했던 사람이야. 예의를 갖춰야만 한다."

이산이 말을 이었다.

"밤이 깊었을 때 기습한다."

더 이상 이견을 받아들이지 않겠다는 결연한 태도다.

"내일쯤 도착할 것 같습니다."

상가르가 카리단의 잔에 술을 따르면서 말했다.

게르코이한테서 전령이 온 것이다.

"군사 3백을 이끌고 온다니까 절이 꽉 차겠습니다."

"여기까지 왔으니 게르코이 여동생을 인질 겸해서 데려가면 좋겠는데."

"제가 말하지요."

"내가 바탄족 근거지로 갈 수는 없고, 게르코이가 이곳에서 부르도록 해."

"그래야겠습니다."

"이번 순찰로 소득이 크다."

술잔을 든 카리단이 얼굴을 펴고 웃었다.

"누르하치가 인삼 장사를 하는 사이에 나는 사람 사업을 했다."

상가르가 시선만 주었고 카리단이 말을 이었다.

"이것이 곧 여진족을 위한 일이야. 누르하치는 시간이 지날수록 점점 무기력해지는 것 같다."

"이산만 끌어들이면 여진은 통일되는 셈입니다."

불쑥 상가르가 말했을 때 카리단이 고개를 들었다.

"방법이 없겠나?"

"가능성은 있습니다."

상가르가 상반신을 기울였다.

"카리단 님과 이산이 밀약을 맺었다는 소문을 내겠습니다."

"흠. 그럴듯하군."

"이산한테서 선물이 왔다는 말씀을 측근들에게 말씀하시지요. 소문이 대번에 퍼질 것입니다."

"묘안이야."

"실제로 이산에게 선물을 보내시지요. 이산이 거부할 명분도 없습니다."

"과연."

"점점 그런 소문이 쌓이면 의심이 쌓이고 결국 거리를 두게 됩니다."

"그대에게 맡기겠다."

고개를 든 상가르가 바깥쪽에 귀를 기울이는 시늉을 했다.

본당 앞마당으로 진입한 기습조는 2개 조다.

그중 앞장선 조장이 이산이다.

조원은 넷.

위사 넷이 좌우에 붙어 서 있다.

모두 짚신에 감발을 찼고 소매를 묶었다.

손에 장검을 쥐었는데 칼날에 피가 묻었다.

이곳까지 오는 데 10여 명을 베었으나 아직 발각되지 않았다.

자시(밤 12시)가 넘은 시간이다.

모닥불 주위에 서 있던 초병 둘을 처치하자 이제는 본당이 바로 눈앞이다.

본당에 카리단이 들어있는 것이다.

이산이 주위를 둘러보았다.

마당 좌우의 건물 뒤쪽에 2개 조(組)가 붙어있는 것이다.

이산이 발을 떼었다.

본당의 규모는 가로가 60자(18미터), 세로가 30자(9미터) 정도의 객사다.

불은 다 꺼졌고 왼쪽 구석방만 불이 켜졌다.

카리단의 숙소다.

문이 열렸을 때 고개를 든 카리단이 눈을 가늘게 떴다.

기둥에 매달려 있는 기름등이 외풍(外風)에 흔들렸다.

"아니, 그대는."

카리단이 입을 열었을 때 상가르가 앉은 채로 상반신을 돌려 뒤쪽을 보았다.

"악!"

상가르의 입에서 낮은 외침이 울렸다.

이산이다.

화제의 주인공이었던 이산이 눈앞에 나타났다.

한 걸음 방으로 들어선 이산이 카리단에게 말했다.

"형님, 오랜만이오."

"아우, 여기 웬일이신가?"

여전히 앉은 채로 카리단이 되물었다.

카리단의 시선은 이산이 쥐고 있는 일본도에 머물고 있다.

칼날이 불빛에 반사되어 번쩍였는데 피가 배어 있는 것이 선명하게 드러났다.

카리단이 얼굴을 일그러뜨리면서 물었다.

"날 죽이려고 왔는가?"

"그렇소, 형님."

"누르하치의 명령인가?"

"형님, 유감이오."

그때 상가르가 입을 열었다.

"대장군, 누르하치의 수족이 되시다니 유감이오."

"네 말은 들을 것 없다."

상가르도 알고 있는 터라 이산이 말을 잘랐다.

"그러나 한때 대족장 군사(軍師)였던 네 명성을 생각해서 마지막 말은 경청해주마."

"고맙소."

상가르가 어깨를 펴고 이산을 보았다.

"나는 대업(大業)은 운이 따른다는 것을 지금 실감하고 있소."

길게 숨을 뱉은 상가르가 얼굴을 펴고 웃었다.

"내가 보기에 카리단 님이 영웅의 상(相)이셨는데, 누르하치 님보다 운이 부족하셨군요."

"그런가?"

"내가 시(時)를 잘못 보았습니다."

그 순간이다.

이산이 몸을 비틀면서 장검을 후려쳤다.

문을 닫았지만 검풍(劍風)이 일어나 기름등 불꽃이 흔들렸다.

"툭!"

둔중한 물체가 마룻바닥에 떨어지는 소음이 울렸다.

그대로 앉아있는 상가르의 머리 없는 목에서 피가 2자(60센티)나 솟아오르다가 곧 멈췄다.

26

그것을 바로 앞에 앉은 카리단이 미동도 하지 않고 응시하는 중이다.

"형님."

한 걸음 다가선 이산이 불렀을 때 카리단이 고개를 들었다.

"아우, 누르하치의 두 번째 부인 쿠로운이 요물이야. 그년이 이번 일을 주도했다는 것을 기억해."

"쿠로운입니까?"

"그년이 마추발족 대족장 하낭의 딸이라는 것을 알지?"

"압니다. 하낭의 아들이 누르하치 님의 대장군 바라얀 아닙니까?"

"그렇지. 바라얀이 쿠로운의 아들인 양투스를 후계자로 밀고 있다네."

"그것이 어쨌단 말씀이오?"

"자네 아들 아바가이, 홍타이지를 말하려고 하네."

카리단이 말을 이었다.

"누르하치가 아바가이를 총애하자 쿠로운과 바라얀이 아바가이를 죽이려고 한다네."

"……."

"아바가이의 모친이 된 차연까지 말이네. 기억해두게."

그러더니 카리단이 허리에 찬 단검을 빼 들었다.

"아우, 내 목숨은 내가 끊겠어."

"형님, 죄송합니다."

"운이지. 내가 아우 입장이 되었다고 해도 그랬을 것이니까."

"잘 가시오."

"잘 있게."

그 순간 카리단이 칼로 자신의 목을 그었다.

힘껏 앞에서 잘랐기 때문에 머리통이 뒤로 툭 떨어졌다.

"여기가 좋아."

만족한 표정으로 전충교가 고개를 끄덕였다.

미시(오후 2시) 무렵.

전충교가 눈을 가늘게 뜨고 아래쪽을 보았다.

이곳은 통영 서쪽의 동일만.

폐선과 새로 건조하는 판옥선으로 가득 뒤덮인 조선소 위쪽이다.

바로 아래쪽으로 길이 나 있었고, 거리는 1백 10보 정도.

조선소로 들어가는 길목이다.

그들은 잣나무 숲에 싸인 바위 뒤에 앉아있었는데, 도주로도 만들어 놓았다.

뒤쪽 고개만 넘으면 되는 것이다.

아래쪽에서는 보이지도 않기 때문이다.

"그럼 이곳에서 자리를 잡고 시작하기로 하지."

전충교가 포수 둘에게 지시했다.

"오늘은 오전에 통제사가 다녀갔다고 하니까 여기서 내일까지 기다리기로 하자."

"예, 나리."

대답은 박길이가 했다.

"오늘 밤 이곳에서 자려면 거적하고 음식이 좀 있어야겠습니다."

"우리가 준비를 해오지."

몸을 일으킨 전충교가 오상기를 돌아보았다.

"가세. 주먹밥으로 가져오는 게 낫겠지?"

"두 끼 식사면 되겠지요. 물하고요."

오상기가 박길이와 윤성에게 물었다.

"또 필요한 것이 있나? 우리도 오늘 밤에 이곳에 와서 같이 밤을 새울 거네."

"오늘 밤에 마실 술이나 가져오십시오."

윤성이 말하자 전충교가 쓴웃음을 지었다.

"그러지. 밤에는 쌀쌀하니까 몸을 데워줘야겠다."

산모퉁이를 돌아서 50발짝쯤 뒤쪽 비탈을 내려갔더니 매어놓은 말이 보였다. 말에 오른 오상기가 혼잣소리로 말했다.

"말은 밤에 이곳에 매어놓을 수는 없으니 주막에 갖다 놓읍시다."

"그래야겠어."

주막까지는 6리(3킬로) 거리지만 개울가의 갈대숲을 따라가면 나온다. 빈 말 2필까지 끌고 갈대숲 사이의 샛길을 가면서 전충교가 말했다.

"내일 끝나겠군."

"사수는 윤성이 먼저 쏘도록 하고 박길이는 윤성이 맞히지 못하면 쏘는 것으로 하지요."

"그래야지."

전충교가 얼굴을 펴고 웃었다.

"둘은 멀리 끌고 가서 처치하는 것이 낫겠지?"

"상경하는 길에 주막에서 없애는 것이 낫습니다. 술을 먹인 후에 베지요."

"나주성 앞 주막이 낫겠어. 성의 도사가 내 무과(武科) 동문이니까 수습하기가 좋아."

"밀정이라고 하면 되겠지요. 이놈들은 장교 신분이라 없어져도 그만이오."

"어쨌든 내일 잘 맞혀야 할 텐데."

"1백 보 거리니 윤성이 실수할 리가 없습니다. 못 맞추면 박길이가 쏠 것이고 그리고 그것도 빗나가면 윤성이 한 발 더 쏠 수도 있어요."

"설마 그때까지 가겠는가?"

"세 번 다 실패하면 뒤로 돌아 도망치면 됩니다. 갈대숲을 따라 달리면 쫓아오지 못합니다. 그러고는 말을 타는 것이지요."

"이순신의 운이 내일 끝나는가?"

하늘을 올려다본 전충교가 말에 박차를 넣었다.

유시(오후 6시) 무렵이 되면서 바닷가 선착장에도 황혼이 덮였다.

갈대숲도 바람에 흔들려 파도 소리를 내었다.

갈대숲 사이의 길에도 석양의 붉은 기운이 비스듬히 덮이고 있다.

그 길 위를 두 사내가 걷고 있다.

둘 다 등에 짐을 메었는데 두 끼 식사와 물, 그리고 밤에 덮을 거적이다.

둘 다 상민 행색이어서 바닷가의 어장에서 돌아가는 주민처럼 보였다.

앞쪽 바위산이 다가왔기 때문에 앞서가던 전충교가 말했다.

"오늘 밤은 산에서 노숙하게 되었군. 화주(火酒)를 가져왔으니 먹고 바로 자야겠네."

"이순신이 사시(오전 10시) 경에 들른답니다. 아침밥만 먹고 기다리면 되겠습니다."

"글쎄, 너무 잘나도 명이 짧다는 말이 있어. 이순신이 그런 것 같아."

"임금께서 이순신이 왕이 된다는 소문을 들으시고 잠을 제대로 못 잔답니다."

"하긴."

전충교가 웃음 띤 얼굴로 오상기를 돌아보았다.

"조선에서는 애당초 태어나지 말았어야 할 양반이야."

그때다.

"땅!"

총성과 함께 전충교가 뒤로 벌떡 넘어졌다.

뒤를 따르던 오상기가 기겁을 하면서도 전충교를 내려다보았다.

바로 앞에 넘어졌기 때문이다.

이미 쓰러지기 전부터 숨이 끊어졌다.

이마에 엽전만 한 구멍이 뚫려 있다.

"이런."

입을 쩍 벌렸던 오상기가 도망치려고 몸을 돌렸을 때다.

"땅!"

다시 총성이 울리면서 오상기가 털썩 주저앉았다.

"어이구!"

배를 움켜쥔 오상기가 몸을 새우처럼 구부렸다.

총탄이 배에 맞은 것이다.

"어이구."

땅바닥에 엎드린 오상기가 비명을 질렀다.

잠시 후에 둘 앞으로 두 사내가 다가왔다.

앞장선 사내는 윤성이고 뒤를 박길이가 따른다.

이미 갈대숲 주위는 어둠이 덮이기 시작했고 갈대가 스치는 소리가 요란하게 울렸다.

바람이 거칠어지고 있다.

이윽고 쓰러진 둘 앞에 선 윤성이 말했다.

"이놈은 아직 안 죽었어."

"곧 죽을 것 같은데."

오상기 앞으로 다가간 박길이가 화승총을 겨누었다.

"숨통을 끊어 놓을까?"

그때 오상기가 신음과 함께 말했다.

"이놈, 네가……."

"그래. 내가 이럴 줄은 몰랐겠지."

쓴웃음을 지은 박길이가 화승총을 팔꿈치에 끼고는 부시를 켰다.

번쩍이면서 부싯돌의 불꽃이 튀더니 곧 목화솜에 불길이 붙었고 박길이가 총구를 눕혔다.

두 치 심지가 타들면서 총구가 오상기의 머리를 향해 겨누어졌다.

오상기의 머리와는 세 발짝밖에 되지 않는다.

"이, 이놈."

오상기가 잇새로 말했을 때 윤성이 말을 받는다.

"우리가 이순신 장군을 겨누느니 차라리 임금을 쏘겠다."

그 순간.

"꽝!"

갈대숲에 총성이 울리면서 머리 반쪽이 부서진 오상기가 반듯이 누웠다.

다음 날 오전.

사시(오전 10시)가 되었을 때 조선소의 감독관용 청에서 이순신이 두 사내를 바라보고 앉아있다.

이순신 옆에 앉은 사내는 만호 이영남이다.

이윽고 윤성과 박길이의 사연을 들은 이순신이 고개를 돌려 이영남을 보았다.

"조선소 입구 쪽 갈대밭 길에 시체가 있겠군. 찾아보게."

"예, 대감."

벌떡 일어선 이영남이 밖에 나가 지시를 하고는 돌아왔다.

그때 이순신이 둘을 번갈아 보았다.

"함경도 포수였느냐?"

"예, 대감."

동시에 대답한 둘이 두 손을 청 바닥에 짚었다.

고개를 끄덕인 이순신이 다시 물었다.

"난리 통에 이곳까지 흘러들었구나. 가족은 함경도에 남아 있느냐?"

"예, 대감."

다시 동시에 둘이 대답했을 때 이순신이 길게 숨을 뱉었다.

"너희들 말을 믿는다. 아마 너희들이 죽인 상전들은 또 윗사람들한테서 지시를 받았을 터."

이순신이 말을 이었다.

"너희들은 전란이 끝날 때까지 내가 데리고 있는 것이 낫겠구나."

"예, 대감."

윤성이 고개를 들고 이순신을 보았다.

"소인의 목숨을 드리겠습니다."

"제 목숨도 가져가 주십시오."

박길이가 따라 말했을 때 이순신이 이영남에게 말했다.

"만호, 이 사람들을 쓰게."

"예, 명사수가 필요합니다."

기다리고 있었던 이영남이 어깨를 펴고 말했다.

"각각 별장 직위를 주고 한 명은 대감이 타시는 기함의 경호포수로, 한 명은 제 전선의 저격수로 쓰겠습니다."

"그렇게 하라."

그때 이영남이 윤성에게 말했다.

"네가 대감의 경호포수가 되어라."

"공불사에서 끝냈단 말이지?"

만파쿤의 보고를 들은 누르하치가 고개를 끄덕였다.

만추성의 청 안.

주위를 물리친 누르하치가 만파쿤의 보고를 들은 것이다.

고개를 든 누르하치가 만파쿤을 보았다.

그늘진 표정이다.

"곧 전령이 오겠구나."

"예, 대족장 전하."

만파쿤이 외면한 채 대답했다.

방금 만파쿤은 카리단이 피살되었다는 것을 보고한 것이다.

만파쿤이 말을 이었다.

"상가르는 이산 님이 직접 베었으나 카리단 님은 스스로 목을 베었다고 합니다. 이산 님이 명예를 지니고 가시도록 배려하신 것입니다."

"고맙군, 이산이."

"카리단은 바탄 부족의 게르코이를 기다리고 있었습니다. 그런데 게르코이는 그다음 날 공불사에 도착했다가 돌아갔다고 합니다."

"이산은 대보성에 있나?"

"예, 전하."

누르하치가 길게 숨을 뱉고는 흐려진 눈으로 만파쿤을 보았다.

그러나 입을 열지는 않았다.

그때 만파쿤이 목소리를 낮췄다.

"카리단이 자결하기 전에 이산 님께 하신 말씀이 있었다고 합니다."

"카리단이?"

"예, 전하."

"무슨 말이냐?"

"그것은 직접 전해드리겠다고 했습니다."

"알았다."

누르하치가 천천히 고개를 끄덕였다.

만파쿤은 이산의 전령을 만난 것이다.

이산은 누르하치에게 직접 보고를 할 작정이다.

다음 날 서쪽의 여진 부족 중 하나인 마간족의 족장 우바카이가 찾아왔다.

카리단의 대금(大金) 지역에 포함된 부족이다.

누르하치가 예상했던 대로다.

청에 들어온 우바카이가 누르하치를 보았다.

"대족장 전하, 대금(大金)의 카리단 왕이 공불사에서 기습을 받아 군사 상가르와 함께 피살되었습니다."

순간 청 안에 웅성거리는 소음이 일어났다가 곧 조용해졌다.

우바카이는 55세.

부족원이 5만여 명밖에 되지 않지만, 지금까지 명맥을 이어온 것은 신중한 처신 때문이다.

가까운 곳에 있던 카리단에게 호의를 보였지만 복속하지는 않았다.

우바카이가 말을 이었다.

"공불사에 남아 있던 위사장 고르진이 서둘러 개금성으로 귀환했는데 중신들이 흩어지고 있습니다."

그때 만파쿤이 누르하치를 대신해서 물었다.

"누가 기습을 했단 말이오?"

"명군(明軍)인 것 같습니다."

고개를 저은 우바카이가 누르하치를 보았다.

"공불사의 중들한테서 들었는데 괴한들이 요동서부군 복장을 하고 있었답니다. 허리에 노란 띠를 매었다는데 서부군의 선봉대가 맞습니다."

"그렇다면 대금(大金)은 건국하자마자 무너졌는가?"

만파쿤이 말했을 때다.

지금까지 듣기만 했던 누르하치가 입을 열었다.

"개금성으로 사신을 보내라."

"예, 대족장 전하."

대답한 만파쿤에게 누르하치가 말을 이었다.

"투항하면 다 용서하고 받아들이겠지만 열흘 안에 투항하지 않는다면 가족까지 다 몰살시키겠다."

"예, 대족장 전하."

"지금 당장 개금성으로 보내도록."

청 안이 다시 웅성거리기 시작했다.

열기가 띤 웅성거림이다.

목에 붙은 혹이 떨어진 것이나 같다.

다음 날 밤.

만추성의 내궁 청으로 두 사내가 들어섰다.

자시(밤 12시)가 넘은 시간이어서 내궁은 인기척이 뚝 끊긴 상태다.

청에 들어선 두 사내를 맞은 사내는 누르하치의 대신 만파쿤이다.

"어서 오십시오."

허리를 굽혀 보인 만파쿤이 앞장선 사내에게 말했다.

"지금 기다리고 계십니다."

사내가 고개를 끄덕였다.

사내는 바로 이산이다.

이산이 대보성에서 이곳까지 밀행해온 것이다.

곤도가 이끄는 위사대 5백 기는 성 밖 골짜기에 주둔시켰다.

2천 리(1,000킬로)를 나흘 만에 주파한 것이다.

이산은 만파쿤의 뒤를 따라 옆쪽의 밀실로 들어섰다.

이산의 뒤를 따르는 사내는 이번에 참모가 된 요중이다.

"오, 매제."

밀실 안쪽에 앉아있던 누르하치가 자리에서 일어나 이산을 맞았다.

"대족장 전하."

다가간 이산의 인사를 받은 누르하치가 두 팔을 벌려 어깨를 안았다.

뒤를 따르던 요중은 방바닥에 엎드려 절을 했다.

인사를 마친 넷이 자리에 앉았을 때 누르하치가 말했다.

"매제, 고맙네. 덕분에 짐을 덜었어."

"아닙니다. 저는 할 일을 했습니다."

이산이 말을 이었다.

"여진은 통일되어야 합니다. 카리단은 여진을 통일시켜야 한다는 전하의 의지를 배신한 것입니다."

누르하치가 고개만 끄덕였다.

그때 고개를 든 이산이 입을 열었다.

"전하, 이곳 만추성 내부에도 반역세력이 있습니다."

누르하치가 시선만 주었고 이산이 말을 이었다.

"카리단이 자결하기 전에 말해준 것입니다."

누르하치가 눈을 크게 뜨고 이산을 보았다.

기다리고 있었던 것이다.

그때 이산이 입을 열었다.

"이번 카리단 반란의 배후는 쿠로운 님이시오."

"으음!"

누르하치의 입에서 저절로 신음이 터졌다.

옆쪽에 앉은 만파쿤이 숨을 들이켰다.

놀라서 말문이 막힌 것이다.

그때 이산이 말을 이었다.

"카리단 님이 자결하기 전에 털어놓으셨습니다. 진실 같습니다."

"으음, 쿠로운이 말인가?"

"바라얀과 함께라고 하셨습니다."

"……."

"후계자 문제라고 했습니다."

"쿠로운이 나섰다면 후계자 문제야."

"양투수 님을 후계자로 밀고 있다고 하셨습니다."

"……."

"바라얀이 곧 아바가이와 차연 님까지 제거한다는 것이었소."

"요즘 바라얀이 북쪽에서 돌아다니는 이유가 바로 이것이군."

누르하치가 번들거리는 눈으로 만파쿤을 보았다.

"이제야 의문이 풀렸다. 곧 차연이 아바가이를 데리고 쿠룽산으로 갈 예정이었어. 그때 치려는 것이었군."

쿠룽산은 차연의 부친이 족장으로 있는 다지건족의 본거지이다.

만파쿤이 누르하치를 보았다.

"전하, 바라얀과 카리단이 내통했다면 문제가 큽니다."

만파쿤이 말을 이었다.

"만추성에 일당이 박혀있다는 증거입니다."

그때 누르하치가 이산에게 물었다.

"카리단이 자결하기 전에 다른 말은 없었나?"

"예, 그것이 다입니다."

이산이 다시 카리단의 마지막 순간을 처음부터 설명했다.

주의 깊게 들은 누르하치가 길게 숨을 뱉었다.

"카리단이 마지막 순간에 정직해진 것 같구나."

누르하치의 눈이 흐려졌다.

"내 동복동생이야. 30년을 같이 지냈어. 내가 그놈 성품을 알아."

"전하, 바라얀과 쿠로운 님이 분명히 개입했다면 심상치 않습니다."

만파쿤이 말했다.

"바라얀의 세력이 내부에서 호응하고 카리단 님이 외부에서 대항하면 큰일이 났을 겁니다."

"내부 일당을 어떻게 색출한단 말인가?"

누르하치가 물었을 때다.

이산이 고개를 들고 누르하치를 보았다.

"전하, 제 참모 요중의 말씀을 들어보시지요."

누르하치의 시선이 요중에게 옮겨졌다.

"말하라."

그때 요중이 입을 열었다.

"카리단 님의 마지막 유언은 진실입니다. 전하께서 잘 보셨습니다."

요중이 말을 이었다.

"이 반역의 중심은 쿠로운 님입니다."

누르하치가 시선만 주었고 요중의 말이 이어졌다.

"쿠로운 님이 바라얀과 카리단 님까지 조종한 것입니다. 쿠로운 님 주변에 원로대신, 중신, 족장들이 연결되어 있습니다."

방 안이 조용해졌고 요중이 번들거리는 눈으로 누르하치를 보았다.

"전하, 쿠로운 님의 시녀 하룬이 타이락족으로 저와 같은 부족입니다. 제가 사람을 보냈더니 내막을 알려주었습니다."

"으음!"

누르하치가 상반신을 세웠다.

눈을 치켜떴고 이가 악물려졌다.

"하룬이라고 했느냐?"

"예, 전하."

"너하고 같은 타이락족이었구나."

"하룬은 쿠로운 님을 어렸을 때부터 모신 시녀입니다."

"으음!"

누르하치가 다시 신음을 뱉었을 때 만파쿤이 나섰다.

"전하, 저한테 맡겨 주시지요."

만파쿤의 얼굴도 굳어져 있다.

"비밀리에 진행해야 합니다."

요중과 만파쿤이 옆방으로 갔을 때 방에는 이산과 누르하치 둘이 남았다.

기둥에 걸어놓은 양초 불꽃이 흔들렸다.

누르하치의 얼굴은 그림자에 덮여 있다.

고개를 든 누르하치가 이산을 보았다.

"카리단 혼자만의 반란이 아닌 줄은 예상했어."

누르하치가 길게 숨을 뱉었다.

"카리단이 죽으면서 나한테 형제애를 보인 것 같네."

"눈빛에 진정이 배어 있었습니다."

"카리단 명예를 지켜줘서 고맙네."

"저를 위해 자결한 것 같습니다."

"카리단은 저 혼자서 그런 반역을 일으킬 위인이 아니었어. 나는 상가르가 주도한 줄 알았는데 쿠로운이었다니."

"양투스 님이 장자(長子)이기 때문이겠지요."

양투스는 누르하치의 아들인데 가장 연장자로 14살이다.

그러나 성격이 난폭하고 작년부터 여자를 밝혀 수많은 시녀, 민간인 여자를 겁탈했다.

그래서 누르하치는 한인 학자 진문순을 데려와 교육했지만 양투스가 작년에 칼로 베어 죽였다.

꾸짖었기 때문이라는 것이다.

그때 누르하치가 흐려진 눈으로 이산을 보았다.

"이번에 양투스도 죽여야 할 것 같네."

"전하."

"그놈을 흉포하게 만든 건 제 어미야. 쿠로운까지 죽이겠어."

누르하치의 목소리가 떨렸다.

"결국은 쿠로운이 카리단을 죽인 셈이야."

"……"

"바라얀이 내가 인삼 장사만 한다면서 비웃고 다닌다는 소문을 나도 들었어."

"......."

"모처럼 내가 군사를 동원해야겠군."

고개를 든 이산을 향해 누르하치가 소리 없이 웃었다.

"마추발족을 절반쯤 죽이면 모두 정신이 나겠지."

만추성에서 칩거한 지 1년 반이 되었다.

누르하치의 분노는 격렬했다.

평소에는 목소리도 크게 내지 않다가 분노할 때는 화산이 폭발하는 것 같다.

이것을 한동안 잊고 있었던 측근들까지 전율했다.

누르하치는 치밀한 성품이다.

준비가 다 되지 않으면 움직이지 않는 성품인 것이다.

쿠로운의 시녀 하룬으로부터 연루자를 들은 후에 그 친지, 가족까지 파악하고 나서 시작한 것이다.

그것도 일시에 덮쳤다.

이산이 만추성에 밀행한 지 닷새 후다.

"만추성에서만 1,500여 명이 도살되었습니다."

만추성에서 돌아온 요중이 이산에게 보고했다.

요중이 이번 누르하치의 대숙청에서 만파쿤과 함께 측근으로 활동한 것이다.

대보성 내궁의 밀실 안이다.

이산과 독대한 요중이 말을 이었다.

"만추성의 숙청은 누르하치 전하께서 직접 지휘하셨습니다. 누르하치 님은 먼저 쿠로운 님을 불러 자결을 명령했습니다."

"……."

"하지만 쿠로운 님이 반발, 신발을 벗어 누르하치 님께 던지면서 울부짖었기 때문에 자결 권유는 실패했습니다."

"……."

"그래서 누르하치 님이 직접 칼을 뽑아 처형했습니다. 궁 안이었지요."

"……."

"양투스를 불러 쿠로운 님과의 공모 사실을 물었더니 떨면서 대답하지 않았습니다. 그래서……."

요중이 고개를 들고 이산을 보았다.

"누르하치 님이 칼로 베었습니다."

"……."

"그것으로 시작되었습니다. 누르하치 님이 직접 처자식을 죽인 마당이니 위사대는 반역자를 가차 없이 처단했습니다. 원로대신 둘, 중신 6명, 가신과 군 지휘관 등 가족까지 1,500여 명입니다."

이산이 고개를 들었다.

그리고 지금 누르하치는 6만 기마군을 이끌고 바라얀을 향해 진군하고 있다.

바라얀은 만추성의 숙청에 놀라 북쪽의 진지를 버리고 마추발족 근거지로 돌아가는 중이다.

"카리단의 잔당은 어떻게 되었나?"

"위사장 고르진이 부하들에게 살해당하고 군사들은 사분오열되었습니다."

요중이 말을 이었다.

"삼삼오오 흩어진 군사들은 인근의 부족에 투항해서 대금(大金)의 잔당은 남아 있지 않습니다."

이산이 길게 숨을 뱉었다.

카리단의 말이 떠올랐기 때문이다.

시(時)가 맞아야 운(運)이 풀린다.

영웅 탄생의 조건이다.

이것으로 자신의 아들 치(治), 아바가이의 운이 풀린 것이다.

만추성의 소문은 금세 대보성에도 퍼졌다.

차드나가 침실에서 이산을 맞으면서 물었다.

"산, 만추성이 피바다가 되었다는데, 쿠로운을 오빠가 죽인 것이 사실이야?"

"사실이야."

호피를 덮은 의자에 앉으면서 이산이 차드나를 보았다.

"양투스까지 베었어."

"원로 가이단, 유크사이까지 쿠로운과 공모했다니, 기가 막혀."

차드나가 부른 배를 두 손으로 감싸고 앞에 앉았다.

산달은 다음 달이다.

이산의 아이가 태어나는 것이다.

고개를 든 차드나가 이산에게 말했다.

"이제 아바가이의 경쟁자가 제거되었어."

"……."

"내 아들은 아바가이의 동생이면서 후계자가 될 거야."

"차드나, 말조심해."

"이건 당신하고 나하고 둘만 아는 계획으로 하지."

차드나가 이를 드러내고 웃었다.

"아바가이가 대족장이 되면 생부(生父)의 배다른 동생을 의지하게 될 테니까."

이산이 입을 다물었다.

자식이 아버지를 죽이고 대권을 잡는 세상이다.

누르하치가 아바가이를 총애하는 것도 이산을 의지하고 있기 때문일 것이다.

이산의 시선이 차드나의 부푼 배로 옮겨졌다.

여기에 또 자식이 있다.

한(恨) 많은 세상을 살다 간 홍화진의 아들 치(治)는 지금 아바가이가 되어서 누르하치의 후계자로 한 걸음 다가가 있다.

그리고 이제 차드나의 자식은?

이산이 심호흡을 했다.

누르하치의 동생 차드나의 자식인 것이다.

아바가이보다는 안전하다.

"어떻소?"

가토가 묻자 히타치가 어깨를 폈다.

이곳은 가토의 본진인 서생포의 내성 밀실 안이다.

밀실 안에는 가토와 구로다 나가마사, 후쿠시마 마사노리까지 3명의 영주가 둘러앉아 있다.

카토가 부른 것이다.

그들 앞에 앉은 40대 사내는 도쿠가와 이에야스의 중신 히타치다.

히타치가 밀사로 온 것이다.

세 쌍의 시선을 받은 히타치가 말을 이었다.

"이시다 미쓰나리가 영주들을 나누고 있습니다. 그것을 동서(東西)로 나눕니다. 동(東)은 이에야스 님을 가리키고 서(西)는 히데요시 님입니다."

"그것은 오래전부터였어."

후쿠시마가 말했을 때 히타치가 목소리를 낮췄다.

"이번에 동군(東軍) 영주들을 요동으로 보낼 계획이었는데 자꾸 지연되니까 히데요시 님은 대로하셨습니다."

"그래서 어쩌신다는 거요?"

후쿠시마가 대들 듯이 물었다.

히데요시의 시동 출신인 데다 이종사촌 간이었지만 그만큼 배신감이 큰 것이다.

그때 히타치가 말했다.

"다시 조선에 대군(大軍)을 보내실 것 같습니다."

"어디서 온 군사로 채울 건데?"

"동군(東軍) 영지에서 군사를 더 보내는 것이지요."

순간 세 영주는 제각기 어금니를 물거나 외면했고 한숨을 뱉었다.

이윽고 가토가 말했다.

"씨를 말릴 작정이군."

"일본에서 다 쫓아내는 거야."

후쿠시마가 잇새로 말했다.

"영감님이 아이 때문에 미쳤어. 제정신이 아니라고."

그때 잠자코 있던 구로다가 히타치에게 물었다.

"이에야스 님의 복안을 듣고 싶소."

그러자 히타치가 정색했다.

"그 말씀을 드리려고 왔습니다."

셋의 시선을 받은 히타치가 말을 이었다.

"이에야스 님께서는 이대로 전쟁을 계속할 수는 없다고 하셨습니다. 어떻게든 무리한 전쟁을 중지시키고 일본군을 귀환시켜야 한다고 말씀하셨소."

"그 방법은?"

가토가 눈을 치켜뜨고 물었다.

"그 방법을 제시해주시면 따르겠소."

"그렇소."

"나도 따르겠소."

후쿠시마와 구로다가 이어서 동의했을 때 히타치가 말했다.

"곧 규슈에서 대규모 반란이 일어날 것입니다. 기쿠지와 오토모 영지였던 지역에서 낭인 무사 집단이 일어날 예정입니다."

셋이 숨을 죽였고 히타치가 말을 이었다.

"20만 가까운 병력이니 히데요시 님은 일본에서 병력을 모아 막는 것보다 가까운 조선에 파병한 군사들을 끌어오는 것이 낫겠지요."

"그렇군."

가토가 쓴웃음을 지었다.

"우리를 불러서 병력을 소진시키겠군."

"소진되면 안 되지."

외면한 구로다가 말을 이었다.

"우리가 왜 싸우겠는가? 일본 땅에 도착하면 끝나는 거지."

"그렇지요."

후쿠시마가 손바닥으로 무릎을 쳤다.

"반란군이 우리 아군인 걸 뭐. 그렇지 않소?"

"반란군은 대항하지 않을 것입니다."

히타치가 웃음 띤 얼굴로 말했다.

"이미 다 이야기가 되어 있소."

기쿠지와 오토모 영지였던 규슈 지역에서 일어난 반란은 오래 끌었다.

서너 달이면 진압될 것으로 믿었던 히데요시는 그것이 반년, 1년이 지나도록 해결되지 않자 역정을 내었다.

반란군들이 성과 산에 진을 쌓고 농성을 했기 때문이다.

그렇게 3년을 끌었을 때 마침내 히데요시는 결단을 내렸다.

오사카 성안.

저녁 유시(오후 6시) 무렵.

선조 30년 1월, 왜란 6년 차.

"규슈 지역의 군사를 모두 조선으로 보내라!"

청에 모인 중신, 장수들은 모두 아연했다.

이게 무슨 명령인가?

히데요시가 다시 소리쳤다.

"농성하는 놈들은 그대로 두고 모든 병력은 조선으로 출병한다!"

청 안에 둘러앉은 신하들은 3백여 명이다.

그러나 숨소리도 내지 않는다.

히데요시가 이번에는 팔걸이를 손바닥으로 내려쳤다.

"진용을 짜서 6월에는 부산포에 상륙하도록 해라!"

"이번에도 전하께서 이에야스의 뒤통수를 치셨군."

청에서 나온 미쓰나리가 사콘에게 말했다.

둘은 내성 본채의 복도를 걷는 중이다.

사콘이 고개를 끄덕였다.

"규슈 지역의 군사를 모으면 수비병을 제외한다고 해도 14만 정도 됩니다."

"이에야스가 이번에는 꼼짝 못 하고 끌려들었어."

미쓰나리의 얼굴에 웃음이 떠올랐다.

이번 규슈의 반란에 이에야스에 호의적인 영주 대부분이 군사를 파견했던 것이다.

이것으로 본토 내에서 이에야스의 세력이 반감되었다.

고개를 든 미쓰나리가 사콘을 보았다.

"사콘, 규슈 각 부대로 전령을 보내라. 현재 병력을 유지하고 출동대기를 하도록. 만일 군사를 빼돌리면 반역죄를 물을 수도 있다는 것을 경고해라."

규슈의 반란은 진압되지 않았지만, 그보다 큰 우환은 예방한 셈이다.

1월 말.

삼도수군통제사 영으로 금부도사 일행이 들어왔다.

수군영 안에는 한낮이었지만 무거운 정적이 흐르고 있다.

살벌한 정적이다.

이곳저곳에 서 있는 장수, 장교, 수부(水夫)들의 눈까지 핏발이 서 있기 때문이다.

그것을 안 금부도사, 선전관 일행은 조심스럽다.

통제사 청 앞마당에 섰어도 '왔노라'는 외침도 뱉지 않는다.

금부도사는 변수일.

임금이 직접 불러 보낸 정3품직이었고 선전관청의 선전관도 종3품, 종사관 둘도 정4품이었으니, 이런 경우는 조선조(祖)에서 처음 있는 일일 것이다.

그때 청에서 마루로 이순신이 나왔다.

의관을 갖춘 차림이다.

"오셨는가?"

미리 기별을 받은 터라 이순신이 마당에 선 변수일을 내려다보며 물었다.

오시(낮 12시) 무렵.

이순신의 목소리가 마당 위로 울렸다.

"준비되었네."

"대감, 어명이……."

변수일은 48세.

무관으로 25년을 보냈고 금부도사로 수십 번이나 관리를 압송했지만, 오늘은 목소리를 떨었다.

시선도 마주치지 못했다.

이곳까지 오면서 관리, 백성들의 분위기를 파악했다.

이순신이 엄명을 내려 금부도사 일행에게 손끝 하나 대지 말라고 했기 망정이지 그러지 않았다면 맞아 죽었을 것이다.

이곳 통제영까지 수천 명의 백성, 관리들이 따라왔는데 아우성을 쳤다가 지금은 딱 끊겼다.

그래서 쥐 죽은 듯이 통제영 안팎이 조용해졌다.

금부도사 일행은 그것이 무서운 것이다.

그때 이순신이 다시 말했다.

"자, 어명을 받겠네."

그러고는 마루 위에 무릎을 꿇고 앉았다.

다시 통제영 안에 괴괴한 정적이 덮였다.

어느덧 주위로 수백 명의 장수, 관리, 장교들이 모이더니 마당을 가득 메웠다.

그러나 숨소리도 내지 않는다.

그때 변수일이 어명이 적힌 판결문을 펴더니 읽는다.

"삼도수군통제사 이순신은 왜군 전선을 여러 번 통과시켰고 밀통했다는 혐의가 있다. 고니시가 탄 왜선이 지난다는 첩보를 받고도 놓아주었다. 가토가 가덕도에 정박하고 있는데도 가지 않았다. 이는 대역죄다. 따라서 삭탈관직하고 도성으로 압송한다."

변수일이 겨우 읽었을 때다.

둘러싸고 있던 수백 명의 장수, 관리들이 웅성거리기 시작하더니 순식간에 외침이 일어났다.

"에이! 때려죽일 임금 놈!"

"임금 놈을 쳐 죽여라!"

"원균부터 죽여야 한다!"

"원균을 죽이러 가자! 그놈이 원흉이다!"

"임금을 죽이기 전에 금부도사 놈부터 베어 죽이자!"

모두 악을 썼기 때문에 금부도사 일행은 혼비백산했다.

그때 장수, 장교들이 칼을 빼 들어 올리니 모두가 무기를 치켜들었다.

창검이 햇살을 받아 번쩍였다.

"죽여라!"

"저놈부터 죽여라!"

기겁한 종사관 하나는 마루 앞까지 달려와 이순신을 올려다보았고, 변수일은 몸을 굳히고 온몸을 떨었다.

그때 이순신이 소리쳤다.

"멈춰라!"

이순신이 다시 발을 구르며 소리쳤다.

"멈춰라! 제발 나를 보내다오!"

주위가 차츰 조용해졌을 때 이순신의 외침이 이번에는 선명하게 울렸다.

"너희들이 그러면 내가 그대로 역적이 되는 것이다! 그걸 모르느냐!"

이제 모두 숨을 죽였고 이순신이 기를 쓰고 외쳤다.

"나를 수군 대장으로 죽게 해다오!"

"통제사가 끌려갈 때 수만 명의 백성이 50여 리 길을 따라오면서 울었습니다."

조선에서 온 김막손이 이산에게 말했다.

대보성 안.

2월 중순이다.

김막손의 목소리가 청을 울렸다.

"원균이 경상우수사 겸 삼도수군통제사가 되었습니다."

청에는 이산과 최경훈, 조병기 등 조선인이 듣고 있다.

"이순신은 지금 한양성에서 의금부에 갇힌 채 고문을 당하고 있습니다."

이산은 시선만 주었기 때문에 김막손은 말을 잇는다.

"왜군은 다시 군사를 모아 재침공을 한다는 소문이 났습니다. 히데요시가 1차 침공 때와 비슷한 군사를 보낸다는 것입니다."

"......"

"임금이 이순신을 처형하려고 금부의 나졸들에게 매를 심하게 치라는 압력도 넣고 주리를 틀라고도 했지만, 나졸들이 말을 듣지 않는다고 합니다."

"......"

"한응인, 김경원 등이 임금한테 이순신을 참수하거나 사약을 내리라고 상소했지만 유성룡 등 정승들이 강하게 반대해서 가둬놓고만 있습니다."

"이놈들을……."

마침내 이산이 어깨를 부풀리며 말했을 때다.

최경훈이 고개를 들고 이산을 보았다.

"주군, 제가 조선으로 가겠습니다."

최경훈이 번들거리는 눈으로 이산을 보았다.

"군사를 끌고 가는 건 시간이 걸립니다. 제가 한양으로 달려가 유 대감, 세자 저하까지 만나지요."

"……."

"필요한 조치는 다 하겠습니다. 그러니 저한테 맡겨주시지요."

"그대가 가야겠다."

이산이 고개를 끄덕였다.

"만일 통제사를 어떻게 한다면 내가 만사 제쳐두고 대군을 이끌고 남하하겠다고 전해라."

"예, 주군."

"그때는 이씨 가문에서 개 한 마리 살아남지 않을 것이라고 전해라."

이산의 말끝이 떨렸다.

당시 누르하치는 마추발족과의 긴 싸움 끝에 족장 하낭과 대장군이며 쿠로운의 오빠였던 바라얀까지 죽인 후다.

전쟁이 길었지만 누르하치는 동부 여진을 완전히 장악한 상태다.

그러나 전쟁을 일으킬 여력은 없다.

그래서 남서부에 웅거한 이산에게 의지하고 있는 상태다.

선조 30년.

정유년이다.

이산과 차드나 사이에서 태어난 아들 보르츠는 1살 생일잔치 때 상에 놓인 활을 집었기 때문에 이산은 물론 차드나의 기대를 한몸에 받고 있다.

보르츠는 이제 말도 제법 하는 터라 자주 이산과 이야기를 한다.

그러나 이산은 엄격한 아버지다.

차드나의 청을 받고서야 가끔 보르츠를 안아주지만 웃음을 보인 적이 드물다.

술시(오후 8시) 무렵.

보르츠를 재운 차드나가 침실로 들어와 이산에게 말했다.

"산, 아바가이가 아주 말을 잘해서 오빠의 말상대가 되고 있다는 거야."

이산의 시선을 받은 차드나가 말을 이었다.

"이제는 조랑말을 타고 오빠와 함께 부대시찰을 한다는군."

"……"

"후계자로 굳어졌어. 오빠는 아바가이한테 벌써 1천인장 직위를 주었어."

이산이 고개를 들고 차드나를 보았다.

"차드나, 나한테 무슨 말을 하고 싶은 거냐?"

"아바가이한테 친부(親父)를 말해줘야 돼, 산."

차드나가 말을 이었다.

"오빠와 차연 님을 부모로 믿고 있는 아바가이가 언젠가 사실을 알게 되면 충격을 받게 될 테니까 말야."

이산의 눈앞에 막내의 모습이 떠올랐다.

막내는 지금도 아바가이의 옆에서 유모 노릇을 한다.

막내는 아바가이에게 조선말을 가르치고 내력을 말해주기로 한 것이다.

그러나 그것을 믿고 있기에는 부족하다.

차드나의 말이 맞다.

그리고 고맙다.

이산이 입을 열었다.

"누르하치 님이 승낙할까?"

"하겠지."

차드나가 바로 대답했다.

"키운 부모, 낳은 부모가 따로 있는 경우가 많아. 그것을 감출 필요는 없는 거야."

차드나가 말을 이었다.

"오빠가 후계자로 정했으면 끝나는 거야. 친자식이 아니어도 돼."

그러고는 이산의 어깨에 몸을 붙였다.

"자식이 아비를 죽이고 족장이 되는 세상이야. 아바가이는 당신 피를 받아서 믿을 만할 거야."

정유년 7월.

삼도수군통제사 원균이 월영도 앞바다를 지나고 있다.

통제사가 된 후로 원균은 한산도의 운주당을 차지하고 있었는데 안에 첩을 들여놓고 외인의 접근을 금지했다.

운주당은 본래 이순신이 그곳에 혼자 거처하면서 장수들과 밤낮으로 전략을 궁리하던 곳이다.

하급 사졸이라고 해도 운주당에 들어가 이순신에게 적정을 말하고 해류가 달라지는 장소를 말해주도록 함으로써 운주당은 장수와 군사들이 들끓던 곳이었다.

그곳을 원균이 통제사가 된 후로 첩과 둘이 술 마시고 노는 곳으로 만들었다.

운주당 둘레에 울타리를 치고 안팎을 막았기 때문에 장수들도 원균의 얼굴을 보는 날이 드물게 되었다.

그러다가 왜군 선단이 온다는 보고를 받은 것이다.

그것을 안 권율이 원균에게 5번이나 전령을 보내 나가기를 독촉했기 때문에 원균은 마침내 운주당에서 나온 것이다.

"저놈들이 도대체 어디까지 가는 거냐?"

기함인 판옥선 2층 누각에 서서 원균이 짜증을 내었다.

유시(오후 6시) 무렵.

사시(오전 10시)에 바다로 나온 3도의 대함대는 지금 4시진(8시간)째 바다를 휘젓고 다니는 중이다.

그것은 왜선 7, 8척이 나타났다가 사라지고 또 나타나는 바람에 3도의 전선 120여 척이 바다 위를 헤매는 꼴이다.

이순신이 통제사였던 시절에는 이런 일이 없었기 때문에 각 전선의 선장, 지휘관, 그리고 전라우수사 이억기, 경상우수사 배설까지 당황했다.

처음 당하는 일이었기 때문이다.

"이런, 이제 망했다."

참지 못한 이억기가 판옥선 누각에 서서 발로 갑판을 구르며 소리쳤다.

"저런 병신이 통제사가 되어서 대선단을 지휘하다니! 도대체 어쩌려고 4시진이나 배회하기만 하는가?"

그때 만호 이경수가 말했다.

"수부(水夫)들이 지치고 갈증이 나서 드러눕는 자가 많습니다."

판옥선은 전투 시에 노를 저어야 한다.

그러니 4시진(8시간)이나 노를 저었으니 팔이 빠질 지경이 되었다.

이순신은 2시진(4시간) 이상 노를 젓게 하지 않았다.

기력이 떨어지면 진군을 중지시키고 쉬게 했다.

그때 뒤쪽에서 종사관 염기식이 소리쳤다.

"경상우수영 배들이 절영도 쪽으로 돌아갑니다!"

지친 배설이 제 군사들을 이끌고 절영도에다 배를 댈 모양이다.

"저 망할 놈이."

배설의 우수영 전선들이 절영도로 향하는 것을 본 원균이 불같이 화를 내었다.

그러나 이쪽도 지친 상황이다.

고개를 든 원균이 소리쳤다.

"가덕도에다 배를 대어라!"

그때 별장 유훈이 말했다.

"대감, 가덕도는 배를 붙이기는 쉬우나 사방이 트여서 공격당하기도 쉽습니다. 이 통제사 대감께선 가덕도에 배를 붙이신 적이 없습니다."

"이놈! 네가 나를 가르치느냐!"

버럭 소리친 원균이 발길질을 했지만, 유훈이 피하는 바람에 비틀거렸다.

비대한 몸이 하마터면 넘어질 뻔했기 때문에 원균은 더욱 성을 내었다.

"빨리 배를 대어라!"

원균이 고래고래 소리쳤다.

"오늘은 가덕도에서 쉰다!"

판옥선 2층 누각에 차일을 쳐놓았고 그 안에는 아끼는 첩이 들어가 있는 것이다.

원균이 이끄는 대선단 가덕도에 기항했다.

경상우수영의 전함 15척만 절영도로 빠져나간 셈이다.

2장 명량대첩

가덕도에 상륙한 군사들은 정신없이 물을 찾아 헤매었다.

그러고는 이곳저곳에 드러누워 쉬었다.

지휘관들도 마찬가지다.

10시간 가깝게 바다를 헤매고 도착한 터라 기진맥진 상태다.

"이런 지랄은 처음이다."

종사관 이응벽이 바위에 기대앉아 투덜거렸다.

이응벽은 판옥선 1척을 지휘하고 있었는데 전라좌수영 소속이다.

날씨는 어두워져서 주위는 어둠이 덮이고 있었지만 지친 군사들은 저녁준비를 할 생각도 못 하고 있다.

"이 통제사 대감이 계실 때는 이런 일이 없었어."

이응벽이 한숨을 내쉬었다.

"큰일 났다. 이를 어찌할꼬."

그때다.

옆쪽에서 함성이 울렸기 때문에 이응벽이 소스라쳤다.

"와앗!"

함성이 이제는 가깝게 일어났고 곧 비명이 섞였다.

"왜군이다!"

가까운 곳에서 외침이 울렸기 때문에 이응벽은 일어섰다가 비틀거렸다.

눈앞이 아득했다.

"왜군입니다!"

별장이 다가와 소리치자 나무에 기대어 앉아있던 원균이 몸을 일으켰다.

겨우 몸을 일으킨 원균이 첩의 부축을 받아 발을 떼었다.

그러고는 소리쳤다.

"배에 오르라!"

별장이 따라 소리치자 군사들이 어지럽게 고함쳤다.

"배에 오르라! 배로!"

함성과 비명이 뒤쪽에서 울리고 있다.

다행히 뒤쪽이다.

"대감! 왜군이 기습해왔습니다!"

다가서며 소리친 장수는 만호 전택기다.

"어떻게 할까요?"

전택기가 소리쳐 묻자 원균이 눈을 부릅떴다.

"배에 타란 말이다!"

"글쎄, 배에 타고 어쩌란 말입니까?"

그때 군사들이 무리를 지어 그들을 앞질러 바닷가로 달려갔다.

바다는 어두웠지만 왜군의 기척은 없다.

"대감! 지시를 해주시오!"

전택기가 다시 소리쳤을 때 원균이 발길질을 했다.

"이놈아! 한산도로 돌아간다!"

발길에 허리를 차인 전택기가 비틀거렸다.

그러고는 앞쪽에서 허둥거리는 원균의 등에 대고 소리쳤다.

"너나 도망가거라! 이 돼지 같은 놈아!"

원균은 뒤도 돌아보지 않았다.

장수와 군사들 4백여 명이 왜군의 기습을 받아 도륙되었다.

6년 전쟁에서 처음으로 조선 수군의 장졸이 대량으로 전사한 것이다.

전사가 아니라 학살을 당했다.

이순신이 이끌었던 6년 동안 이런 일은 일어나지 않았다.

원균은 첩과 함께 전선을 타고 칠천도로 피신했다.

수십 척의 배가 가덕도에서 불태워졌지만, 아직 1백여 척은 남았다.

"무엇이? 가덕도에서? 원균이?"

한마디씩 소리쳐 물은 권율이 눈을 부릅떴다.

입술이 경련을 일으키고 있다.

앞에 선 장수는 만호 전택기.

전택기는 가덕도에서 빠져나와 곧장 이곳 고성으로 달려온 것이다.

고성에는 도원수 권율이 전군을 지휘하고 있다.

"그래, 다 죽었단 말이냐?"

권율이 떨면서 묻자 전택기가 어깨를 부풀렸다가 내렸다.

"오면서 보았더니 도통사는 배를 타고 칠천도 쪽으로 도망치고 있었습니다."

"싸우지 않았어?"

"왜군이 기습해오자 그냥 도망질을 쳤습니다."

전택기의 부릅뜬 눈에서 눈물이 뚝뚝 떨어졌다.

"하루 종일 작전도 없이 바다 위를 헤매고 다녔습니다. 그러니 수부(水夫)들은 힘이 빠져 드러누웠고 왜선은 그때마다 나타나서 현혹했습니다. 그러면 도통사는 저놈 쫓아라! 이놈 쫓아라! 하는 것에 장수들은 물론이고 수부(水夫)들까지 비웃고 탄식했습니다.”

전택기는 죽을 작정을 했는지 이를 악물고 다 털어놓는다.

“도통사는 부임한 후로 주색에 빠져 한 번도 장수들과 작전 회의를 한 적이 없습니다. 장수들은 이 통제사만 따르던 놈들이라고 만나지도 않았고 아부하는 자들만 불러 지시를 내렸습니다. 밤낮으로 첩을 끼고 운주당에서 주색에 빠져 살았습니다. 뱃길이 어디고 어디에 물살이 빠른지도 모르고⋯⋯.”

“그만!”

마침내 권율이 소리쳐 말을 막았다.

“당장 원균을 불러라! 아니, 끌고 와라!”

원균은 권율이 격서를 세 번 보내고 나서야 고성에 도착했다.

미시(오후 2시) 무렵.

청에서 기다리던 권율이 원균이 마당에 들어서는 것을 보자마자 소리쳤다.

화가 머리끝까지 치민 상태다.

“저놈을 잡아 곤장대 위에 묶어라!”

벽력같은 외침이다.

기다리고 있던 사령들이 달려들었는데, 7, 8명이다.

원균을 따라오던 무장들이 혼비백산해서 비켜섰다.

사령들이 사방에서 팔다리를 움켜쥐자 원균이 소리쳤다.

“대감! 왜 이러시오?”

“왜 이러시오? 이놈, 나는 도원수로 네 목을 벨 수도 있다!”

“나도 정3품 통제사요! 이럴 수 없소!”

“없어? 오냐, 보여주마!”

벌떡 일어선 권율이 소리쳤다.

"그놈 사지를 묶어라!"

사령들은 원균의 소문을 다 알고 있는 처지다.

이순신에 대한 애정이 없는 사령이 없다.

그래서 한 번 힘줘도 될 것을 세 번, 네 번 주어서 원균의 사지를 쫙 벌려 곤장대 위에 묶어 놓았다.

그때까지 원균이 소리쳤는데, 내용이 이렇다.

"주상께서 들으시면 대로할 것이오!"

"내가 누군지 아시오? 관로에 내 연줄이 많소!"

"아이구! 이놈들아! 살살 묶어라!"

"은밀히 드릴 말씀이 있소!"

"대감도 이순신의 도당이오?"

그때 권율이 소리쳤다.

"그놈을 매우 쳐라!"

"예엣!"

기운차게 대답한 사령들이 곤장을 치켜들고 좌우로 비켜섰다.

좌우에 둘씩 넷이다.

그때 좌측의 사령이 곤장을 내려쳤다.

"철썩!"

"아이고!"

힘껏 내려쳤기 때문에, 원균의 비명이 마당과 청, 바깥마당까지 울렸다.

"철썩!"

이번에는 우측의 사령이 곤장을 내려쳤다.

"아이고오!"

"철썩! 철썩!"

좌우의 사령이 숨 쉴 기회도 안 주고 권율의 말이 떨어지기도 전에 내려쳤다.

"아아아이고오!"

원균이 고개를 쳐들고 청을 올려다보았다.

"나 죽는다!"

"철썩! 철썩! 철썩! 철썩!"

"으아아!"

원균의 신음이 낮아졌고 눈이 흐려졌다.

얼굴에 비 오듯 땀이 흘렀는데 이제 고개가 떨구어졌다.

그때 권율이 소리쳤다.

"그만."

곤장이 그쳤을 때 권율이 말했다.

"지금 당장 네 진영으로 가서 바다로 나가라! 나가서 조선 수군의 위력을 보여줘야 한다! 네가 이순신보다 더 낫다는 증거를 보여라!"

진영으로 돌아온 원균은 먼저 술부터 마셨다.

엉덩이가 피범벅이 되었기 때문에 앉지도 못하고 술을 마시는 원균에게 전라우수사 이억기가 다가와 말했다.

"대감, 장수들을 모아 작전 회의를 하시지요. 왜선이 앞바다에서 오가고 있소이다."

"회의는 무슨 회의!"

버럭 소리친 원균이 술잔을 내동댕이쳤다.

"말끝마다 이순신이 이랬다, 저순신이 저랬다, 하는 놈들의 말을 들으면 귀가 아플 지경이야! 자, 출동!"

"전라우수영 전선이 선봉이 되지요."

이억기가 앞장서 청을 나가면서 말했다.

너는 뒤만 따르라는 말이나 같다.

"이놈아, 발을 잘 딛어야지!"

뒤에서 원균이 부축하는 장교에게 버럭 소리쳤다.

엉덩이가 뭉개져서 장교 둘의 부축을 받는 것이다.

전선으로 다가가면서 이억기가 이를 악물었다.

원균보다도 이순신을 시기해서 죽이려고 잡아간 임금에 대한 한(恨)이 솟구쳤기 때문이다.

칠천도를 나온 함대가 4리(2킬로)쯤 바다로 나갔을 때다.

"왜선이다!"

기함 돛대에 매달려 섰던 감시병이 소리쳤다.

"왜군이 좌측에서, 아니 우측에도!"

감시병이 아우성을 쳤고, 군사들이 웅성거렸다.

고개를 들고 바다를 둘러본 원균의 가슴이 덜컥 내려앉았다.

왜선이다. 왜선이 좌우 바다를 가득 뒤덮고 있다.

수백 척이다. 이놈들이 기다리고 있었다.

거리는 3리(1.5킬로)도 안 되었다.

뒤쪽 무인도에 숨어 있었다.

그러다가 미끼로 7, 8척을 내놓고 밖으로 유인했다.

칠천도 뒤쪽으로 조선 전선이 흩어지면 섬멸시킬 수가 없기 때문이다.

그쯤은 원균도 안다.

그때 종사관 하나가 달려왔다.

"대감! 지시를!"

원균은 대답 대신 앞쪽을 보았다.

선봉장을 자임한 전라우수사 이억기가 20여 척의 판옥선을 이끌고 1리(500미터)쯤 앞으로 나아가고 있다.

이억기도 왜선을 보았을 것이다.

그때 원균이 어깨를 부풀렸다가 내렸다.

"선수를 돌려라!"

"예에?"

"본대는 돌아간다!"

"예에?"

"칠천도로 돌아간다! 뭘 하느냐!"

원균이 버럭 소리치자 종사관의 얼굴이 일그러졌다.

"대감! 전라우수영 전선이 떨어져 있소이다!"

"내가 우수사에게 지시했다. 유인 역할이야!"

원균이 발을 구르며 소리쳤다.

"회군!"

"이놈, 이 역적 놈."

본대 80척 가까운 전선이 어지럽게 흩어져 도망치는 것을 본 이억기가 말했다.

이제 선봉으로 나온 우수영 전선 22척을 향해 왜 전선 70여 척이 좌우에서 다가오고 있다.

이억기가 허리에 찬 칼을 빼들었다.

"자, 부딪쳐라! 죽여라!"

이억기가 소리치자 장졸들이 악을 쓰듯 따라 외쳤다.

"죽여라!"

이억기가 허공에 대고 칼을 휘둘렀다.

"싸워라!"

"와앗!"

그때 요란한 조총 소리가 났다.

조총탄이 옆쪽 기둥에 박혔고 판옥선에서도 총통을 쏘았다.

"꽝! 꽝!"

어느새 왜 전선들이 100보, 50보 거리로 다가온 것이다.

"꽝!"

판옥선 뒤쪽에 왜 전선 아다케(安宅船)가 부딪쳤다.

"와앗!"

왜군의 함성이 울렸다.

"죽여라!"

악에 받친 조선 군사들의 외침도 울렸다.

"탕, 탕, 탕, 탕."

아다케에서 왜군 조총수들이 이쪽을 향해 저격했다.

이억기가 고개를 들고 주위를 둘러보았다.

난전(亂戰)이다.

이제 조선 전선은 왜 전선에 둘러싸여 나아가지 못하고 있다.

육박전이다.

육박전은 조선 수군에게 불리하다.

아다케에는 전투용 군사가 70여 명에다 수부 80여 명이 탑승하고 있다.

판옥선에도 150여 명이 탑승했지만 전투원이 열세다.

66

적선은 3배 이상이다.

"이놈!"

옆쪽에서 조선어로 외치는 소리가 울리더니 칼날 부딪치는 소리가 났다.

왜말이 어지럽게 들리면서 함성과 신음이 번갈아 일어났다.

이억기는 옆으로 달려오는 왜군을 보았다.

투구를 쓴 것을 보니 장수다.

분이 솟구친 이억기가 장검을 치켜들고 한 걸음 발을 내딛었다.

"에익!"

이억기는 당시 37세.

경흥부사, 온성부사를 지낸 무관으로 이순신과 함께 수많은 공을 세웠다.

이순신이 투옥되자 구명 탄원서까지 제출하면서 애를 태우다 지금에 이르렀다.

이억기가 휘두른 장검이 왜장의 어깨에 박혔다.

"으악!"

왜장이 칼을 들어 막았지만, 엄청난 검력(劍力)에 칼날이 부러지면서 어깨에 박힌 것이다.

"이놈."

칼을 뽑은 이억기가 이번에는 옆에서 달려든 왜군의 허리를 후려쳐 베었다.

"으아악!"

왜군이 허리를 꺾으며 엎어졌을 때 이억기는 어금니를 물었다.

뒤에서 왜군이 찌른 창이 등을 뚫고 앞으로 나왔기 때문이다.

"하늘이시어!"

고개만 돌린 이억기가 아직도 창 자루를 쥐고 있는 왜군의 머리를 내려쳤다.

머리가 반쪽으로 갈라진 왜군이 쓰러졌을 때 옆으로 달려든 왜장이 이억기의 팔을 내려쳤다.

장검을 쥔 팔이 팔꿈치 위에서 잘렸다.

고개를 든 이억기가 피범벅이 된 입을 벌리며 소리 없이 웃었다.

왜장이 다시 칼을 치켜들었을 때다.

"조선 백성을 도우소서!"

이억기가 한마디씩 악을 쓰면서 말을 뱉었을 때다.

왜장이 칼을 내려쳤고 이억기는 달려들었다.

하나만 남은 팔을 휘두르며 왜장에게 달려든 것이다.

"엇!"

왜장이 내려친 칼이 이억기의 어깨에 박혔다.

그 순간 한쪽 팔로 왜장을 껴안은 채 이억기가 난간을 넘어 바다로 뛰어들었다.

이억기는 선무공신 이등에 책정되고 완흥군(完興君)으로 추봉되었지만 그게 무슨 소용인가?

이억기의 백성에 대한 충심이 제일이다.

칠천도에 상륙한 원균은 정신없이 안으로 뛰었지만 1백 보도 들어가지 못했다.

몸이 비대한 데다 엉덩이가 아팠기 때문이다.

원균이 50보쯤 뛰었을 때 먼저 첩이 도망갔다.

뒤를 따르다가 슬그머니 옆으로 빠진 것이다.

70, 80보쯤 나간 후에는 왼쪽에서 부축하던 장교가 뿌리치고 도망갔다.

그리고 100보도 안 되었을 때 나머지 장교까지 도망가버린 것이다.

"이놈들!"

가쁜 숨을 내뿜으면서 원균이 옆을 스치고 달려가는 장수, 장교들을 향해 소리쳤다.

"이놈들아! 날 부축해라!"

그러나 옆쪽으로 달려왔던 장졸들이 몸을 돌려 달아났다.

유시(오후 6시) 무렵.

뒤에서 함성이 울렸다.

왜군이 조선군을 따라 상륙한 것이다.

"왜군이 쫓아온다!"

군사 하나가 소리치자 옆쪽으로 달리는 군사들의 속도가 빨라졌다.

숨이 턱에 찬 원균이 허리에 찬 칼을 빼들었다.

"이놈들아! 이리 오너라!"

그때 옆을 지나던 종사관 하나가 원균에게 소리쳤다.

"칼을 들었으니 너는 싸워라!"

"이놈!"

"네놈이나 임금을 위해서는 더 이상 안 싸운다!"

"이놈!"

원균의 목소리가 떨렸다.

"통제사는 소나무 아래에서 목이 잘렸습니다."

별장 강운재가 고개를 들고 말하자 마당까지 쥐죽은 듯 조용해졌다.

미시(오후 2시) 무렵.

정유(丁酉)년 7월 16일이다.

삼도수군통제사 원균이 어제 칠천도에서 죽은 것이다.

강운재는 칠천도에서 구사일생으로 오늘 아침에 빠져나왔다.

청에 앉은 권율이 숨을 가누고 나서 물었는데 목소리가 떨렸다.

"전선(戰船)은 어떻게 되었느냐?"

"다 탔습니다."

고개를 떨군 강운재가 땅바닥을 내려다보면서 소리쳤다.

"칠천도 주변이 타다 남은 전선과 죽은 조선 군사로 덮여 있습니다."

"……."

"1백 척이 넘었고 군사는 수천 명이오."

"……."

"선봉으로 나간 전라우수사의 전선들은 통제사가 도망치는 바람에 바다에서 포위된 후에 악전고투하다 전사했습니다. 우리가 다 보았습니다."

"……."

"오직 경상우수사 배설이 13척을 이끌고 전날 절영도로 피신한 바람에 살아남았습니다."

그때 권율이 어깨를 늘어뜨리면서 소리쳤다.

"아아, 이를 어이할꼬!"

통곡 소리 같았기 때문에 마당과 청에 모인 수백의 장졸이 전율했다.

다시 권율의 목소리가 울렸다.

"이순신한테 얼굴을 들지 못하겠구나!"

그 순간 장졸 중에서 머리를 꼿꼿하게 세운 사람들이 보였다.

도원수가 왜 막지 못했느냐는 표시다.

권율의 탄식이 다시 이어졌다.

"이제 남쪽이 다 무너졌구나!"

그동안 조선 남쪽은 이순신의 수군이 지키고 있었던 것이나 마찬가지였다.

이틀 후에 한양성으로 전령이 달려가 임금 앞에 엎드렸다.

도원수 권율이 보낸 전령으로 사천군수 박무진이다.

박무진은 44세.

문관(文官)이지만 여러 번 공을 세워서 임금도 안다.

또한 박무진은 강골이다.

도망질을 하고 나서 뻔뻔하게 임금 옆에 붙어있는 무관(武官)들을 개돼지로 보는 인물이다.

거기에다 이순신을 존경하고 있었기 때문에 이번 칠천도 패전의 원인이 임금이라고 믿고 있다.

권율은 일부러 박무진을 보낸 것이다.

"아뢰오!"

정릉행궁의 청 안.

박무진이 먼지투성이의 관복 차림으로 고개를 들고 소리쳤다.

임금이 시선을 주었고 좌우의 대신들이 숨을 죽였다.

덥다.

임금은 파발로 조선 수군이 대패했다는 전갈은 들었다.

그러나 내막은 자세히 모른다.

주위의 1백 명 가까운 대신들도 그렇다.

끝 쪽에 세자 광해도 서 있다.

모두 땀을 흘리고 있다.

그때 박무진이 소리쳤다.

"칠천도에서 통제사 원균이 이끄는 삼도수군은 왜군 전선을 만나 대패, 전멸했습니다!"

박무진이 우렁차게 말하고는 마치 칭찬을 기다리는 것처럼 임금을 보았다.

임금은 눈만 껌뻑였고 박무진이 다시 외쳤다.

"조선의 전선 127척 중 살아 도망간 전선은 경상우수사 배설이 이끄는 13척 뿐입니다!"

임금은 입만 딱 벌렸는데 눈동자가 어지럽게 흔들렸다.

대신들은 숨도 쉬는 것 같지가 않다.

그때 박무진이 흐느껴 울기 시작했다.

흐느끼면서 소리친다.

"전라우수사 이억기는 원균이 선봉으로 내보내자 전함을 이끌고 출진, 분전하다가 전사했습니다. 원균이 미끼로 내놓고 도망쳤기 때문이오! 3배가 넘는 왜선에 둘러싸여 20여 척을 부쉈으나 전사했소!"

"……."

"원균은 칠천도로 도망쳐서 소나무 밑에 앉았다가 왜군에게 머리를 잘렸습니다. 칠천도에서 아군 전선 1백여 척이 전멸했고 수군 4천여 명이 전사했소!"

고개를 든 박무진이 임금을 노려보았다.

"이것은 모두 당신이 이순신을 시기해서 죽이려고 했기 때문이오!"

그때 놀란 대신들이 웅성거렸을 때다.

박무진이 품에서 비수를 꺼내더니 부르짖었다.

"내가 그 말을 하려고 이곳까지 왔소이다!"

다음 순간 박무진이 치켜든 비수를 제 가슴에 박았다.

비수가 심장에 깊숙이 박혔고 박우진은 몸을 웅크린 채 쓰러졌다.

대신들이 박무진의 근처로 모여들었을 때다.

자리에서 일어선 임금이 도승지에게 말했다.

"오늘 일은 일지에 기록하지 말도록 해라."

다음 날 청으로 나오지 않은 임금에게 승지 윤열이 말했다.

"전하, 도원수 권율이 이순신을 수군통제사로 복귀시켜 달라는 상소를 보냈습니다."

미시(오후 2시) 무렵이다.

내실에 앉아있던 임금이 버럭 화를 내었다.

"배도 없는데 무슨 수군이고 무슨 통제사냐!"

임금의 진노가 너무 컸기 때문에 윤열이 물러갔다.

그때 임금이 옆에 서 있는 팔도도순찰사 한응인에게 말했다.

"안 된다. 지금 이순신을 풀어주면 틀림없이 반역을 일으킬 것이야."

"자객을 보내지요."

뒤쪽에 서 있던 어영대장 조근식이 말했다.

조근식이 한 걸음 다가섰다.

"오늘 밤에 금부의 옥으로 자객을 보내 목을 졸라 죽이겠습니다."

임금이 어깨를 부풀렸다가 내렸다.

"조선 왕조를 위해서다."

"흔적을 남기지 않겠습니다."

"병사(病死)로 처리해라."

"예, 전하. 염려 마시옵소서."

"네가 일등공신이다."

임금이 길게 숨을 뱉었다.

유시(오후 6시)가 되었을 때 내실 앞에서 선전관 최만일이 소리쳤다.

"아뢰오! 의정부 대감께서 오셨소이다!"

내실의 승지가 당황해서 대답도 하지 못할 때 다시 최만일이 소리쳤다.

"삼정승이 모두 오셨습니다!"

놀란 승지가 내실 마당을 가로질러 침전으로 달려갔다.

잠시 후에 내실의 청에 임금이 나왔다.

찌푸린 얼굴이다.

임금은 오늘 병(病)이 났다고 조정에 알리고는 내실에만 박혀있었기 때문이다.

임금이 자리에 앉았을 때 삼정승이 고개를 들었다.

영의정 유성룡, 좌의정 윤두수, 우의정 최만이다.

"무슨 일이오?"

임금이 묻자 유성룡이 입을 열었다.

"여진 대족장한테서 밀사가 와 있습니다, 전하."

"여, 여진족장이라고 했소?"

놀란 임금이 말까지 더듬었다.

"누구란 말이오?"

"이산입니다."

임금이 숨을 들이켰고 이번에는 최만이 말했다.

"전하, 이순신을 석방하셔야겠습니다."

"무슨 말씀이오?"

"당장 석방하지 않으면 이산이 여진군을 끌고 남하하겠다고 통보했습니다."

"……."

"기마군 3만으로 내려와 이번에는 왕조를 결단내겠다고 합니다."

임금이 숨을 들이켰을 때 이번에는 윤두수가 말했다.

"금부에서 사고가 일어나도 왕궁의 쥐 한 마리 남기지 않고 몰사시킨다고 했습니다."

"……."

"황공한 말씀이나 전하를 끌고 가 종으로 부리겠다고 했습니다."

"이, 이럴 수가……."

그때 유성룡이 가볍게 헛기침을 했다.

"전하, 여진 기마군은 사흘이면 한양성에 닿습니다."

그때 임금이 벌떡 일어섰다가 어지럼증이 났는지 비틀거렸다.

"잠깐 기다리시오."

임금이 허둥거리며 청을 나갔을 때 세 정승이 서로의 얼굴을 보았다. 그러더니 동시에 어깨를 늘어뜨리며 한숨을 내쉬었다.

청 밖의 복도로 나온 임금이 승지를 손짓으로 부르더니 다급하게 말했다.

"급히 어영대장한테 달려가서 일을 중지하라고 전해라."

"예, 무슨 일을 말씀하십니까?"

"그렇게 말하면 돼. 서둘러!"

"예, 전하."

몸을 돌린 승지에게 임금이 다짐했다.

"금부에 가지 말라고 해!"

이순신의 암살을 중지시킨 것이다.

최경훈이 돌아왔을 때 이산은 보르츠에게 활 쏘는 법을 가르치는 중이었다.

아이용 활을 만들었는데 가르친 지 석 달 만에 10보 앞의 표적을 10발 5중은 했다.

최경훈을 본 이산이 몸을 돌려 마당 구석으로 데려갔다.

"어떻게 되었는가?"

"이순신은 권율의 진중으로 내려갔습니다. 백의종군을 한 것입니다."

최경훈이 말을 이었다.

"직함도 없이 그야말로 한 명의 군사가 되어서 종군하게 된 것입니다."

"그런 왕을 모시는 신하 놈들은 도무지 사람 같지가 않다. 사육된 개돼지 같다."

마루 끝에 앉은 이산이 최경훈을 보았다.

"그대가 수고했다. 유 대감이 뭐라고 하시던가?"

"주군의 위협이 제대로 먹혔다고 하셨습니다. 임금에게는 그런 위협이 통한다는 말씀이지요."

"지난번에 내가 베어 죽였어야 했어."

"조선 수군이 전멸했으니 이제 조선 남해안과 남쪽 지역은 왜군 차지가 되었습니다."

그사이에 이산도 전령을 통해 원균이 삼도수군을 전멸시킨 소식은 들었지만, 자세한 내막은 듣지 못했다.

이산에게 칠천도의 참상을 전해준 최경훈이 길게 숨을 뱉었다.

"임금은 삼도수군이 전멸했는데도 이 통제사를 금부 옥에서 죽이려고 했다는 것입니다. 그러다가 삼정승이 찾아가 여진 대군의 남침을 알렸더니 놀라 중지시켰다는 것입니다."

"……."

"그러고 나서 이 통제사를 백의종군시킨 것이지요."

이산이 고개를 저었다.

"조선 백성이 들고일어나 왕조를 바꿔야 한다."

최경훈은 입을 다물었다.

그럴 가능성이 없었기 때문일 것이다.

권율의 도원수 진중에 도착했을 때는 유시(오후 6시) 무렵이다.

선조 30년.

정유(丁酉)년 7월.

청에 앉아있던 권율이 이순신을 맞았다.

이때 권율은 61세.

이순신은 53세다.

권율은 도원수로 조선군을 총지휘하는 신분이었지만 본래 문과에 급제한 문관이다.

왜란이 일어났을 때 광주목사였고 전라도 순찰사를 거쳐 도원수로 전군을 지휘한다.

"대감을 뵙습니다."

이순신이 인사를 했는데 군사 복장이다.

청에는 수십 명의 장수, 목사, 순찰사, 병마사 등 지휘관들이 둘러서 있다.

권율이 지그시 이순신을 보았다.

"이 공, 삼도수군이 전멸했어."

"들었습니다."

이순신의 눈이 흐려졌다.

그때 권율이 말을 이었다.

"경상우수사 배설이 겨우 13척의 전선을 갖고 있어. 이를 어찌하면 좋겠는가?"

"소인은 백의로 종군하라는 어명을 받았소. 수부(水夫)로 배를 젓다가 죽지요."

"그대가 이곳으로 오는 동안 선전관이 다녀갔네."

권율의 눈도 흐려졌다.

"그대를 다시 삼도수군통제사로 임명한다는 어명일세."

외면한 권율의 목소리가 떨렸다.

"이보게, 이 통제사."

"예, 대감."

"이를 어찌하면 좋겠는가?"

그렇게 물었지만 권율도 외면하고 있다.

청 안의 수십 명 지휘관들도 제각기 시선을 돌린 채 입을 다물고 있다.

마당 밖 담장 너머에서 말 울음소리가 들렸다.

그때 권율이 헛기침을 했다.

"이보게, 이 통제사."

"예, 대감."

"통제사 직함을 받게나."

그때 이순신이 고개를 들었는데 어느새 얼굴이 눈물범벅이 되어있다.

"죽은 장졸의 제사를 지내야겠습니다. 제사용 쌀을 한 섬만 줍시오."

이순신의 말끝에 울음이 섞여 있다.

그때 권율이 손등으로 눈물을 닦았다.

청에 둘러선 장수들의 눈에도 눈물이 맺혀 있다.

"대선단입니다!"

옆에 선 종사관 박윤이 소리쳤다.

"명량(鳴梁) 쪽으로 갑니다!"

과연 그렇다.

9월 14일.

그동안 이순신은 배설한테서 9척의 전선을 인계받았다.

그러고는 9척을 이끌고 이곳저곳을 옮겨 다니면서 물길을 익히고 수군(水軍)을 단련시켰다.

그사이에 부서진 전선을 수리해서 4척이 늘어났다.

판옥선 13척이다.

이순신은 단련시키는 한편으로 전선(戰船)에 천자총통, 지자총통을 보강했는데, 왜선을 피해 다니면서 밤낮으로 사격 훈련을 시켰다.

그래서 남해안에는 두 달 동안 포성이 끊이지 않았지만, 백성들은 포성을 들으면서 안심했다.

이순신이 지나간다는 신호인 것이다.

미시(오후 2시) 무렵이다.

그때 선수에 선 장교 하나가 소리쳤다.

"선발대입니다! 60척 가깝게 됩니다!"

고개를 든 이순신이 앞쪽에 나타난 선단을 보았다.

아다케(安宅船)는 갑판 위에 누각을 세웠는데 지휘관용 전선에는 3층 누각에 휘장까지 덮여서 표시가 났다.

장교가 다시 소리쳤다.

"뒤로 본대가 따릅니다!"

이순신이 숨을 들이켰다.

2리(1킬로) 간격을 두고 본대가 이어졌다.

대함대다.

돛대 위에 붙어선 군사가 소리쳤다.

"본대 기함이 보입니다! 3층 누각선입니다!"

곧 적 함대의 규모가 밝혀졌다.

선발대로 55척, 그리고 본대 150여 척이다.

"이번에도 조선군이 움츠리고 있습니다."

부장 와타나베가 보고하자 구루시마가 쓴웃음을 지었다.

"이순신이 허장성세를 하고 돌아다녔지만, 감히 대적하지는 못한다."

구루시마가 이끄는 대선단 200여 척은 조선 함대를 찾아다니다가 마침내 이곳에서 찾아낸 것이다.

구루시마는 붉은색 갑옷을 입었고 등에 붉은색 깃발까지 꽂았다.

그래서 멀리서도 눈에 띄었는데 부하들이 구루시마의 손짓에 따라 정연하게 움직였다.

구루시마는 해적 출신의 용장으로 지난번 원균의 대함대가 전멸했을 때도 용명을 떨친 수군 대장이다.

3층 누각으로 올라간 구루시마가 소리쳤다.

"자, 이번에 조선 수군을 이순신과 함께 몰사시키자!"

"와앗!"

기함의 장졸들이 소리쳤고 사방의 기수들이 붉은색 깃발을 흔들었다.

그것을 본 각 편대의 기함에서 일제히 북을 쳤다.

전진하라는 신호다.

"둥둥둥둥둥."

바다 위에 요란한 북소리가 울렸고 200여 척의 함대가 정연하게 좌측으로 움직였다.

먼저 55척의 선봉대 전함이 앞장을 섰고 본대 150여 척이 뒤를 따른다.

조선군 전력(戰力)은 전함 13척뿐이다.

밀정을 통해 조선군 전력을 샅샅이 파악하고 있다.

"속력을 내어라!"

다시 구루시마가 소리치자 곧 북소리가 빨라졌다.

"좌측 깃발을 흔들어라!"

그것은 좌측의 통로를 막으라는 것이다.

이곳 지리는 구루시마도 안다.

전라우수영 앞이다.

이순신이 통제사였을 때는 왜군이 6년 동안 얼씬도 못 하던 곳이다.

원균이 통제사가 되고 나서 조선의 전함 2백여 척을 전멸시킨 후 이곳이 왜군의 안마당이 되어있다.

기함에서 좌측 깃발이 흔들리자 선봉대가 좌측으로 선수를 꺾었다. 진도를 좌측으로 끼고 돌아 조선군의 통로를 막을 작정이다.

그때다.

돛대에 붙은 탐지병이 소리쳤다.

"조선 전선이다! 1백여 척이다!"

이게 무슨 소리인가?

"나가라!"

이순신이 소리쳤다.

"직진하라!"

판옥선 갑판에 선 이순신의 외침이 좌우의 전선에서도 선명하게 들렸다.

그만큼 주위가 조용했기 때문이다.

멀리서 왜군 전선의 북소리가 계속해서 울리고 있다.

이제 왜군 대함대와의 거리는 4리(2킬로) 정도.

이순신이 다시 외쳤다.

"살려고 하면 죽고 죽기를 각오하고 싸우면 이긴다! 오늘 지난번 칠천도의 원수를 갚는다!"

"와앗!"

함성이 울렸다.

이순신이 다시 외쳤다.

"내가 앞장서서 죽으리라!"

"와앗!"

전진 북이 울렸다.

13척 판옥선이 일제히 앞으로 나아갔다.

북소리가 더욱 요란해졌고 판옥선의 속력이 빨라졌다.

왜군 대함대를 향해 직진이다.

"기다려라!"

1백여 척의 전선(戰船) 중심에 선 첨사 고대진이 고래고래 소리쳤다.

손에 장검을 치켜들고 있었는데 몸은 말랐지만 목소리는 컸다.

"기다려라! 아직 멀었다!"

전선(戰船)이 흔들렸다.

전선은 넓고 무겁다.

지금 고대진이 탄 배는 전선(戰船)이 아니다.

어선(漁船)이다.

어선에 조선 수군 깃발을 달고 요란한 휘장까지 사방을 둘러서 전선(戰船)으로 위장한 것이다.

지금 고대진은 어선 1백여 척을 전선으로 위장시켜 양도와 진도 사이의 바닷길을 막고 있다.

왼쪽 우수영에서 나오고 있는 조선 수군보다 더 위압적이다.

어선을 끌어모아 전선으로 위장시킨 것은 울돌목 앞으로 들어오는 왜 선단에 혼란을 주기 위해서다.

"멈춰라!"

선봉대장 다카하시가 소리치자 깃발이 오르더니 기함의 속력이 와락 줄어들었다.

노를 젓던 수부(水夫)들이 멈췄기 때문이다.

그러자 55척의 선봉대가 바다 가운데 멈춰 섰다.

본대와의 거리는 1리(500미터) 정도.

다카하시가 다시 소리쳤다.

"기함에 황색 깃발을 흔들어라!"

이것은 지시를 기다린다는 신호다.

뒤를 따르던 본대의 기함에서도 보았을 것이기 때문이다.

곧 다카하시의 아다케에서 대형 황색 깃발이 흔들렸다.

"저, 망할 놈이!"

황색 깃발을 본 구루시마가 소리쳤다.

"저놈이 그냥 나갈 것이지 왜 멈춰 선단 말이냐!"

"앞쪽의 조선 선단을 그대로 격파하고 나갑니까?"

옆에 선 와타나베가 소리쳐 묻자 구루시마는 발을 굴렀다.

"돌파!"

"우측에서 오는 13척은 어떻게 합니까?"

"그것도 우리 본대가 맞는다!"

그러자 와타나베가 소리쳤다.

"붉은 기를!"

선봉대와의 거리가 이제 1리(500미터)로 가까워졌다.

그것은 선봉대가 완전히 멈춰 섰기 때문이다.

기수가 재빨리 붉은 기를 흔들었다.

돌진하라는 신호다.

"아앗, 배가."

배가 와락 왼쪽으로 쏠렸기 때문에 다카하시가 기겁했다.

조류다.

조류에 휩쓸렸다.

"이런 망할!"

소리쳤다가 이번에는 거대한 아다케(安宅船)가 오른쪽으로 미끄러졌기 때문에 다카하시가 난간을 움켜쥐었다.

그 순간이다.

"우지끈!"

엄청난 충격과 함께 다카하시는 뒹굴었다.

배가 부딪치면서 한쪽으로 기울었다.

"조류다!"

누군가가 소리쳤다.

비명이다.

이것은 어쩔 수가 없다.

갑자기 조류가 소용돌이치는 곳으로 빠져들었다.

"옳지, 나아가라!"

이순신이 소리치면서 포격장 김영기에게 지시했다.

"포는 모두 쏘아라!"

지금 13척은 왜군 선봉대를 향해 돌진하고 있다.

왜군 선봉대는 울돌목에 다가왔을 때 멈춰 서는 바람에 조류에 휩쓸린 것이다.

노를 저으면서 속력을 내었다면 빠져나갈 수가 있었다.

"꽝! 꽝! 꽝! 꽝!"

모든 전함에 장착된 천자총통의 구경은 13센티 정도.

폭음과 함께 날아간 포탄은 1리(500미터)를 날아가 배를 부수었다.

지자총통의 구경은 10센티.

조란환이란 탄환을 200개까지 넣고 쏠 수 있다.

현자총통은 차대진이라는 대형 화살을 쏠 수가 있는데 끝에 화약을 매달아 1리(500미터)까지 날려 보낼 수가 있다.

황자총통도 있다.

대형 화살인 피령전 1발을 500보까지 날릴 수 있고 소연자 20발, 새알만 한 탄환 40발을 쏘면 1,500보까지 날아간다.

"꽝. 꽝. 꽝. 꽝. 우르르르. 꽝. 꽝. 꽝. 꽝."

이순신이 그동안 13척의 전함에 장착한 포는 기존의 전함보다 2배가 되었다.

엄청난 폭음과 함께 갖가지 포탄이 날아갔다.

그렇다.

조선 수군의 포의 위력이 압도적이다.

왜군은 아다케에 소형포 1, 2개만을 장착했다가 뒤늦게 늘렸지만 포에 대해서는 밀렸다.

더구나 조선군의 판옥선은 바닥이 평평한 평저선으로 제자리 회전이 가능하다.

좌현의 포를 쏘고 나서 배를 회전시켜 우현의 포를 발사할 수가 있다.

그사이에 좌현의 포를 장전하고 다시 회전하여 쏘는 것이다.

판옥선 전체가 포대로 변하는 셈이다.

"꽝. 꽝. 꽝. 꽝. 꽝."

포성이 바다를, 옆쪽의 산을 뒤덮었다.

"만세! 만세! 만세!"

육지의 바닷가 바위에서, 그 뒤쪽 바위산까지 새까맣게 뒤덮고 선 것이 조선 백성들이다.

오전부터 숨을 죽인 채 기다리던 백성들은 울돌목의 난전을 보면서 악을 쓰면서 소리쳤다.

그저 만세를 부르면서 응원하는 것이다.

이제는 왜군의 본대도 덮쳐왔기 때문에 앞바다는 왜군의 대함대로 뒤덮여 있다.

"우지끈!"

굉음과 함께 배가 기울었기 때문에 구루시마가 악을 썼다.

"돌파해라!"

"예엣!"

부장(副將) 와타나베가 소리쳐 대답했지만 이미 명령은 세 번째나 반복되고 있다.

조류에 휩쓸린 배가 빙글빙글 돌기만 하는 것이다.

지금 울돌목은 왜선으로 가득 찼다.

그리고 조류에 떠밀려온 조선 함대와 함께 부딪치면서 싸웠다.

"쾅! 쾅! 쾅!"

포성이 울리더니 3층 누각 한쪽이 부서져 떨어졌다.

"이런!"

파편에 맞은 구루시마가 투구를 벗어 던졌다.

붉은색 투구다.

나무 조각이 투구에 맞은 것이다.

배가 다시 한쪽으로 기울더니 한 바퀴 돌았다.

조류를 벗어나지 못하고 있다.

"이놈! 안위야!"

이순신이 난간에 서서 소리쳤다.

옆으로 다가온 거제 현령 안위에게 소리친 것이다.

안위는 왜선 1척을 뱃머리로 받아 침몰시켰지만, 제자리에서 포만 쏘고 있다.

이순신의 기함 옆에서만 돈다.

"앞장서 뚫고 나가라! 네가 앞장을 서야 하지 않겠느냐!"

"대감 옆에서 죽으면 역사에 남을 것 같아서 그랬소!"

"이놈아! 내가 직접 기록해주마!"

"알겠소이다!"

안위가 악을 썼다.

"그러려면 대감이 살아남으셔야겠소!"

안위의 배가 왜군 함대 사이로 사라졌을 때 이순신이 옆에 선 윤성에게 말했다.

"성아, 저놈을 쏘아라!"

윤성이다.

윤성이 누구인가?

이순신을 저격하려고 내려왔던 함경도 포수다.

지금은 이순신의 경호 포수가 되어 옆에 붙어 서 있다.

이순신이 손으로 가리킨 것은 왜 전선 중심에 끼어있는 기함, 3층 누각선 한쪽에 서 있는 붉은 갑옷의 적장이다.

"저놈이 적장이다!"

이순신이 소리쳤다.

거리는 3백 보나 되었지만 조류가 빙글빙글 도는 바람에 가까워지기도 했다.

"빠져나갑니다!"

포성 사이로 와타나베가 소리쳤다.

조류가 옆쪽으로 흐르면서 배가 미끄러지듯이 따라갔기 때문이다.

"꽝. 꽝. 꽝."

포성이 울리더니 옆쪽의 아다케 선미가 부서지면서 벌떡 선수가 올라갔다.

그러더니 조류에 휩쓸려 옆으로 넘어졌다.

배의 밑바닥이 드러났다.

"이런."

그 모습을 보던 구루시마가 혀를 찼을 때다.

다음 순간 구루시마가 벌떡 뒤로 넘어지면서 난간에 등이 부딪혔다.

"엇! 대장!"

놀란 와타나베가 그쪽으로 한 걸음 다가섰을 때다.

배가 옆으로 기울더니 구루시마가 두 다리를 곤두세우면서 떨어졌다.

바다로 떨어진 것이다.

"앗, 대장!"

와타나베가 소리쳤지만, 배가 반대쪽으로 기우는 바람에 뒹굴었다.

"건져내라!"

윤성이 구루시마를 쏘아 떨어뜨린 것이다.

함경도 포수 윤성이 왜장 구루시마를 잡았다.

150보 거리에서 맞춘 것이다.

조류에 휩쓸린 구루시마의 붉은 몸이 이쪽으로 흘러왔기 때문에 이순신이 소리쳤다.

군사들이 서둘러 장대를 뻗쳤다.

장대 끝에 갈고리가 붙어 있다.

요란한 북소리가 울렸기 때문에 조류에서 빠져나오려던 왜선들은 조선의 기함을 보았다.

"와앗!"

왜선의 군사 몇 명이 소리쳤다.

보라.

기함의 누각에서 조선 장수 셋이 붉은색 갑옷의 적장 팔 하나를 베어 바다에 던졌다.

적장은 구루시마다.

모두 한눈에 알아보았는데 이미 죽은 것 같다.

"앗!"

누군가 다시 비명 같은 외침을 뱉었다.

조선 장수 하나가 이번에는 구루시마의 머리를 베더니 바다에 던진 것이다.

이어서 다리 한쪽이 베어지더니 바다에 제물처럼 던져졌다.

이윽고 걸레처럼 된 붉은 몸통이 바다로 뿌려졌다.

그때 왜선이 흩어지기 시작했다.

사방으로 흩어졌다.

마침 조류도 한곳으로 흘렀기 때문에 순식간에 흩어지고 있다.

조류가 돕는 것 같다.

그때 사방에서 만세 소리가 울렸다.

주위의 섬에서 응원하던 조선 백성들이다.

"만세! 만세! 만세!"

"도원수의 보고입니다."

어깨를 편 병마사 윤기용이 고개를 들고 임금을 보았다.

정유년 9월 19일.

음력이다.

이곳은 정릉행궁의 청 안.

신시(오후 4시) 무렵.

청 안에는 삼정승을 중심으로 대신들이 모두 모였다.

도원수 권율이 보낸 전황 보고를 들으려는 것이다.

청 안이 조용해졌고 윤기용이 권율의 친필 보고서를 펼쳤다.

"9월 16일에 수군통제사 이순신이 명량해전에서 승전했습니다."

"오오!"

대신들 사이에서 탄성이 울렸고 윤기용의 목소리가 청을 울렸다.

"이순신은 전함 13척을 이끌고 왜장 구루시마가 이끄는 왜선 200여 척에 돌진했습니다. 200여 척의 중심부로 13척이 돌진한 것입니다."

청 안이 조용해졌고 윤기용의 목소리가 격해졌다.

"물길을 꿰뚫고 있는 데다 아군 전선인 판옥선의 바닥이 평평합니다. 그래서 회전이 용이하여 조류를 쉽게 벗어날 수 있다는 이점을 이용한 것입니다."

"……."

"이순신은 적장 구루시마를 쏘아 배에서 떨어뜨린 후에 건져 올려서 다시 사지를 토막 내어서 바다에 던졌습니다."

"……."

"그것을 본 조선군의 사기는 충천했으며 왜군은 기가 질려 그때부터 사분오열되어 패주했습니다."

"……."

"조선 수군은 13척의 전선으로 왜군 전함 31척을 격침했으며 70여 척을 대파, 반파시켰습니다. 조선군은 판옥선 1척이 격침, 3척이 손상을 입었고 거제 현령 안위는 적함 2척을 격침하고 장렬하게 전사했습니다."

고개를 든 윤기용이 임금을 보았다.

눈이 번들거리고 있다.

"울돌목 좌우의 섬에서 수천 명의 백성이 해전(海戰)을 구경하고 있었습니다. 해전이 끝나 왜군의 대선단이 산산조각이 나서 패주하자 백성들은 만세를 부르며 서로 부둥켜안고 통곡했습니다. 모두 이순신 통제사의 이름을 부르면서 만세를 불렀습니다. 밤이 되어서도 만세 소리가 그치지 않았습니다."

그때 청 안이 조용해졌다.

모두 정3품 이상의 고관들이다.

그때 다시 윤기용의 목소리가 울렸다.

"이순신 만세였습니다. 마치 천지가 떠나갈 것 같다고 했습니다."

그러고는 밀지를 접더니 시선을 내렸다.

그때 임금이 입을 열었다.

"수고했다."

청 안은 여전히 조용했고 임금이 자리에서 일어서는 바람에 조금 어수선해졌다.

임금을 따라서 승지, 대신 몇 명이 청을 나갔다.

그러나 윤기용은 여전히 그 자리에 앉아있었다.

대신들이 주춤대다가 흩어졌는데 가라앉은 분위기다.

청 안에 셋이 남았다.

영의정 유성룡과 좌의정 윤두수, 그리고 윤기용이다.

그때 유성룡이 입을 열었다.

"이보게, 병마사. 자네 왜 그랬는가?"

"무슨 말씀입니까, 대감?"

윤기용이 똑바로 유성룡을 보았다.

"제가 어쨌다고 그러십니까?"

"이순신 만세 이야기를 왜 읽었느냐는 말일세."

주위를 둘러본 유성룡이 목소리를 낮췄다.

"그때 전하의 용안을 보았는가?"

"똥 처먹은 상판이었소."

"이, 이런."

놀란 유성룡의 얼굴이 하얗게 굳어졌다.

옆에 선 윤두수도 바짝 다가섰다.

윤두수의 수염 끝이 떨리고 있다.

"이놈, 무엄하다."

윤두수의 목소리가 낮았지만 떨렸다.

"감히 어찌 그런 말을……"

"대감, 이 글은 도원수께서 눈물을 흘리면서 쓰신 것이오."

윤기용이 눈을 부릅뜨고 말했다.

"저도 그 옆에서 울었습니다."

"도, 도원수가 말인가?"

윤두수가 묻자 윤기용이 헛웃음을 웃었다.

"대감님들, 소인이 이 글을 읽을 때 청 안의 대신들의 상판들을 보셨습니까?"

"……."

"이순신 만세 내용을 읽었더니 모두 똥 처먹은 낯짝이 되었습니다. 임금이란 작자와 함께 말씀이오."

"……."

"모두 구더기 같은 놈들이었습니다."

"이, 이 사람아."

유성룡이 겨우 말했을 때 윤기용의 눈에서 눈물이 흘러내렸다.

"소인은 죽기를 각오하고 왔습니다. 도원수께 제가 가겠다고 자원했습니다."

"……."

"이순신 만세 내용은 임금과 대신 앞에서 꼭 읽어주고 싶었습니다."

"……."

"이순신을 죽이려고 끌고 가서, 원균 같은 놈이 수백 척의 전함과 수만 명의 수군을 전멸시켰지 않습니까?"

다시 윤기용의 눈이 번들거렸고 목소리가 떨렸다.

"그런데 이순신이 살아남은 13척의 전함으로 200여 척의 왜군을 격파시켰단 말씀이오. 그 보고를 받고 도원수 이하 전 장졸이 만세를 불렀소이다."

"……."

"도원수는 칠천도에서 전몰한 수군을 구천에서도 볼 낯이 없다면서 통곡을 하셨소."

"……."

"그러면 이순신을 시기해서 죽이려고 한 임금은 어떻게 해야 합니까?"

"이 사람아."

유성룡이 겨우 말했을 때 윤기용이 길게 숨을 뱉었다.

"이순신이 왕이 되려고 합니까? 이순신은 그런 사람이 아닙니다. 충성스러운 신하입니다. 그런 이순신을 시기하는 임금이 잘못된 것 아닙니까?"

"이 사람아."

이번에는 윤두수가 불렀다.

"이제는 되었네. 돌아가서 도원수께 실컷 내뿜었다고 보고하게."

윤두수의 눈에서 어느덧 눈물이 흘러내리고 있다.

"아, 내가 왜 빨리 죽지 않나 모르겠다."

그때 유성룡이 말했다.

"도원수께 전하게. 우리가 도원수, 통제사의 충절을 안다고. 우리가 힘껏 애를 쓰겠다고도 말씀드려주게."

히데요시의 제2차 출병, 이른바 정유재란도 이순신의 명량해전에서 제동이 걸렸다.

조선 수군의 전함 13척이 전세를 바꾼 것이다.

당장 왜군의 전라도 출병이 막혔다.

반대로 사기가 오른 조선군의 반격이 일어났다.

덩달아서 명군(明軍)이 활발하게 움직였고 의병이, 백성들의 울분이 폭발했다.

정유반격이다.

이순신의 명량해전이 그 기폭제가 되었다.

명량해전을 본 수천의 백성들이 수만, 수십만의 백성에게 전한 그 감동, 그것이 엄청난 활력으로 되돌아온 것이다.

"아니, 그대가 웬일인가?"

놀란 이순신이 자리에서 일어나더니 다가와 섰다.

통제영의 청 안.

유시(오후 6시) 무렵.

10월 말이어서 서늘한 날씨다.

도원수가 보낸 종사관이라고 해서 맞았더니 바로 최경훈이 아닌가?

"안으로 들어가세."

이순신이 최경훈의 팔을 잡아 일으키며 말했다.

주위에 있던 장수들은 친분이 각별한 사이인 줄 알았을 것이다.

안쪽 밀실로 들어선 둘이 마주 보고 앉았을 때 최경훈이 정식으로 인사를 했다.

"대감, 승전을 진심으로 축하드립니다."

"운이 좋았을 뿐이네."

"구국의 영웅이시오."

"과한 말이네."

"우리 주군이 꼭 그렇게 전하라고 하셨습니다."

"이제는 이산 공이 자네의 주군으로 굳어졌구만."

이순신이 웃음 띤 얼굴로 최경훈을 보았다.

"이산 공이 영웅이지."

"주군의 심부름을 왔습니다."

몸을 세운 최경훈이 말을 이었다.

"대감, 대감께서 옥에 갇히셨을 때 소인이 한양에 다녀갔습니다. 주군의 명을 받고 삼정승을 만났습니다."

이순신이 숨을 들이켰고 최경훈의 목소리가 낮아졌다.

"만일 임금이 대감을 해코지한다면 주군이 3만 기마군을 끌고 남하해서 이씨 왕가를 말살시키고 임금을 끌고 가 종으로 부리겠다고 통보했지요."

"......"

"제가 알기로는 임금은 대감이 옥에 계실 때 살해할 작정이었습니다."

"......"

"대감께서 공을 세우면 세울수록 임금은 불편합니다. 왜란 6년째인 지금, 의병 덕분에 왕조가 지탱되고 있는데도 임금은 의병장을 만난 적이 없습니다. 공을 세우면 오히려 불안해합니다."

"......"

"의병의 세력이 커져서 혹시 왕좌를 위협할까 봐 그런 것 아닙니까?"

"이보게, 순찰사."

"저는 이제 이씨 왕조의 순찰사가 아닙니다. 여진군 사령관 중 하나올시다."

"이보게, 사령관. 그만하게."

"이번에 대감께서 대공을 세우셨지만, 임금은 더욱 불편했을 것입니다."

"……."

"전쟁이 끝난 후에는 어떻게 될 것 같습니까? 대감이 또 대공을 세우신다면 임금이 가만있을까요?"

"……."

"그때는 불안해서 꼭 죽이려고 들 것입니다."

그때 이순신이 고개를 들었다.

"난 다 버렸네. 오직 조선 백성을 위해서 싸울 뿐이네. 그러다가 죽겠네."

"그것 때문에 온 것입니다."

최경훈이 번들거리는 눈으로 이순신을 보았다.

"왜군도 이제 지쳤습니다. 곧 철군할 테니 그때는 대감께서 여진으로 오시지요. 주군께서 말씀하셨습니다."

최경훈이 말을 이었다.

"여진이 곧 명(明)을 정복할 것입니다. 그때 대감께서는 새 왕조의 주역이 되어서 이곳, 조선이라는 땅의 새 통치자가 되실 수도 있을 것입니다. 그때는 전 백성이 만세를 부르며 반기지 않겠습니까?"

최경훈의 말은 한마디 한마디가 조리가 있었으며 명확했다.

그때 이순신의 얼굴에 웃음이 떠올랐다.

"내가 이산 공이 그립다고 전해주게."

기마대는 황야를 한 시진째 달려가는 중이다.

신시(오후 4시) 무렵.

11월이어서 북방의 황야는 드문드문 눈이 덮였고 잡초는 말라 시들었다.

기마대는 1백여 기.

제각기 2필씩 예비마를 끌고 있었기 때문에 3백여 필의 말이 달리고 있다.

기마대 중심에서 달리는 기수가 바로 이산이다.

대보성을 나온 이산이 지금 한 달째 서쪽을 순시하는 중이다.

그때 이산의 옆으로 곤도가 다가왔다.

"주군, 양천현에서 돌아가셔야 할 것 같습니다."

곤도가 소리쳐 말하자 이산이 고개를 끄덕였다.

"그래야겠다."

"너무 오래 나왔습니다."

대보성에서 3천 리(1,500킬로)나 떨어진 서북방의 황야다.

이곳은 몽골인의 거주지여서 가끔 몽골들의 겔을 지나갈 때도 있다.

국경선이 없는 지역인 것이다.

"대륙을 이곳에서 실감하는구나."

끝없이 펼쳐진 황야를 보면서 이산이 감탄했다.

양천현은 명 서북방 최북단의 현인 것이다.

한 달 동안 이산은 요동의 서쪽 전역의 최북단까지 탐사하는 중이다.

그때 곤도가 말했다.

"주군, 다음 달이면 배 23척이 도착합니다."

이산은 고개를 끄덕였다.

그동안 끊임없이 왜국에서 동해를 통해 이주민이 실려 왔다.

전선 2개를 붙인 수송선으로 이산군(軍)의 가족을 실어온 것이다.

이미 신지, 곤도, 스즈키의 가족은 대보성에 입주한 상태다.

그러나 이산의 가족은 오지 않았다.

대륙 생활을 거부했기 때문이다.

양천현령 주황은 현청 대문 앞에서 이산을 맞았다.

유시(오후 6시) 무렵.

미리 통보한 터라 주황은 현의 관리들까지 불러 모아 놓았다.

"안으로 드시지요."

날이 저물면서 눈보라가 치기 시작했기 때문에 주황의 관모에도 눈이 쌓였다.

"기다리게 했소."

인사를 한 이산이 주황과 함께 청으로 들어섰다.

주황은 40대 중반쯤으로 장신에 수염이 길다.

청 안에는 불을 환하게 밝혔고 한쪽에 벽난로까지 만들어 놓았는데, 몽골식이다.

청이 넓어서 백여 명을 수용할 만했다.

청에 마주 보고 앉았을 때 주황이 말했다.

"이곳은 몽골 지역이지만 무인 지대나 같습니다. 서쪽으로 2백여 리(100킬로)쯤 더 가야 몽골 마을이 나오는데 주민은 1백 명도 안 됩니다."

이산이 고개를 끄덕였다.

몽골의 인구는 이제 1백여 만으로 줄어들었다.

원(元) 제국이 멸망하면서 대륙 전역으로 흩어진 몽골족도 소멸된 것이나 같다.

요동 지역만 한 대륙에 1백여만 명만 남은 것이다.

"그래서 이곳에 먼저 몽골도독부를 만들어 놓을 작정이오."

이산이 말하자 주황은 얼굴을 펴고 웃었다.

주황은 오래전부터 이산과 내통해온 것이다.

"그렇게 되면 여진의 영토는 원(元) 제국에 버금갈 것입니다."

"내가 누르하치 대족장을 대신해서 그대에게 몽골도독을 맡기겠소."

이산이 엄숙한 표정으로 주황을 보았다.

주황은 명(明)이 파견한 양천현 현령이지만 휘하 군사는 1백여 명뿐이다.

그것도 한인 군사는 절반도 안 되었다.

이산이 말을 이었다.

"내가 그대에게 보좌역과 군사를 보내주겠소. 그대는 이제 몽골도독부의 도독이오."

이렇게 미리 접경을 장악하려는 것이다.

선조 31년 무술년 3월.

이순신이 고금도 근해에서 왜군을 격파했다.

2월에 명에서 수군 제독 진린(陣璘)이 총병관이 되어 통제영에서 함께 양국 수군을 지휘했는데 당연히 진린이 상급자다.

이순신은 조수를 이용하여 미끄러지듯이 왜선을 쳤다.

이번에는 10척으로 적장 마다시를 죽이고 왜군의 수급 40여 개를 얻은 것이다.

이순신의 단독 작전이었다.

"이것이 왜장의 수급입니다."

청 앞마당에 늘어놓은 왜군의 수급이 45개다.

그중 맨 앞의 마다시의 수급을 가리키며 이순신이 말했다.

"조수를 타고 옆을 지나면서 적을 떨어뜨려 죽인 것이라 수급이 많지 않습니다."

"허어."

진린은 입을 떡 벌렸다.

진린은 귀주 총병관을 지냈지만, 이곳 조선의 다도해(多島海) 싸움에는 문외한이다. 열흘 전에는 섬 사이를 흐르는 조수에 잘못 들어갔다가 배가 뒤집힐 뻔했다.

그래서 요즘은 조선 전선을 앞세워야만 배를 탄다.

그때 이순신이 말했다.

"제독, 이 수급을 가져가시지요. 제가 드리는 성의입니다."

"아니, 이런."

숨을 들이켠 진린의 얼굴에 저절로 웃음이 떠올랐다.

"이걸 다 주십니까?"

"예, 머리를 통에 넣어 소금에 절이면 1년이 지나도 싱싱합니다. 대국(大國)에 보내실 수 있습니다."

"어이구, 고맙습니다, 대감."

기쁨을 감추지 못한 진린이 머리들을 둘러보았다.

조선에 온 지 한 달이 되어가는 중이다.

그런데 이번에 왜군을 격파한 증거로 왜군의 수급 40여 개를 조정에 보낸다면 공을 인정받게 될 것이다.

진린이 누구인가?

포악해서 영의정 유성룡이 크게 걱정했던 인물이다.

임금은 진린이 왔을 때 성 밖 10리 거리까지 나와 영접했는데 기세가 사나웠기 때문이다.

영접을 안 나오면 몸을 돌려 왕궁에 불을 지를 것 같은 분위기였다.

진린이 데려온 수하 도사 놈이 찰방 이상규가 불손하다는 이유로 구타하고 목에 밧줄을 매어 끌고 다녔다.

진린의 지시다.

그것을 역관이 만류했지만 발길로 차서 넘어뜨렸다.

주위에 3품 이상 대신이 수십 명 있었지만 아무도 나서지 못했다.

그러나 한산도에서 이순신과 합류한 후부터 진린은 만행을 부리지 못했다. 처음 만났을 때는 오만을 부렸지만, 이순신이 겸손하게 맞은 이유도 있다. 그러다 사흘쯤 지났을 때 진린은 통제영의 분위기를 금세 파악했다.

진린도 무장(武將)이다.

이순신 휘하의 장졸들 분위기를 파악한 것이다.

말단 수부에서 정3품 병마사, 수사까지 이순신에게 심복하는 것을 보았기 때문이다.

그리고 이순신이 수하를 대하는 태도도 진린에게 충격을 주었다.

무겁지만 겸손하게.

말단 수부의 말도 경청하고 길가에 주저앉아 있는 노인에게 다가가 일으켜 주는 장면도 보았다.

그렇게 한 달을 옆에서 겪더니 저절로 고개를 숙였다.

"이제 다시 원점으로 돌아왔어."

가토 기요마사가 손바닥으로 팔걸이를 내려치며 말했다.

이곳은 울산성 안.

경주에서 의병과 권율에게 밀려 울산성으로 온 것은 작년 8월이다.

울산성으로 옮겨간 후부터 가토는 밖으로 나오지 않았다.

소규모 부대를 운용해서 양곡이나 조달했을 뿐이다.

가토가 앞에 앉은 후쿠시마 마사노리, 구로다 나가마사를 보았다.

"2차 원정군도 이젠 진이 다 빠진 상황이오. 여기 더 있다가는 병에 걸리거나 모두 탈영하게 될 거요."

"이제는 요동에 가라는 말은 안 하겠지."

구로다가 쓴웃음을 짓고 말했다.

"가라고 해도 갈 영주도 없겠지만 말이오."

"하지만 돌아갈 수는 없지 않겠습니까?"

후쿠시마가 번들거리는 눈으로 둘을 번갈아 보았다.

"돌아가면 기다렸다는 듯이 반란죄를 물어 처형할 테니까 말입니다."

"흥, 그때는 사생결단하는 수밖에."

가토가 잇새로 말했다.

가토는 울산성을 끈질기게 지켜내었다.

작년, 정유년 12월.

명장(明將) 양호, 마귀가 전군(全軍)을 동원해서 울산성을 포위, 공격했지만 열흘간의 공방전을 벌인 끝에 올해 1월 초에 철수한 것이다.

지금은 7월.

명장(明將) 양호도 본국으로 송환되고 며칠 전에는 이순신이 3월에 이어서 다시 고금도에서 일본 수군을 격파했다.

이제 이순신 이름만 들어도 왜장(倭將)들은 치가 떨리는 경지를 넘어 정신이 혼미해질 정도가 되었다.

오늘도 답답한 세 영주가 모여 있었지만 확실한 결론은 내지 못했다.

언제 귀향할지를 결정하지 못한 것이다.

히데요시의 허락이 없으면 1백 년이 지나도 안 된다.

그때 구로다가 탄식하듯 말했다.

"이러다가 조선에서 늙어 죽겠다."

"이놈을 데려가라."

이제 여섯 살이 된 히데요리를 눈으로 가리키며 히데요시가 말했다.

히로이마루는 이제 히데요리로 이름을 바꿨다.

도요토미 히데요리다.

여섯 살이 되어서 제법 말도 잘하고 예의바르게 히데요시 옆에 앉아서 정무를 관찰한다.

그때 시동이 다가와 히데요리에게 말했다.

"도련님, 가시지요."

"잠깐, 정무가 다 안 끝났다."

어깨를 편 히데요리가 말하자 옆에 앉아있던 대신들이 숨을 참았다.

두어 명은 웃음을 감추려고 고개를 숙인다.

신시(오후 4시) 무렵.

8월 중순.

히데요시가 고개를 들고 앞에 앉은 이에야스를 보았다.

이에야스가 오사카 성에 와 있는 것이다.

"이놈이 뭐가 되려고 이러는가?"

"히데요리 님이 훌륭한 후계자가 되실 겁니다."

이에야스가 정색하고 말했다.

"앞으로 작은 전하라고 불러야겠습니다."

"이봐요, 이에야스 님, 아부하지 마시오."

"이쯤은 아부도 아니지요."

이에야스가 둥근 몸을 젖히고 히데요리를 보았다.

"장군 싹수가 보입니다, 전하."

"잘 부탁하오, 이에야스 님."

히데요시가 정색하고 말을 잇는다.

"많이 가르쳐 주시오."

"전하께서는 걱정하지 않으셔도 됩니다."

둘이 덕담을 나누는 동안 둘러앉은 원로대신, 중신, 가신들은 숨을 죽이고 있다.

이때 히데요시는 63세, 이에야스는 7살 연하이니 56세다.

고개를 든 히데요시가 히데요리를 보았다.

"히데요리."

"예, 아버님."

두 손을 무릎 위에 올려놓은 히데요리가 맑은 눈으로 히데요시를 보았다.

"잘 들어라."

"예, 아버님."

히데요시가 손으로 이에야스를 가리켰다.

"이분이 누구시냐?"

"예, 이에야스 님이십니다."

"앞으로 이분을 나처럼 모셔라."

"이분이 아버지가 되십니까?"

"아니, 아버지처럼 따라야 한다. 알았느냐?"

"예, 아버님."

"자, 그만 안으로 들어가라."

"예, 아버님."

고분고분 일어선 히데요리가 히데요시에게 고개를 숙여 절을 했다.

그리고 나서 이에야스한테도 절을 했다.

놀란 이에야스가 맞절을 하고 나서 환하게 웃었다.

그때 히데요시가 히데요리의 뒷모습을 보다가 고개를 돌려 이에야스를 보았다.

"이에야스 님."

"예, 전하."

"저기, 히데타다의 딸이 있지요?"

"예?"

숨을 들이켠 이에야스의 눈이 흐려졌다.

그렇다.

도쿠가와 이에야스의 후계자, 도쿠가와 히데타다에게 4살짜리 딸이 있는 것이다.

이름은 센히메.

이에야스의 손녀다.

이에야스의 눈에 초점이 잡혔다.

"예, 있습니다."

순간 청에 둘러앉은 수십 명의 대신들은 숨을 죽였다.

모두 눈치를 챈 것이다.

역사적인 결합이다.

그때 히데요시의 목소리가 울렸다.

"어떻소? 센히메를 내 며느리로 주지 않겠소?"

이에야스가 어깨를 늘어뜨렸다.

히데요시는 센히메의 이름도 알고 있다.

그때 이에야스가 두 손을 청 바닥에 짚고 엎드렸다.

"영광이옵니다."

"내 제의를 받아주시겠단 말이오?"

"이런 영광이 어디 있습니까?"

"오오!"

히데요시가 두 손을 청 바닥에 짚었기 때문에 놀란 이에야스는 입을 떡 벌렸다.

"전하, 왜 이러십니까?"

"이제는 이에야스 님이 내 사돈이 되셨지 않소?"

"아니, 그래도……."

"그렇군. 히데요리 장인의 아버지가 되는군."

시치미를 뗀 얼굴로 히데요시가 말하더니 이에야스를 보았다.

눈이 흐려져 있다.

"이제 우리는 한집안이오."

"예, 전하."

"이제부터 이에야스 님은 우대신(右大臣)이 되시오."

"전하."

히데요시가 고개를 돌려 우측 끝에 앉은 미쓰나리를 보았다.

"당장 직위를 드리도록 해라."

"예, 전하."

미쓰나리가 대답하더니 이에야스를 향해 엎드렸다.

"축하드립니다, 우대신님."

우대신은 관백 다음 직위다.

"예상하고 있었어."

이에야스가 오사카의 참근교대용 대저택으로 돌아와서야 입을 열었다.

이곳은 1년 교대로 영주가 오사카에 들어와 거주하는 저택이다.

그러나 이에야스는 에도 주변 개발을 핑계로 비워두는 때가 많다.

청에 앉은 이에야스가 중신 이이 나오마사와 노중 마에다를 번갈아 보았다. 둘도 이에야스와 함께 히데요시의 제안을 들은 것이다.

그때 나오마사가 대답했다.

"잘된 일입니다, 주군. 주군은 히데요리 대신으로 섭정이 되시면 됩니다."

"히데요시가 그렇게 만들 것 같으냐?"

청에는 셋뿐이었지만 이에야스의 목소리가 낮아졌다.

"이시다 미쓰나리, 시마 사콘, 그리고 5대신 중 넷이 히데요시 측근이다. 그들이 모두 히데요리의 보호자가 될 테다."

그때 마에다가 나섰다.

"주군, 잘하셨습니다. 히데요리를 감싸 안고 있으면 언젠가는 기회가 올 것입니다."

"조선에 가 있는 영주들만 돌아오면 승산이 있을 텐데."

이에야스가 말하고는 쓴웃음을 지었다.

조선으로 보낸 영주들은 모두 이에야스 측인 것이다.

그때 나오마사가 말했다.

"주군, 주군이 히데요시보다 젊으십니다."

이에야스는 쓴웃음을 지었다.

사흘 후 오전.

미쓰나리가 내궁의 면담실 앞에서 시종장에게 물었다.

"식사는 하신 거야?"

"아직."

시종장이 미쓰나리의 눈치를 보았다.

"지금 누워계십니다."

"어젯밤 과음하셨나?"

"아닙니다."

"그럼, 왜?"

"지금 옆에 요도도노 님께서 계십니다."

"무슨 말이냐?"

"비밀로 하라고 하셨습니다."

그 순간 미쓰나리가 숨을 들이켰다.

얼굴이 순식간에 하얗게 굳어졌다.

"누가?"

"전하께서."

"전하가 지금 누워 계시는데, 그것을 비밀로 하라고 했단 말인가?"

한마디씩 힘주어 물었더니 시종장 가네다의 얼굴에서 땀이 번졌다.

히데요시를 15년 동안 내실에서 모신 시종이다.

"예, 전하께서 어젯밤부터 앓고 계십니다. 그래서 전의 고토 님이 옆에서 치료하고 계십니다."

가네다가 떨리는 목소리로 말을 잇는다.

"이시다 님이라 말씀드리는 것이오."

"그건 고맙네. 그런데."

미쓰나리의 얼굴에서도 땀이 났다.

"위중하신가?"

"겨우 말씀을 하십니다."

"아이구, 어디가?"

"배가, 그리고 등이……. 실은 아프신 지 두 달쯤 되었습니다."

"두, 두 달이나?"

"가끔 아프셨는데, 그래서 전의 고토 님이 꾸준히 약을 처방했습니다."

"……."

"이것은 요도도노 님과 저 그리고 전의만 알고 있는 일입니다."

"큰일이다."

헛소리처럼 말한 미쓰나리가 흐려진 눈으로 가네다를 보았다.

"가서 전하께 전해. 내가 뵙겠다고."

"그, 그것은, 제가 말한 것이 드러나는 것이라……."

"급한 일이라고 전해. 큰일이 났다고."

"이시다 님."

"그렇게 말씀드리면 나를 부르실 것이네."

이시다가 눈을 부릅떴다.

"이것이 전하를 위한 일이야, 가네다. 서둘러!"

잠시 후, 미쓰나리가 내전의 침실로 들어섰다.

독한 약 냄새가 풍기는 침전 안에는 요도도노와 전의 고토가 히데요시 옆에 앉아있을 뿐이다.

요 위에 누워있던 히데요시가 들어선 미쓰나리를 보더니 물었다.

"무슨 일이냐?"

그 순간 미쓰나리는 숨을 들이켰다.

하룻밤 사이에 히데요시의 얼굴이 해골처럼 변했기 때문이다.

피부도 검어졌다.

눈의 광채도 사라졌다.

미쓰나리가 앞쪽 바닥에 무릎을 꿇고 앉았다.

"전하!"

그때 갑자기 눈물이 쏟아졌다.

가슴이 미어졌기 때문이다.

3장 노량의 북소리

"오, 지베에구나."

히데요시가 미쓰나리를 향해 웃으며 말했다.

"오랜만이다."

그 순간 미쓰나리가 얼어붙었다.

히데요시 옆에 앉아있던 요도도노, 그리고 전의 고토까지 얼굴이 하얗게 굳어졌다.

지베에가 누구인가?

도요토미 히데쓰구의 어릴 적 별명이다.

히데쓰구는 히데요시의 누님 닛슈의 아들이다.

히데요시가 외삼촌인 셈이다.

히데쓰구는 아들이 없는 히데요시의 양자가 되었다가 후계자로 책봉되었다.

1592년.

조선 침공이 일어나던 해다.

그때 히데쓰구는 관백 지위에 올랐으니 일본 제1의 실력자다.

그러나 그다음 해에 요도도노의 몸에서 히로이마루가 태어나면서 히데쓰구는 벼랑 끝에 서게 되었다.

그동안 외삼촌 대신으로 온갖 일을 맡았지만, 3년 전인 1595년, 히로이마루가 태어난 지 2년 후에 히데요시에 의해 27세 나이에 처형당했다.

먼저 자결을 지시받은 후에 목을 베었으니 처형이나 같다.

그리고 세 자식을 포함한 가족 30여 명도 처형해버린 것이다.

그것이 3년 전이다.

지금 히데요시는 미쓰나리를 히데쓰구로 본 것이다.

"전하, 미쓰나리입니다."

털썩 앞쪽에 꿇어앉은 미쓰나리가 소리쳤다.

히데쓰구의 처단을 직접 지휘한 것이 미쓰나리다.

"미쓰나리가 대령했습니다!"

"거짓말!"

히데요시가 눈을 부릅떴다.

"지베에! 왜 거짓말을 하느냐! 외삼촌한테 거짓말을 하면 안 된다!"

"전하!"

그때 히데요시가 눈을 감더니 가쁜 숨을 쉬었다.

"전하를 쉬게 해드려야 합니다."

고토가 말했을 때 요도도노는 미쓰나리에게 돌아앉았다.

"미쓰나리 님, 5봉행(奉行)을 불러주시죠. 절대로 다른 사람에게는 말하지 말고."

"옛, 5봉행을."

"전하께서 하실 말씀이 있습니다."

"옛, 전하께서……."

"그리고."

요도도노가 눈을 치켜떴다.

눈의 흰자위에 핏줄이 서서 섬뜩하다.

"5대로(大老)에게는 아직 연락하지 마시도록."

"예, 5대로에게는 아직 연락하지 말라는 말씀입니까?"

"그래요."

미쓰나리가 일어서다가 현기증이 나서 비틀거렸다.

"그럼 다녀오겠습니다."

몸을 돌린 미쓰나리의 눈에서 다시 눈물이 쏟아졌다.

5봉행(奉行)은 아사노, 미시다, 나스카, 마쓰다 그리고 이시다 미쓰나리를 말한다.

히데요시의 심복 가신으로 재정과 소송을 담당한 최측근이다.

5대로(大老)는 대영주로 이에야스, 마에다, 우에스기, 우키다, 모리다.

허둥거리며 내전을 나온 미쓰나리를 시마 사콘이 맞는다.

"주군, 무슨 일입니까?"

"큰일 났어."

미쓰나리가 초점이 흐려진 눈으로 사콘을 보았다.

둘은 복도에서 마주 보고 서 있다.

"전하께서 위중하시다."

순간 숨을 멈춘 사콘에게 미쓰나리가 상황을 설명했다.

그러자 사콘이 바짝 다가서서 말했다.

"주군, 5봉행도 다 믿을 수 없습니다. 이에야스와 내통하는 자가 있습니다."

"누구야?"

"아사노 나가마사입니다."

미쓰나리가 숨을 죽였을 때 사콘이 말을 이었다.

"마침 마에다 님이 성에 계십니다. 마에다 님을 모시고 요도도노 님께 가시지요."

114

미쓰나리가 고개를 끄덕였다.

마에다 도시이에는 이때 61세.

5대로(大老) 중 하나로 이에야스와 대적할 만한 역량을 갖춘 중신이다.

마에다는 히데요시의 친구로 모든 것을 상의해온 인물이다.

"좋아. 마에다 님을 모셔오도록."

미쓰나리가 지시했다.

"서둘러라."

히데요시는 5대로(大老)에게 히데요리를 돕겠다는 서약서를 받았고 이달 8월에는 손가락을 베어 피로 혈판을 찍어 히데요리에게 충성을 맹세시켰다.

그리고 5대로(大老)에게 유언장까지 남겼다.

그 내용을 미쓰나리도 기억한다.

'부디 히데요리의 일을 잘 부탁하오.

5대로 여러분.

정말 잘 부탁하오.

히데요리가 훌륭히 해낼 수 있도록 다섯 분에게 부탁하오.

그 일밖에는 아무것도 걱정되는 일이 없소'

히데요시가 문맹이었기 때문에 미쓰나리가 불러주는 대로 유언장을 썼고 그것을 5대로 앞에서 읽었다.

그것이 바로 열흘 전이다.

그날 밤.

마에다와 함께 미쓰나리가 히데요시의 침전에 들어섰다.

그때 누워있던 히데요시가 웃음 띤 얼굴로 둘을 맞았다.

방 안에는 요도도노와 히데요리, 전의 고토가 함께 있다.

"오, 마에다."

"전하."

히데요시의 모습을 본 마에다가 눈물을 쏟았다.

옆에 앉은 마에다가 히데요시의 손을 잡았다.

"전하, 일어나시지요."

"그러지."

히데요시가 웃음 띤 얼굴로 마에다를 올려다보았다.

"그런데, 마에다."

"예, 전하."

"히데요리를 부탁하네."

"예, 전하."

"그리고, 미쓰나리."

"예, 전하."

미쓰나리가 무릎걸음으로 다가가 앉았을 때 히데요시가 다시 말했다.

"히데요리를 부탁한다."

"예, 전하."

그러고는 히데요시가 눈을 감았다.

입도 꾹 다물었기 때문에 고토가 다가가 코에 귀를 대었다.

그러고는 고개를 들었다.

"전하께서 돌아가셨습니다."

이에야스는 저택에서 소식을 들었다.

늦은 밤에 내궁의 첩자가 알려준 것이다.

"기다려라."

이에야스가 중신들에게 말했다.

"경거망동하지 마라."

"대감, 영지로 돌아가시지요."

중신 마에다가 말하자 이에야스는 고개를 저었다.

"그럴 필요 없다."

"내궁에서는 전하의 변고를 당분간 숨길 것입니다."

마에다가 말을 이었다.

"그러니 대감께서도 모른 척하시고 영지로 돌아가실 수 있습니다."

"옳습니다."

이이 나오마사가 말했다.

"오늘 밤이라도 밀행하시지요. 미쓰나리 같은 놈이 기습해 올 수도 있습니다, 대감."

그때 이에야스가 쓴웃음을 지었다.

"무장(武將)의 감각이냐?"

"예, 대감."

"그렇다면."

이에야스가 고개를 끄덕였다.

"마에다 도시이에가 마침 오사카에 와 있는 것이 걸린다. 오늘 밤 밀행으로 떠나겠다."

"대역은 남겨 놓겠습니다."

마에다가 바로 대답했다.

조선 땅의 왜장들에게 히데요시의 죽음이 전해진 것은 9월 중순이다.

그것도 은밀하게 전해진 것이지 공식으로 통보되지는 않았다.

"회군합시다."

가토가 구로다, 후쿠시마를 둘러보면서 말했다.

"회군 명령을 기다릴 것도 없고 명령을 내릴 사람도 없습니다."

"준비하지요."

바로 구로다가 대답했다.

후쿠시마는 고개를 들고 말했다.

"고니시가 순천에서 명군을 물리치긴 했지만 더 이상 전쟁을 치를 여력이 없을 겁니다. 떠납시다."

9월 초에 고니시군은 순천에서 명장(明將) 유정의 공격을 받았지만 겨우 패퇴시킨 것이다.

"좋습니다. 다른 영주들에게 알리지요."

간단하게 회의를 끝낸 가토가 자리를 차고 일어섰다.

셋은 히데요시의 죽음에 대한 애도도, 히데요리의 이름도 입 밖으로 꺼내지 않았다.

이순신도 히데요시의 병사(病死) 소식을 들었는데, 조선에서는 가장 빨리 들은 편이었다.

통제영의 청에 모인 장수들을 이순신이 둘러보았다.

9월 중순.

이미 청 밖의 나무는 잎을 떨구어 가지만 남았고 서늘한 바람이 낙엽을 훑고 가는 미시(오후 2시) 무렵이다.

"왜군이 철군 준비를 하고 있어. 철수를 막아야겠다."

장수들의 시선을 받은 이순신이 말을 이었다.

"7년간 조선 땅을 지옥으로 만든 왜군을 그대로 보내줄 수는 없지 않겠는가?"

이순신의 목소리가 청을 울렸다.

"왜선에는 포로로 잡힌 조선인뿐만 아니라 약탈품이 가득 실려 있다. 우리가 되찾아야 한다."

이의가 있을 리 없다. 장수들의 얼굴에는 결의가 덮였다.

"당연히 쳐야지요."

명 제독 진린이 바로 동의했다.

이순신한테서 철수하는 왜군을 치자는 말을 들은 것이다.

이곳은 통제영 안쪽의 명군 지휘부다.

진린이 물었다.

"그런데 왜 전선(戰船)은 몇 척이나 되겠습니까?"

"5백 척 가깝게 될 것입니다."

그 순간 진린이 숨을 들이켰다.

얼굴도 굳어 있다.

"5백 척이란 말씀이오?"

"예, 제독."

"조선군은 1백 척도 안 되지 않소?"

"숫자가 문제가 아닙니다."

이순신이 말을 이었다.

"순천만 앞을 막고 적들을 분산시켜 각개격파하겠습니다."

"그렇다면."

청 안에는 명장(明將) 대여섯 명이 모여 있었는데, 모두 긴장하고 있다.

진린이 말을 이었다.

"장군이 선봉을 맡으시오. 우리 명군(明軍)은 후군을 맡으리다."

"당연히 그렇게 하겠습니다."

이순신이 커다랗게 고개를 끄덕였다.

명군(明軍)은 뒤에서 전리품이나 걷으면 되는 것이다.

명의 수군은 3백 척 가깝게 된다.

"히데요시가 죽었다고?"

임금이 묻자 선전관 임하정이 대답했다.

"예, 지난 8월에 죽었다고 합니다."

"그럼 한 달이 지났구나."

"예, 전하."

한양성 정릉행궁의 청 안.

9월 중순의 신시(오후 4시) 무렵.

임하정은 도원수 권율이 보낸 전령이다.

청 안에는 정3품 이상 고관들이 들어차 있었는데 히데요시가 죽었다는 소리를 듣고 나서 술렁거리고 있다.

청에 활기가 일어나는 것 같다.

그때 임하정이 말을 이었다.

"그래서 왜군은 철군 준비를 하고 있습니다, 전하."

"그럼 조선 땅에서 물러간단 말이냐?"

임금의 목소리에도 생기가 일어났다.

"어허, 경사다."

"그래서 도원수께서는."

임하정이 고개를 들고 임금을 보았다.

"왜군을 바닷가로 몰아내어 마지막 숨통을 끊겠다고 하십니다."

"장하다."

"바닷가로 몰아내면 수군이 격멸할 것입니다."

"수군이……."

"예, 전하. 수군통제사가 명 수군과 함께 준비하고 있습니다."

"……."

"그렇게 되면 왜군을 완전히 섬멸할 수 있을 것입니다."

임금이 고개를 끄덕였다.

"장하다."

"웬일인가?"

진린이 눈을 가늘게 뜨고 물었다.

유시(오후 6시) 무렵.

앞에 앉은 사내는 왕선.

심유경을 수행하고 여러 번 고니시를 만난 전력이 있다.

심유경이 명으로 붙들려가서 처형당한 후에 조선에 머물고 있었다.

진린은 왕선과 안면이 있다.

그때 왕선이 주위를 둘러보며 말했다.

"장군, 주위를 물리쳐 주시지요."

"왜 그런가?"

"기밀을 말씀드리려는 것입니다."

그때 잠깐 이맛살을 찌푸렸던 진린이 주위를 둘러보았다.

"모두 자리를 비워라."

그러자 금세 청 안에는 진린의 위사장까지 셋만 남았다.

그때 왕선이 말했다.

"장군, 제가 고니시의 부탁을 받고 왔습니다. 고니시는 왜군을 대표해서 장군께 말씀드리는 것입니다."

"고니시의 부탁이라고?"

"예, 장군."

"나한테?"

"예, 장군."

"그렇다면 퇴로를 막지 말라는 것이군."

"예, 자고로 도망치는 적은 쫓지 말라고 했습니다."

"누가 그랬는데?"

"옛말입니다."

"미친놈들이군."

"장군, 고니시가 금화 10만 냥을 낸다고 했습니다. 승낙만 하시면 제가 내일 금화를 가져옵니다."

"10만 냥?"

진린이 되물었다.

거금이다.

금화 10만 냥은 진린 평생에 모을 수도 없는 거금이다.

전라도만 한 땅덩이를 지배하는 태수 직을 금화 1만 냥에 살 수 있다.

그때 왕선이 말을 이었다.

"길만 터주시면 됩니다. 장군께서 조선 수군까지 통제하시니 순천 앞바다만 잠깐 비워주시면 됩니다. 그 약속만 해주시면 내일 10만 냥을 가져오지요."

진린이 입에 고인 침을 삼켰다.

쉬운 일이다.

이순신에게 지시만 하면 된다.

"무슨 일이오?"

이순신이 묻자 부장(副將) 곽성이 고개를 들었다.

"제독 각하께서 병이 나셨습니다."

"무엇이?"

놀란 이순신이 상체를 기울였다.

무술년(1598년) 11월 11일.

통제영의 청 안.

둘러선 조선 장수들도 긴장하고 있다.

지금 이순신 앞에 선 곽성은 진린의 부장(副將)이다.

조선말도 잘해서 항상 진린의 역관 노릇을 해온 장수다.

"어디가 편찮으신가?"

"토사곽란으로 누워계시는데 군(軍)을 지휘할 수 없으십니다."

"허, 이런."

"그래서 이번 전투에 참가하실 수가 없습니다."

이순신이 숨을 들이켰고 곽성은 말을 이었다.

"따라서 명(明)의 수군은 기동할 수가 없다는 말씀을 드립니다."

고개를 들었던 이순신과 곽성의 시선이 마주쳤다.

그때 곽성이 외면하고 말했다.

"감독관 전광주가 지금 사천에 있습니다."

순간 이순신이 숨을 들이켰다.

"고맙소."

저절로 말이 뱉어졌고 이순신의 눈이 흐려졌다.

곽성이 잠자코 절을 하더니 몸을 돌려 청을 나갔다.

청 안이 조용해졌다.

곽성의 저의를 모두 알았기 때문이다.

감독관이 누구인가?

독전관이라고도 한다.

황제가 파견한 밀사로 조선의 암행어사나 같다.

장수들을 내사해서 보고하는 역할이다.

그 감독관 전광주가 사천에 있다는 말이다.

"아니, 웬일이시오?"

전광주는 52세.

요동 선무사를 지낸 무관으로 한때 대총병과 대장군에 이르렀으나 환관의 미움을 받았다. 환관의 미움을 받으면 대개 목숨을 잃게 되지만 전광주는 운이 좋았다.

태감인 환관 하선이 아끼는 환관의 이름이 전광주였기 때문이다.

그래서 살아서 조선 파병군 감독관으로 보내졌다.

그 말을 전해들은 전광주가 웃다가 울면서 조선으로 내려왔다는 것이다.

이곳은 사천의 진영 안.

감독관은 2백여 명의 직속군을 거느리고 떠돌이 생활을 한다.

전투에 참가하지 않지만 기율은 엄정하다.

전광주가 공사를 엄격히 구분하는 인물이기 때문이다.

전광주의 시선을 받은 이순신이 길게 숨을 뱉었다.

전광주와는 만난 적이 있지만 이야기를 길게 나누지는 못했다.

"장군께 드릴 말씀이 있소."

"아니, 명(明)의 감독관인 나한테 말씀이오?"

"그렇습니다."

"그런데 내가 이곳에 있는지는 어떻게 아셨소? 난 밀행하는 사람이라 명군(明軍) 지휘관 외에는 모르는데."

"수소문을 했습니다."

고개를 든 이순신이 전광주를 보았다.

이순신의 좌우에는 역관 박일수와 가리포 첨사 이영남이 붙어 서 있다.

이순신이 입을 열었다.

"이번에 철군하려는 왜군을 격파하려고 합니다. 그냥 돌려보낼 수는 없습니다."

박일수가 통역하자 전광주가 고개를 끄덕였다.

"기대하고 있습니다."

"그런데 명군(明軍)이 움직이지 못할 것 같습니다."

"그것이 무슨 말씀이오?"

"제독께서 토사곽란이 일어나 함대를 동원할 수 없다는 통고를 받았습니다."

"토사곽란이?"

"예, 장군."

"토사곽란이 일어나면 전쟁을 못 하는 겁니까?"

눈을 부릅뜬 전광주가 얼굴을 일그러뜨리며 웃었다.

"진린이 죽으려고 작정을 했군."

그러더니 벌떡 일어섰다.

"장군께서는 통제영으로 돌아가 계시오. 내가 처리할 일입니다."

그사이에 울산 지역에 흩어져 있던 가토 기요마사, 후쿠시마의 병력이 밤을 틈타 철수했다.

한꺼번에 몰려나가게 되면 조선 수군(水軍)의 표적이 될 것 같았기 때문에 3척, 4척씩 분산해서 도망친 것이다.

이제 왜군은 부산 근처와 순천의 고니시군(軍)이 남았다.

"82척입니다."

낙안군수 방덕룡이 보고했다.

11월 14일.

음력이어서 찬바람이 휘몰아치는 겨울이다.

방덕룡이 말을 이었다.

"판옥선 72척, 쾌선 10척입니다."

"됐다."

이순신이 고개를 끄덕였다.

"화포를 다 실었으니 준비도 되었다."

미시(오후 2시) 무렵.

청 안에는 장수들이 모두 모였다.

그때 이순신이 지시했다.

"척후선을 보내라."

마지막 해전(海戰)이다.

유시(오후 6시) 무렵.

청에 앉아있던 이순신이 달려오는 말굽 소리를 들었다.

통제영 안에까지 기마로 달려오는 것은 전령뿐이다.

청 안의 장수들도 긴장한 듯 귀를 기울이고 있다.

이미 어둠이 덮인 청 앞마당에서 말발굽 소리가 그치더니 곧 외침이 일어났다.

"대감! 명 수군(水軍)이 출동했습니다!"

"무엇이!"

벌떡 일어선 이순신이 한걸음에 청을 나와 마루 끝에 섰다.

그러자 달려온 별장이 다가와 소리쳤다.

"지금 앞바다로 다가오고 있습니다. 모두 2백여 척입니다!"

"되었다!"

이순신이 소리쳤다.

그때는 주위에 장수들이 모여 서 있다.

그때 가리포 첨사 이영남이 소리쳤다.

"토사곽란이 다 나으신 것 같습니다!"

이영남은 이순신과 함께 전광주를 만나고 온 것이다.

밤.

술시(오후 8시)가 넘었다.

이곳은 순천성.

고니시가 앞에 선 이타카를 보았다.

"이타카, 지금 즉시 부산으로 달려가 시마즈 님을 만나라."

고니시가 보자기에 싼 밀서를 건네주었다.

부산에는 시마즈 요시히로가 수군을 이끌고 있다.

"한시가 급하다. 말을 달리는 것이 낫겠지?"

"예, 말이 훨씬 빠릅니다."

"진린이 감독관의 질책을 받고 이순신의 함대에 끼어들었어. 내가 위급하다."

고니시가 얼굴을 일그러뜨리며 웃었다.

"순천 앞바다에서 대전하는 수밖에. 전(全) 함대를 끌고 오시라고 전해라."

"예, 주군."

밀서를 가슴에 품은 이타카가 몸을 돌렸다.

부산포에는 철군을 도우려고 시마즈가 전선(戰船) 3백5십 척을 이끌고 와있는 것이다.

고니시의 전함 1백60여 척과 연합하면 5백 척이 넘는 대함대가 된다.

진린의 기함에 오른 이순신이 누각으로 올라갔다.

유시(오후 6시) 무렵.

"제독께 문안드립니다."

"오, 통제사 대감."

의자에 앉아있던 진린이 자리에서 일어섰다.

얼굴에 웃음이 떠올라 있다.

"내가 몸이 덜 나았지만 마지막 싸움을 놓치지는 않을 것이오."

"감사합니다."

앞쪽 자리에 앉은 이순신이 물었다.

"몸은 어떠십니까?"

"싸울 수 있소."

"그럼 제독께서 후군을 맡아 주시지요. 저는 내일 선봉에 서서 적을 노량 앞바다로 유인하겠습니다."

"노량 앞바다로 말이오?"

128

"예, 오늘 밤에 순천예교의 봉쇄를 풀고 노량 쪽으로 물러가면 고니시는 따라 나올 수밖에 없습니다."

진린이 고개를 끄덕였다.

부산포에 있던 시마즈군(軍)이 합세한 것이 이틀 전이다.

이제 순천만에 5백여 척의 왜군 대함대가 모여 있는 것이다.

모이기를 기다렸다가 순천 앞바다에 진출했던 조선 함대는 여수만 쪽에서 올라온 진린의 함대와 연합하고 있다.

진린과 작전 회의를 마친 이순신이 심복인 가리포 첨사 이영남과 함께 기함으로 돌아왔다.

시마즈 요시히로는 이때 63세이니, 노인이다.

사쓰마의 영주로 왜란 초기에 4번대 대장을 맡아 용명을 떨쳤는데 고니시보다 20세나 연상이다.

이번 철군에서는 시마즈가 수군을 총지휘하는 역할을 맡았다.

본국에서 봉행 이시다 미쓰나리가 지시한 것이다.

"미쓰나리가 재주만 믿고 벌써부터 날뛰는구나."

아다케(安宅船)의 3층 누각 안에 앉아서 시마즈가 한숨과 함께 말했다.

해시(오후 10시)가 넘어서 파도가 높아졌지만 아다케는 거의 흔들리지 않는다. 주위가 어둠에 덮였어도 수백 척의 전선(戰船)이 떠 있는 모습은 장관이다.

누각의 사방은 두꺼운 장막을 쳐놓았기 때문에 아늑하다.

그때 앞에 앉은 부장(副將) 이케가 말했다.

"주군, 귀국하면 곧 이에야스와 히데요리 님의 전쟁이 있겠지요?"

"어차피 전쟁은 일어난다, 이케."

"어서 이놈의 땅이나 벗어나면 좋겠습니다."

이케는 시마즈 집안의 가신으로 58세.

시마즈와 어릴 적에 함께 자랐다.

그때 시마즈가 쓴웃음을 지었다.

"7년 만에 돌아가는구나."

"7년 동안 뭘 얻었는지 모르겠습니다."

이케가 투덜거렸다.

"수만 명이 죽고 수십만의 사상자가 났을 뿐입니다."

"조선인은 백여만이 죽었다."

"히데요시도 죽었지요."

둘뿐이어서 이케도 마음 놓고 말했다.

"주군, 귀국하시면 미쓰나리, 고니시가 히데요리를 끼고 돌 것 아닙니까? 주군께서 어떻게 하실 겁니까?"

"난 이에야스한테는 붙지 못한다."

시마즈도 마음 놓고 이케에게 본심을 드러내었다.

"이에야스한테 붙기에는 너무 늦었어. 의심만 받을 뿐이야."

"그렇다고 철부지 미쓰나리, 그리고 천주교도인 고니시 측과 손을 잡으신단 말입니까?"

"중립을 지키는 건 더 어렵지."

시마즈가 길게 숨을 뱉었다.

"히데요시 님이 너무 일찍 떠났어."

그때 밖을 내다본 이케가 말했다.

"주군, 이순신과 진린 연합군이 여수만 쪽에서 대기하고 있는 모양이오."

"어차피 이곳에서 부딪치겠지."

시마즈가 젖혀진 휘장 밖을 쳐다보지도 않고 말했다.

"이순신은 영웅이야."

"그렇습니까? 그런데 주군은 이순신이 두렵지 않으신 것 같은데요."

"고니시는 잔뜩 겁을 먹고 있어. 밀서를 보면 나를 이곳으로 끌어들이려고 온갖 핑계를 다 대었더구만."

"주군께서는 이순신과 마지막 결전을 하실 작정입니까?"

"영광이다."

순간 숨을 들이켠 이케를 향해 시마즈가 빙그레 웃었다.

"7년 전쟁에서 유종의 미를 내가 거두려고 한다."

"주군."

"내가 이순신을 죽이면 히데요시가 떠난 일본에서 존중을 받고 살아남을 수가 있겠지."

"……."

"그리고 내가 죽으면 그것도 영광이야. 이순신과 싸워서 죽으니까."

"주군."

"그래서 미쓰나리, 이에야스의 지저분한 싸움에 휘말리지 않을 수도 있고"

그때 아래쪽에서 어지러운 발소리가 들리더니 부하의 목소리가 울렸다.

"주군! 조선군이 움직입니다!"

"물러나라!"

선봉은 가리포 첨사 이영남이다.

판옥선 12척을 이끌고 있다.

이영남이 소리치자 맨 앞 열에 늘어서 있던 12척이 북소리와 함께 뒤로 물러나기 시작했다.

그 뒤쪽에는 조선군 본대 50여 척이 포진해 있다가 이미 어둠 속으로 자취를 감췄다.

그 뒤쪽에 있던 진린의 함대도 사라진 상태다.

"물러나라!"

이영남이 다시 지시했고 수부(水夫)들의 노 젓는 속도가 빨라졌다.

순천만에서 떨어져 나가는 것이다.

"자, 나가자!"

시마즈가 소리치자 아다케(安宅船)가 움직이기 시작했다.

앞쪽의 아다케 선단은 이미 움직이고 있다.

선봉대다.

아다케 25척이 횡대로 전진한다.

조선 함대가 물러나니까 따라가는 것이 아니다.

결전에 대응하는 것이다.

조선 수군이 넓은 곳에서 대결하자면서 물러났기 때문이다.

이순신이 기함의 누각에 서서 앞쪽을 응시했다.

이제 전군이 움직이고 있다.

검은 바다는 잔잔하다.

그러나 매서운 추위다.

얼음장 위를 지나는 것 같다.

함대는 바다 위를 정연하게 항진하는 중이다.

관음포 쪽으로 물러가는 것이다.

뒤를 왜군 함대가 쫓아오고 있다.

"왜군이 모두 순천을 떠났습니다!"

아래쪽에서 종사관 박기득이 소리쳐 보고했다.

"적함 5백여 척! 따라옵니다!"

"목표는 노량이다!"

이순신이 지시했다.

노량 앞바다가 결전장이다.

관음포 위쪽 노량으로 왜선을 몰아넣고 격멸시키려는 것이다.

그곳은 폭이 좁고 물살이 세어서 함대를 운용하기가 어렵다.

"노량으로!"

박기득이 소리쳤다.

진린의 명(明) 함대는 이미 위쪽으로 물러난 상태였으니 배후를 막는 꼴이
된다.

기함에서 북소리가 울리기 시작했다.

"옳지. 따라온다!"

이영남이 잇새로 말했다.

왜군 함대는 순천 앞바다의 작은 섬 장도와 송도를 지나 이쪽으로 달려오고
있다.

이제 여수만 쪽 통로는 막고 있으니 방향은 관음포 쪽 노량뿐이다.

"속력을 내라!"

이제는 선봉이 후미가 되어서 적 함대를 끌고 오는 형국이다.

이영남이 마침내 허리에 찬 검을 빼들었다.

"자! 노량이다!"

노량까지는 이제 한 식경쯤 남았다.

별을 보니 자시(밤 12시)가 되어 간다.

"꽝!"

첫 번째 포성이 울렸을 때는 축시(오전 2시) 무렵이다.

선봉군의 기함에서 가리포 첨사 이영남이 아끼는 포수 배돌이가 쏜 천자총통이다, 거리는 3백여 보.

명사수 배돌이다. 흔들리는 배에서 쏜 포탄이 날아가 아다케(安宅船) 한 척의 선수를 부쉈다.

그것을 신호로 조선 전함에서 일제히 총통이 발사됐다.

"꽝! 꽝! 꽝! 꽝! 우르르."

밤바다가 포성으로 뒤덮였다.

"돌진!"

이순신이 지휘 채를 치켜들고 소리쳤다.

"돌진하라!"

순간 아래쪽에서 고수들이 북을 쳤다.

돌진 신호다.

"둥둥둥둥둥둥."

격렬한 북소리가 포성을 누르고 밤바다에 울렸다.

적진 안으로 파고드는 것이다.

기함이 앞장서서 왜 함대의 중심을 향해 돌진했다.

"와앗!"

함성이 울렸다.

"꽝. 꽝. 꽈르르."

수부가 맹렬하게 노를 저었기 때문에 판옥선 앞에서 물보라가 튀었다.

이제는 난전(亂戰)이다.

"꽝. 꽝. 꽈르르."

돌진해 들어가면서 사방의 왜선을 향해 포를 쏘는 것이다.

이쪽은 숫자가 적으니 사방이 적이다.

쏘면 맞힌다.

"왼쪽으로 회전!"

아래쪽에서 홍양현감 고득장의 외침이 울렸다.

고득장이 기함을 지휘하고 있다.

갑자기 배가 빙글 돌더니 동시에 고득장이 외쳤다.

"쏘아라!"

오른쪽의 포들이 포탄을 장전해놓고는 기다리고 있었다.

"꽝. 꽝. 꽈르르!"

왼쪽으로 접근해오던 왜선이 박살이 났다.

그때 조총탄이 날아와 옆쪽 난간에 박혔다.

이순신이 앞쪽을 노려보았다.

이제 밤바다는 화광이 충천해서 멀리도 다 보인다.

수십 척의 전함이 불에 타오르고 있다.

대부분이 왜선이다.

이제는 난전이다.

죽을 때까지 싸우는 일만 남았다.

"장하다!"

이순신이 저도 모르게 소리쳤다.

"장하다!"

그것이 외침이 되어서 포성 속으로 번졌다.

"함정에 빠졌다!"

시마즈 얼굴에 일그러진 웃음이 떠올라 있다.

지금 시마즈의 기함도 선미가 부서져서 꼬리 빠진 닭 꼴이 되었다. 그러나 다행히 키는 온전해서 이리저리 방향을 틀 수는 있다.

"꿍! 꿍!"

기함에서도 포를 쏘지만 조선군의 화포는 압도적이다.

시마즈가 다시 소리쳤다.

"여수만 쪽으로!"

그러나 앞을 가로막은 조선군이 비켜주지 않는다.

앞쪽에는 왜군의 전함이 첩첩이 가로막고 있다.

"이런!"

시마즈가 발로 배 바닥을 찼다.

마치 장작더미를 쌓아놓은 꼴이다.

불길이 아래에서 번져오고 있다.

"저놈들을 치워라!"

시마즈가 앞을 가로막은 아군의 아다케(安宅船)를 가리키며 소리쳤다.

"포를 쏘아서 부숴버려라!"

고니시는 애초에 혼전에 끼어들지 않고 뒤로 빠져 있었다.

순천만 쪽에서 머뭇거리면서 빠져나갈 길을 찾고 있었다.

애당초부터 조선군, 이순신과 부딪칠 생각도 없었기 때문이다.

앞쪽 바다는 대혼전이다.

포성이 천지를 진동했고 불길이 솟아 바다가 환해져 있다.

"저런, 저런."

앞쪽의 아다케가 엄청난 폭음과 함께 훌떡 선미를 치솟아 올리더니 대폭발을 일으켰다.

화약고가 폭발한 것이다.

사방으로 선체가 흩어지면서 대낮같이 밝아졌다.

고니시는 숨을 들이켰다.

"아이구!"

고니시의 입에서 저절로 신음이 터졌다.

어깨를 늘어뜨린 고니시가 소리쳤다.

"길을 찾아라! 길을!"

도망칠 길을 말한다.

진린은 앞에 대형 전선 30척을 울타리처럼 막아놓고 주위에도 전선 10척을 배치했다.

철통같은 방어망을 쳐놓고 뒤쪽에 빠져 있었지만, 곧 소용돌이에 휘말렸다.

노량의 빠른 조수에 휘말려서 기함이 복판으로 나왔고 호위함들이 흩어져 버린 것이다.

그러다가 난전 속으로 휩쓸렸다.

"이런."

눈을 치켜뜬 진린이 질색을 하다가 곧 마음을 고쳐먹었다.

"쳐라! 쳐라! 쏘아라!"

진린이 고함을 쳤다.

문득 이순신의 말이 머릿속에 떠올랐다.

'살려고 하는 자는 곧 죽을 것이요, 죽으려고 작심한 자는 살 것이다.'

"뚫고 나가라!"

진린이 다시 고함쳤다.

기함에서 제독이 악을 쓰면서 분전하는 마당이다.

명(明)의 수군도 뱃머리를 부딪치며 끼어들었다.

이순신이 앞에서 침몰하는 아다케를 응시하며 소리쳤다.

"퇴로를 막아라! 노량에서 전멸시킨다!"

"와앗!"

아래쪽에서 함성이 울렸다.

왼쪽의 아다케 한 척이 포를 맞아 선수가 박살이 난 것이다.

대승이다.

한 식경이 지나면서 전세가 분명해졌다.

수십 번 접전을 치른 터라 이순신은 이쯤 되면 알 수 있다.

노량의 물살에 떠밀린 왜 선단은 빙빙 돌다가 다시 돌아왔고 저희끼리 부딪
쳤다.

이런 물살 위에서는 노련한 노군(櫓軍)들이 일등 전사다.

물길에 익숙한 장교나 별장의 지시에 따라 왼쪽, 오른쪽 노를 번갈아 저으
면서 돌고, 나가기를 반복했다.

그러면서 허둥대는 아다케를 사냥하는 것이다.

"꽝. 꽝. 꽈르르."

왼쪽 포대가 일제사격을 하는 소리가 이렇다.

그 순간 왼쪽에 나타났던 아다케 한 척이 불덩이가 되었다.

누각이 산산조각이 되었고 불빛에 흩어지는 왜군이 보였다.

그때 옆에서 총을 쏘던 함경도 포수 윤성이 소리쳤다.

"대감! 조심하십시오!"

윤성이 일어나 이순신 앞을 가로막았다.

"저격병을 조심하십시오!"

"괜찮다. 너나 왜장을 쏘아라!"

이순신이 웃음 띤 얼굴로 윤성을 밀었다.

"서둘러라!"

총탄이 그야말로 비 오듯 쏟아지고 있다.

적선에서 쏜 포탄이 갑판에 맞아 폭발했다.

윤성이 비켜서면서 다시 소리쳤다.

"놈들이 기힘에 집중하고 있습니다!"

그때 이순신이 고개를 돌려 옆에 선 셋째 아들 면을 소리쳐 불렀다.

"면아! 면아!"

면이 고개를 돌려 이순신을 보았다.

"예, 아버님."

"어젯밤 꿈에 너를 보았다!"

"예, 아버님."

"네가 나를 말에 태우고 달려가더구나."

"예, 아버님."

"너하고 같이 달리니 좋았다!"

그때 윤성이 다시 소리쳤다.

"대감! 몸을 숙이시지요!"

"장하다!"

이순신이 짚고 있던 칼을 치켜들고 힘껏 소리쳤다.

"내 용사들아!"

그 소리를 아래쪽 장졸들이 다 들었다.

"와앗!"

기운을 얻은 장졸들이 목이 터져라 소리쳤다.

보라.

사방에서 불에 타오르고 있는 배는 왜선뿐이다.

지금도 기함인 판옥선은 회전하고, 나아가면서 포화를 퍼붓고 있다.

"와앗!"

장졸들의 함성과 함께 다시 왜선 한 척이 곤두박질로 엎어졌다.

"아앗!"

외침은 윤성의 입에서 터졌다.

함경도 포수 윤성은 백발백중의 솜씨로 이순신을 경호하는 경호 포수다.

윤성이 이순신에게 달려들었다.

"대감! 대감!"

어느새 이순신이 장검을 놓친 채 난간에 기대 서 있는 것이다.

"아앗! 아버님!"

이면이 달려들어 이순신을 껴안았다.

"아버님!"

이순신을 껴안고 누각 위에 주저앉았을 때 이면은 소스라쳤다.

갑옷 사이로 번져 나온 검은 피가 손을 적셨기 때문이다.

주위가 화염에 뒤덮여 밝았지만, 밤이다.

피는 검게 보인다.

"아버님!"

이면이 소리치자 이순신이 누운 채 눈을 부릅떴다.

"시끄럽다! 이놈!"

“아버님!”

“목소리를 죽여라!”

“예, 아버님.”

“내 투구를 쓰고 저쪽 북을 쳐라!”

고수가 보이지 않고 빈 북만 놓여있는 것이다.

“어서! 내 투구를 쓰고 북을 쳐라!”

“예, 아버님.”

“난 괜찮다.”

이순신이 얼굴을 펴고 웃었다.

“면아, 네가 북 치는 것을 보겠나. 어서!”

“예, 아버님.”

“너하고 같이 말을 타고 달렸다.”

“예, 아버님.”

“어서 서둘러라!”

이면이 이순신의 몸을 윤성에게 맡기고 한 계단을 내려가 북채를 잡는다.

“둥. 둥. 둥. 둥. 둥.”

기함에서 울리는 공격의 북이다.

계속해서 공격하라는 신호다.

기함의 북소리를 들은 조선 수군들이 고개를 돌렸다가 이순신이 친히 북채를 휘두르며 북을 치는 것을 보았다.

“와아앗!”

이순신의 모습을 본 장졸들이 아수라 같은 외침을 뱉었다.

장수들도 눈물을 뿌리며 소리쳤다.

“공격! 공격! 쏘아라!”

조선 전함은 이제 선 채로 왜선을 들이받는다.

가리포 첨사 이영남은 타고 있던 선봉군의 기함으로 고니시군의 중군장 요시하라의 아다케를 들이받았다.

아다케가 옆으로 넘어지면서 누각이 이영남 위로 무너졌다.

판옥선은 아다케의 잔해를 뚫고 나왔지만, 이영남은 허리를 다쳤다.

"돌진! 돌진!"

이영남이 계속해서 고함을 쳤기 때문에 판옥선은 또 한 척의 아다케를 들이받아 침몰시켰다.

판옥선 앞에 기둥을 박아서 황소 뿔처럼 만들어 놓았기 때문이다.

"나리! 또 한 척이오!"

아래쪽에서 신이 난 별장 우학봉이 소리쳤다.

들이받아 침몰시킨 아다케가 4척이나 된 것이다.

그러나 이영남이 보이지 않았기 때문에 우학봉은 누각으로 뛰어 올라갔다.

그 순간 우학봉이 숨을 들이켰다.

이마에 총탄을 맞은 이영남이 반듯이 누워있다.

전사다.

북을 치는 이면을 응시하던 이순신이 고개를 들어 윤성을 보았다.

그러고는 입술을 달싹이며 말했다.

"고맙다."

"아, 대감."

놀란 윤성이 숨을 들이켰다.

고맙다는 말에 놀란 것이다.

난데없는 말이다.

그때 다시 북을 치는 이면의 모습을 보던 이순신이 윤성에게 말했다.

"너는 오래 살아라."

"대감."

"너희들은 오래 살아야 돼."

"대감."

그때 이순신이 눈을 감았기 때문에 윤성이 이를 악물었다.

이면을 부르고 싶지만 이순신이 북소리를 들을지도 모른다.

북소리가 그치면 걱정할 것 같아서 놔두었다.

그때 폭음과 함성이 귀에 울렸다.

지금까지 계속해서 울리고 있었지만 못 들은 것이다.

"대승이오!"

부장 하나가 소리쳐 보고했다.

"도망친 왜선은 40, 50척뿐이오! 우리가 4백여 척을 격침했습니다!"

"그렇다."

진린이 어깨를 폈다.

그러나 명(明)의 수군은 북쪽 언저리에서 돌았지 조류가 흐르는 노량 앞바다로 나아가지는 못했다.

조류에서 빠져나온 왜선 수십 척을 잡았을 뿐이다.

조선 함대가 노량 앞바다에서 왜선을 몰아넣고 전멸시켰다.

그때 아래쪽에서 부장 곽성이 소리쳤다.

"기함에서 조기(弔旗)가 올라왔소! 통제사가 당하신 것 같소!"

"무엇이!"

놀란 진린이 벌떡 일어섰다.

"대감!"

기함에 오른 진린이 대성통곡을 하면서 이순신을 찾았다.

"대감이 어디 계신가?"

흐느껴 울면서 진린이 이순신을 찾는다.

이면이 다가가 잠자코 옆쪽을 가리켰기 때문에 진린의 시선이 옮겨졌다.

이순신이 누워있다.

"대감!"

두 손을 내밀며 다가간 진린이 옆에 털썩 꿇어앉더니 대성통곡을 했다.

"아아, 영웅이 가셨도다! 이를 어이한단 말이냐!"

한어였지만 둘러선 수백 명의 장수들도 뜻을 대강은 안다.

"아이고오, 대감. 이 영광을 누리지도 못하고 가시다니!"

진린이 주먹으로 배 바닥을 두드렸다.

무술년. 선조 31년.

11월 19일 묘시(오전 6시) 무렵이다.

날이 밝아오고 있었지만 이순신은 배 바닥에 누워있다.

함경도 포수 윤성이 제가 입던 털조끼를 벗어 이순신의 베개를 만들어주었는데, 얼굴 표정이 평안했다.

진린의 울음소리가 새벽 바다 위로 덮였지만, 조선군 장졸들은 우두커니 서 있다.

울음소리도 내지 못한다.

장수 몇 명이 보이지 않는 구석에 주저앉아 머리로 난간을 부딪치거나 가슴을 두드리고 있을 뿐이다.

아직 소리를 내지 못한다.

가슴이 모두 미어져서 목소리가 막힌 것이다.

그래서 말도 잘 뱉지 못하고 있다.

"무엇이? 통제사가?"

비명처럼 외친 도원수 권율이 벌떡 일어섰다가 현기증이 일어나 비틀거렸다.

"아이구, 이런."

청 앞에 엎드린 장수는 종사관 안혁진.

노량에서 한숨도 쉬지 않고 말을 몰아 이곳 양산으로 옮겨온 도원수의 진영으로 달려왔다.

고개를 든 안혁진이 다시 소리쳐 말했다.

"오늘 새벽에 노량해전에서 총탄에 맞아 가셨소."

권율의 얼굴이 하얗게 굳어졌고 안혁진의 목소리가 사방에 울렸다.

"퇴각하려는 왜군 함대 500여 척을 향해 돌진, 두 시진(4시간)의 전투 끝에 450척을 격침, 대파시킨 후에 총탄에 맞은 것입니다. 왜군은 50여 척만 살아남아 도망쳤습니다."

그때 이곳저곳에서 흐느낌 소리가 울렸다.

권율의 눈에서도 눈물이 흘러내렸다.

고개를 든 권율이 물었다.

"시신은 어디에 모셨느냐?"

"통제영에 계십니다."

어깨를 부풀린 안혁진이 핏발 선 눈으로 권율을 보았다.

"명(明)의 진린 제독께서 옆을 지키고 계시오."

"편히 가셨는가?"

"아들 면에게 자신의 투구를 쓰고 독전 북을 울리게 하신 다음 그것을 보면서 숨을 거두셨소."

그러더니 고개를 쳐들고 소리쳤다.

"통제사께서 왜적을 마지막으로 쳐부수고 함께 떠나셨습니다!"

그때 사방에서 울음소리가 일어났다.

청 안팎에 모인 군사, 하인, 장수들까지 목을 놓아 우는 것이다.

통곡이다.

통곡이 관아를 덮었다.

마침내 권율도 울음을 터뜨렸다.

무술년 1598년.

선조 31년 음력 11월 19일이다.

"수군통제사 이순신이 전사했습니다."

영의정 유성룡이 말하자 임금이 고개를 들었다.

흐려져 있던 두 눈에 생기가 일어났지만 입을 떼지는 않았다.

정릉행궁의 청 안.

미시(오후 2시) 무렵.

청 안에는 당상관 1백여 명이 모여 있다.

청 안이 조용해졌다.

모두 정3품 이상의 신하들이고 이미 도원수로부터 온 전령한테서 이야기를 들은 터라 임금의 반응을 기다리고 있다.

그때 유성룡이 말을 이었다.

"노량 앞바다에서 퇴각하는 왜선 5백 척에 돌진, 450여 척을 부수고 적탄에 맞아 전사했습니다. 아군 피해는 20여 척에 불과하니 대승입니다."

"장하다."

마침내 임금이 입을 열었다.

"통제사에서 직급을 증직시키는 것이 낫지 않겠소?"

"예, 그렇게 하지요."

그때 임금이 자리에서 일어섰기 때문에 유성룡이 말했다.

"전하, 통제사가 전사할 때 조카 이완과 아들 이면이 옆에서 공을 세웠습니다. 공을 인정해주소서."

"의정부에서 집행하라."

"전하."

유성룡이 다시 불렀기 때문에 임금이 언짢은 기색으로 다시 앉았다.

유성룡의 목소리가 청을 울렸다.

"통제사 이순신이 전사를 한 후에도 이순신의 기함을 지휘한 조카 이완이 명(明) 제독 진린의 배를 왜군 포위에서 구해냈습니다. 이 공이 큽니다."

"공을 적도록."

"진린은 이순신이 전사했다는 말을 듣고 달려와 '나는 장군께서 살아서 나를 구원한 줄 알았는데 죽어서도 도와주신 것입니까?' 하면서 가슴을 두드리고 통곡을 했습니다."

"……."

"통제사가 전사했다는 소식이 전해지자 명군(明軍)과 조선군의 각 진영이 모두 통곡을 해서 제 어버이가 죽은 것처럼 몸부림을 쳤다고 합니다. 영구(靈柩)가 지나는 곳마다 백성들이 제사 단을 차리고는 상여를 붙잡고 통곡을 했습니다. '장군께서 우리를 살리시더니 우리를 버리고 어디로 가십니까?' 하면서 길을 막아서 영구(靈柩)가 지나지 못했습니다."

어느덧 유성룡의 얼굴은 눈물범벅이 되었고, 청 안은 무거운 정적이 덮였다.

그때 전라병사 윤청이 버럭 소리쳤다.

"왜 여기서는 통곡 소리가 없는가?"

그러더니 통곡을 하기 시작했다.

"아이고! 아이고! 아이고!"

그러자 두어 명이, 이어서 서너 명이, 곧 절반쯤의 대신이 소리 내어 울었다.

고개를 든 유성룡이 어느새 임금의 용상이 비어 있는 것을 보았다.

"오늘 청에서 운 대신들은 곧 해코지를 당할 겁니다."

청에서 나온 광해 옆으로 병조참판 이응서가 다가와 말했다.

이응서는 44세.

20세에 문과(文科) 급제로 벼슬에 올랐지만, 직언을 자주 하는 바람에 온전한 벼슬살이를 못 했다.

그래서 지방 수령으로 나갔다가 이번 왜란 때 공을 세워 '어쩔 수 없이'. 병조참판이 되어서 상경했다.

조금 전에 두 번째로 대성통곡을 한 무리에 속한다.

광해는 청의 왼쪽 열 앞자리에 서 있었지만 울지는 않았다.

어금니를 물고 있었을 뿐이다.

중문을 나섰을 때 다시 이응서가 말을 이었다.

"울지 않은 놈들이 모두 기록해놓을 것입니다."

이응서가 얼굴을 일그러뜨리며 웃었다.

"이것이 조선 조정의 진면목이올시다."

"......"

"이런 조정이 있었기 때문에 왜란(倭亂)이 일어난 것이지요."

"……."

"저하, 불경한 말씀입니다만."

이응서가 광해를 보았다.

"이순신에 대한 유 정승의 이야기를 들을 때 전하의 용안을 보셨습니까?"

광해가 외면했지만 이응서는 말을 이었다.

"불편해 보이셨습니다. 이것은 정상적인 군주가 아니올시다."

"……."

"그런 군주를 받드는 무리는 숙청해야 옳습니다."

"……."

"저하께서 왕위를 이으셨을 때 반면교사로 삼으소서."

"고맙네."

마침내 광해가 낮게 말했다.

"명심하겠네."

이곳은 요동.

대보성의 청 안에서 이산이 사내 하나와 마주 보고 앉아있다.

이산 좌우에는 최경훈과 조병기 등 이산의 조선인 중신들만 둘러앉았다.

이산이 앞에 앉은 사내를 보았다.

"오느라 고생했다."

그때 어깨를 편 사내가 이산을 보았다.

사내는 윤성이다.

함경도 포수 윤성이 이순신의 경호포수로 지내다가 이제 조선 땅을 벗어나 이산에게 온 것이다.

수천 리를 횡단해서 왔다.

149

이산의 시선을 받은 윤성이 자신의 내력에서부터 이순신을 만나게 된 동기, 그리고 경호무사가 된 사연도 말했다.

이순신의 죽는 순간까지 이야기하는 동안 이산은 듣기만 했다.

이윽고 윤성이 이야기를 마쳤을 때 이산이 고개를 들고 청 밖을 보았다.

청 안이 조용해졌고 모두 움직이지 않는다.

유시(오후 6시) 무렵.

이순신이 전사한 지 한 달이나 지났다.

그동안 이산은 소식을 들어 알고는 있었다.

그러나 옆에서 싸웠던 경호포수 윤성한테서 그날의 장면을 생생하게 들을 수 있게 된 것이다.

이산이 윤성을 보았다.

"너는 이제부터 내 옆에 있어라."

"예, 나리."

윤성이 번들거리는 눈으로 이산을 보았다.

"그것이 소원입니다."

"그래서 앞으로 조선이 어떻게 되는가를 네 눈으로 보거라."

"예, 나리."

그때 최경환이 입을 열었다.

"1백인장으로 포수대를 지휘하도록 하시지요."

이렇게 윤성이 이산의 측근이 되었다.

10년 후.

선조 41년 2월.

이곳은 요동의 대보성 안.

추운 날씨여서 벽 쪽에 장작을 태우는 화덕에서 더운 기운이 방 안으로 흘러들어왔다.

청의 의자에 두 사내가 마주 앉아있었는데, 둘 다 장신의 호남이다.

그러나 하나는 30대 후반쯤의 장년이고, 하나는 동안의 청년이다.

그때 청년이 입을 열었다.

"아버님이 팔기군(八旗軍) 체제를 더 확고하게 굳히신다고 하셨습니다."

장년이 고개를 끄덕였다.

청년은 누르하치의 8번째 아들인 아바가이, 그리고 장년은 이산이다.

이산과 아바가이는 둘만의 밀담을 나누고 있다.

그때 아바가이가 말을 이었다.

"북부의 여진 4부족이 통합되었지만 아직 장성을 넘을 시기가 아니라고 하셨습니다."

"내 생각도 그렇다."

누르하치는 북방의 여진 4부족까지 통합시킨 후에 지금 전력(戰力)을 보강하는 중이다.

이제 누르하치는 여진 12개 부족을 통합한 대족장이 되었고 휘하에 27개 부대의 팔기군을 보유하고 있다.

약 15만의 병력이다.

그리고 이산은 누르하치의 의형제이자 남부군 사령관, 거기에다 누르하치의 후계자인 아바가이의 대부(代父)가 되었다.

생부(生父)가 대부로 되었지만, 여진족에서는 전혀 이상한 일이 아니다.

그때 이산이 물었다.

"요즘 활쏘기 연습은 하느냐?"

불쑥 조선말로 물었기 때문에 아바가이가 눈동자에 생기가 떠올랐다.

"예, 아버님."

아바가이가 자신의 정체를 알게 된 것은 10살이 되던 해다.

그때는 아이 티를 벗고 누르하치의 후계자로서 어른 행세를 시작한 때였는데, 어머니처럼 보살피던 유모 막내가 자신의 출생 비밀을 알려주었다.

지금까지 대부(代父)로 알고 있었던 이산이 생부(生父)였다.

그리고 생모는 조선인이었다.

생모로 알고 있었던 차연은 길러준 어머니였다.

그러나 아바가이는 태연했다.

전혀 내색하지 않고 누르하치, 차연을 생부모(生父母)처럼 모셨다.

그리고 그날부터 막내한테서 조선말을 배우기 시작한 것이다.

생부모(生父母)의 말을 가르쳐주겠다는 막내의 제의에 두말없이 승낙한 것이다.

이것이 아바가이의 비범한 성품이다.

그리고 나서 3년 전.

아바가이가 14살이 되었을 때다.

아바가이가 위사대만 이끌고 남부지역 순시를 나왔다.

대족장인 아버지 대신 각 부족의 순시를 다니는 행차다.

이산은 아바가이의 공식적인 대부(代父)이며 숙부, 그리고 남부군 총사령으로 여진 집단의 이인자다.

인사를 마친 아바가이가 주위를 물리치고 둘만의 독대를 만들더니 이산에게 묻는 것이었다.

"대부(代父)님이 제 생부(生父)이시지요?"

순간 이산이 숨을 들이켰다.

그러고는 아바가이를 향해 빙그레 웃었다.

아바가이가 조선말을 썼기 때문이다.

"막내가 조선어를 잘 가르쳤구나."

"10살 때부터 4년간 배웠습니다."

"잘했다."

"아버님이 생부시고 생모는 조선의 대사간 홍기선 님의 따님인 홍화진이란 분이셨습니다."

"장하다."

"막내는 제가 어머님의 인내심과 예지력을 물려받았다고 했습니다."

"네 외조부가 천지조화에 능통한 분이셨다."

"제가 아버님한테는 사내의 의지와 힘, 능력을 물려받은 것 같습니다."

"네 부친 누르하치 님은 천하영걸이다. 너는 아버님을 모시고 대업을 이뤄야 한다."

"예, 아버님."

"너는 두 아버지를 두었지만 나는 네 아버지의 동생이며 조력자다. 그걸 명심해야 한다."

"예, 아버님. 대의를 위해서는 제 아버지인 누르하치 님을 따르겠습니다."

"옳지. 그렇다."

"제가 아버님께도 그렇게 약속드릴 것입니다."

감동한 이산이 고개만 끄덕였다.

14세의 아바가이가 누르하치의 아들로 자라면서 이산보다 그릇이 커져 있는 것이다.

그것이 3년 전이다.

그 후로 1년에 두 번 정도 만났는데, 이렇게 둘만 있을 때는 꼭 조선말로 대화를 했다.

다음 날 이산과 아바가이, 그리고 이산과 차드나 사이에서 낳은 아들 보르
츠까지 셋이 사냥을 나갔다.

이산에게는 이제 1천인장이 된 함경도 포수 출신 윤성이 거느린 총포대가
있었지만 셋은 제각기 활을 들었다.

겨울 들판에는 사슴 무리가 많다.

"작년에는 2마리밖에 잡지 못했지만, 올해에는 5마리는 잡겠습니다."

마상에서 아바가이가 말했다.

사시(오전 10시) 무렵.

세 부자는 말을 타고 나란히 섰다.

이산의 좌우에 17살이 된 아바가이와 15살의 보르츠가 서 있는 것이다.

"요즘은 사슴 떼가 줄어들었으니 힘들 것이야."

이산이 웃음 띤 얼굴로 보르츠를 보았다.

"넌 아바가이 형한테 네 솜씨를 인정받아야 될 거다."

"예, 아버님."

15살이었지만 역시 청년처럼 장성한 보르츠가 긴장한 얼굴로 대답했을 때다.

뒤쪽에서 말굽 소리가 울리더니 전령이 달려왔다.

성에서 달려온 전령이다.

"조선에서 온 밀사입니다!"

소리친 전령의 뒤로 상민 복색의 사내 하나가 말을 타고 따르고 있다.

말 머리를 돌린 이산의 앞에 전령과 사내가 다가와 말에서 내렸다.

그때 사내가 고개를 들고 이산을 보았다.

30대쯤의 건장한 체격, 무관(武官) 같다.

"소인은 어영청 별장 한석동이라고 합니다. 주상 전하의 밀명을 받고 달려왔습니다."

"조선의 주상 말인가?"

이산이 묻자 사내가 고개를 들었다.

"예, 주상 전하가 저에게 사령관께 전하라고 말씀하셨습니다."

"난 조선 임금하고는 인연이 없는 사람이야. 세자라면 모르지만."

"그 세자 저하께서 왕위에 오르셨소."

사내의 목소리가 열기를 띠었다.

"세자 광해께서 임금이 되셨습니다."

왜란이 끝난 지 만 10년이 지났을 때 광해는 왕위를 이었다.

그것도 결코 순탄하게 이은 것이 아니다.

광해가 조선 왕통(王統)과는 인연이 없었기 때문일까?

임금 선조는 2년 전인 선조 39년에 인목왕후 김씨로부터 영창대군을 낳았다.

임금의 14명 아들 중에 유일한 적출이다.

그러니 나이 30이 넘고 세자가 된 지 10년이 넘는 광해를 폐세자하자는 의견이 분분했다.

그것은 임금이 55세에 낳은 영창대군을 끔찍하게 사랑했기 때문이기도 할 것이다.

임금의 의중을 눈치챈 소북파에서 폐세자를 추진했다.

그러나 임금이 덜컥 병환으로 쓰러져 사경을 헤매게 되었다.

자리에 누운 임금이 정신을 모으고는 영창의 미래를 생각했다.

그러자 2살짜리로 대를 이었다가는 사달이 날 것을 정신이 혼미한 상태에서도 알 수 있었다.

그래서 대신들을 모아 영창을 잘 부탁한다는 유언을 남겼다.

그러고는 영의정 유영경을 불러 광해에게 왕위를 넘긴다는 선위교서를 내렸다.

그런데 또 간신들이 농간을 부렸다.

유영경이 임금의 선위교서를 집에 숨기고는 발표하지 않은 것이다. 당황한 대신들이 모여 상의하다가 유영경의 주재로 영창대군의 어머니이며 이제 대비가 된 인목대비에게 결정권을 맡겼다.

유영경은 영창대군을 즉위시키고 인목대비가 수렴청정하기를 종용한 것이다.

그러나 인목대비는 유영경 등의 제의를 거부하고 언문 교지를 내려 광해군을 즉위시킨 것이다.

끝없이 이어지는 간신들의 농간에 제동이 걸리면서 광해가 임금이 되었다.

이산이 어영청 별장 한석동에게 말했다.

"이제 조선이 제대로 된 나라가 될 것 같구만."

사냥터에는 아바가이와 보르츠를 남겨두고 성으로 돌아온 이산이 그동안의 사연을 들은 것이다.

이산이 말을 이었다.

"유영경 일당을 처단해야 되지 않겠나?"

"예, 그렇게 해야지요."

"전하께서 글을 보내시지 않았나?"

"저에게 그동안의 사연을 모두 말씀드리라고 하셨습니다."

"그렇다면 내 말씀도 전해드리게."

"예, 장군."

"필요하면 내가 군사를 이끌고 내려가 썩은 조정을 청소해드린다고 하게."

"예, 장군."

"이제 명은 곧 망하네."

정색한 이산이 말을 이었다.

"명(明)에 사대할 필요도 없어, 곧 우리가 대륙을 정벌할 테니까."

"예, 장군. 하오나."

고개를 든 한석동이 이산을 보았다.

"곧 명에서 진상 조사단이 올 것 같습니다. 그것은……."

"무엇 때문인가?"

"전하가 서자이신 데다가 손위의 임해군이 살아있고 적자 영창대군까지 있지 않냐는 것입니다."

"다 망해가는 놈들이 아직도……."

"지금까지 조선왕이 되려면 명 황제의 인가를 받았기 때문입니다."

"그렇다면 내가 길목에서 명의 조사단을 죽이기로 하지. 마침 길목에 있으니 오는 족족 죽이면 될 것이야."

"말씀드리도록 하겠습니다."

"다시 말하지만, 왕위를 이으신 것을 축하드리고 언제든지 도와드리겠다고 전하게."

"예, 장군."

두 손을 청 바닥에 짚은 한석동이 젖은 눈으로 이산을 보았다.

"이제 저도 든든합니다. 장군을 뵙고 나니 전하께서 서둘러 소식을 알려드린 이유도 알 것 같습니다."

광해는 왕이 되었지만 아직 도처에 적이 있는 것이다.

이산의 명성은 이미 요동 지역은 물론이고 명(明)에도 알려져 있다. 이산이 조선인이며 광해와 친밀한 관계라는 것도 알려졌다.

명은 무기력한 황제 만력제(神宗)가 장기간 재위하고 있지만, 환관 위충현, 하선 등이 실권자다.

환관군(群)이 정적을 숙청하고 동조자들을 요직에 기용했으며 지방에서 엄청난 조세를 걷어 치부했다.

환관 세상이다.

"이산이 요동 서남부에 자리 잡고 있어서 목 밑의 혹 같은 존재가 되었습니다."

태감 하선이 위충현에게 말했다.

"서남부 지역의 명(明) 관리는 이산에게 복속하고 있다고 봐도 될 것입니다."

"그렇다면 그자들이 두 주군을 섬기고 있다는 말인가?"

"그런 셈이지요."

"요동의 여진 세력이 강성해지고 있어."

위충현이 눈을 가늘게 뜨고 하선을 보았다.

하선이 환관군(群)의 이인자다.

위충현의 심복인 것이다.

위충현이 말했다.

"이번에 진상 조사단이 요동성을 거쳐서 조선에 갈 거다. 이제는 전충에게 도원수 직임을 주고 요동으로 보내야겠다."

"예, 태사님."

"네가 전충에게 가야겠다."

하선이 허리를 굽혔다.

명(明)의 용장 전충은 상장군으로 서북면 병마도원수였다가 이번에 자금성으로 불려온 용장이다.

　전충은 48세.

　20살 때부터 변방으로만 돌아다녔기 때문에 자금성에 온 적도 없다.

　차츰 명성을 쌓아가면서 직급이 올라 상장군이 되어서야 자금성에 집을 한 채 마련했다.

　방이 10개짜리 조그만 저택이다.

　다른 장수들은 중랑장만 되어도 별채가 대여섯 개나 있는 대저택을 마련하는 세상이다.

　술시(오후 8시)가 되었을 때 전충은 저택 마루방에서 손님과 마주 앉았다.

　손님은 환관 태감 하선이다.

　"이번에 도원수께서 중책을 맡게 되셨습니다."

　하선이 거드름을 피우면서 말했다.

　수염이 없는 얼굴을 든 하선이 내려다보는 시선으로 전충을 보았다.

　"요동 지역 총사령관으로 가시게 되었습니다. 도원수 휘하에 북방군 5만을 떼어드릴 것이고 37개 주(州)를 관리하게 되십니다."

　전충이 어깨를 부풀렸다가 내렸다.

　6척 장신에 턱수염이 짙고 긴 데다 부리부리한 눈이 위압적이다.

　"임무에 충실하겠소."

　전충이 그렇게만 말했을 때 하선이 저고리 가슴을 헤치고 접힌 종이를 꺼내 내밀었다.

　"요동 관찰사가 있지만, 장군의 휘하이고 동서방어사 또한 장군이 관리하게 됩니다. 그러니 도원수 명으로 각 주(州)에 세금을 걷을 수 있으니 종이에 적힌 세금을 참조하시오."

전충이 종이를 보았다.

각종 세금이 10여 가지나 적혀 있는데 금액이 어마어마했다.

그때 하선이 말을 이었다.

"도원수 휘하에 징세관을 딸려 보낼 터이니 신경 쓰지 않으셔도 됩니다."

고개를 든 하선의 얼굴에 웃음이 떠올랐다.

"더 걷힌 금액은 당연히 장군의 몫이지요."

하선이 주위를 둘러보는 시늉을 했다.

"도원수의 저택이 이래서야 되겠습니까? 식구들 고생시키면 안 되지요."

누르하치가 이끄는 여진 연합군은 아직 전열을 정비하지 않았다.

동부지역은 통일시킨 후에 만추성을 중심으로 누르하치 군단이 자리를 잡았다.

그러나 명과 가까운 서부지역은 복잡하다.

이산이 남쪽에 기반을 굳히고 있지만, 명의 세력이 위를 누르고 있는 형국인 것이다.

명(明)은 대국이다.

관리가 부패하고 군(軍)의 사기가 떨어졌다고 해도 장성 서쪽에만 수천만의 주민이 살고 있다.

이것이 저력인 것이다.

누르하치가 대보성에 왔을 때는 명(明)의 도원수 전충이 자금성을 떠났다는 소문을 들은 지 닷새 후다.

누르하치는 아바가이를 대동했는데, 대족장의 행차답게 팔기군(八旗軍) 1만 명을 이끌고 왔다.

누르하치는 대보성에 들어오자마자 이산과 독대했다.

주위를 물리치고 청에서 둘이 마주 앉은 것이다.

누르하치가 입을 열었다.

"아우, 이번에 요동으로 오는 도원수 전충은 명(明)에서 가장 뛰어난 용장이네. 더구나 정예군 5만을 이끌고 있어."

"그렇습니다."

이산이 고개를 끄덕였다.

전충의 목표는 이산의 여진 남부군(南部軍)이다.

이산이 말을 이었다.

"전충이 도원수로 전군(全軍)을 장악하게 되면 이끌고 온 5만에다 요동 동서 방위군 병력 8만까지 지휘하게 될 겁니다."

"아우님의 남부군으로 견딜 수 있겠는가?"

"해보겠습니다."

이산이 정색하고 고개를 끄덕였다.

"그동안 형님은 나라의 틀을 세워 놓으시지요."

"앞으로 5년쯤만 더 견디면 틀이 잡힐 수 있겠어."

"국명(國名)은 지으셨습니까?"

"우선 후금(後金)으로 하겠네. 국가의 행정, 군사의 틀을 굳혀놓고 대업(大業)에 도전해야지, 그렇지 않으면 도적 떼에 불과하네."

"형님을 위해 제가 거름이 되지요."

"3만 5천의 병력으로 서너 배의 명군(明軍)을 감당해야 하네. 더구나 전충은 명(明)의 제일의 용장이야."

말을 멈춘 누르하치가 지그시 시선을 주고 나서 말을 잇는다.

"아우, 아바가이를 위해서라도 우리가 기반을 굳혀야 하네."

순간 이산이 숨을 들이켰다.

그렇다.

두 아버지가 아들을 위해 희생한다는 말이다.

누르하치는 아바가이가 이산이 생부라는 사실을 알고 있다고 믿는 것 같다.

징세관 조위는 환관이다.

얼굴이 여자처럼 뽀얗고 목소리도 가늘었지만, 성격이 표독해서 주위에 사람이 모이지 않았다.

요동성 안.

어제 본군(本軍)이 도착했기 때문에 성안은 떠들썩하다.

조위가 앞에 선 중랑장 허백에게 말했다.

"세금을 걷어야 전쟁을 할 수 있는 거야. 세금을 내지 못하는 주(州) 자사나 태수를 잡아 오도록. 시범을 보여야 돼."

"우선 군마(軍馬)세를 받아내기로 하지요."

"전령을 보낸 후에 내지 않은 주(州)는 내가 직접 책임자를 처벌하겠다."

조위가 눈을 가늘게 뜨고 웃었다.

"한두 놈을 감옥에 가두거나 매질을 하면 정신을 차리겠지."

"전령부터 보내겠습니다."

조위와 여러 번 같이 일해 본 터라 허백이 따라 웃었다.

"징세관님이 누구신지 안다면 어떻게 해서라도 세금을 마련할 것입니다."

요동성의 태수 겸 관찰사는 서황준이었는데, 전충이 오기 전까지는 요동 전 지역의 관리자였다.

서황준은 62세.

온건하고 우유부단한 성격이지만 청렴해서 환관 위충현도 트집을 잡지 못하고 태수로 임명한 것이다.

술시(오후 8시) 무렵.

서황준과 전충이 태수의 거처인 내전 청에서 술상 앞에 앉아있다.

서황준과 전충은 10여 년 전, 변방인 위구르 지역에서 함께 근무한 인연이 있다.

그때는 서황준이 순무사였고, 전충은 휘하의 병마사였는데 지금은 뒤집혔다.

전충이 술잔을 들고 웃었다.

"대감, 그때는 서쪽 끝이더니 지금은 동쪽 끝에서 같이 전쟁을 치르게 되었습니다."

"그때도 장군께서 이기셨으니 이번에도 그렇게 될 것이오."

서황준이 덕담을 했으나 전충이 고개를 저었다.

"이번에는 힘들게 될 것 같습니다."

"쉬잇."

서황준이 정색하고 목소리를 낮췄다.

"큰일 날 소리를. 누가 듣겠소."

"환관이 따라왔지만 밖에서 위사들이 지키고 있습니다."

쓴웃음을 지은 전충이 말을 이었다.

"나한테는 이번 관직이 명(明)에서의 마지막이 될 것 같습니다."

"도원수께서 승전하시겠지요. 그런 말씀 아닙니까?"

"누구를 위한 전쟁이란 말입니까? 환관 위충현?"

"쉬잇!"

"저하고 함께 온 징세관 놈은 이곳에서 금화 150만 냥을 가져갈 것입니다. 저는 도원수로 임명되면서 그 징세에 대한 약속부터 받았소. 위충현은 전쟁에 대해서는 묻지도 않았습니다."

"……."

"황제는 뭘 하고 자빠졌는지 코빼기도 보이지 않습니다."

"쉬잇!"

"거렁뱅이 중 주원장이 명(明)을 창건한 지 250년이 되었으면 오래 간 것이 지요."

"장군."

낮게 전충을 부른 서황준의 눈이 번들거렸다.

"어떻게 할 작정이시오?"

"이대로 잠시 놔둘 겁니다."

"그렇다면……."

"날 따라온 징세관 놈이 전쟁을 핑계로 요동 37개 주에 세금을 걷으러 다닐 것입니다. 그러면 민심이 폭발하겠지요."

전충이 얼굴을 일그러뜨리며 웃었다.

"이쪽저쪽에서 민란이 일어날 것입니다. 나는 그걸 놔둘 겁니다."

"옳지."

"그러면 여진이 기회를 노리게 되겠지요."

"당연히."

"아래쪽 여진 남부군 사령관 이산이 가만있을 리 없습니다."

"민란을 부채질하겠지요."

"그때 이산을 만나 보겠습니다."

"장군."

서황준이 웃음 띤 얼굴로 전충을 보았다.

"내 의사는 묻지도 않으시는군요."

"관찰사께서는 저와 함께 가실 것이라고 믿고 있습니다."

전충이 길게 숨을 뱉었다.

"저는 더 이상 명(明)을 위해서 싸우지 않을 것이오."

"잡았습니다!"

청으로 들어선 위사대의 1백인장이 소리쳐 보고했다.

유시(오후 6시) 무렵이다.

1백인장이 말을 이었다.

"모두 온전하게 사로잡았습니다. 관리가 넷, 장수가 둘, 수행원이 16명입니다."

이산이 고개를 끄덕였다.

조선과의 통로에 잠복하고 있던 군사들이 명(明)의 사신 일행을 사로잡은 것이다.

조선왕이 된 광해에 대한 진상 조사단이다.

4장 아바가이 등장

진상 조사단장은 예부시랑 구영빈이다.

비대한 몸으로 말에서 내릴 때 발을 잘못 디뎌 발목을 삐었다.

46세.

사색이 된 얼굴로 이산을 올려다보았다.

부사(副使)는 도위 양건과 판관 시용이었는데, 둘 다 엎드린 채 고개도 들지 못했다.

유시(오후 6시) 무렵.

대보성의 청 안.

주위에는 10여 명의 장수, 가신들이 늘어서 있다.

그때 시선을 든 이산이 지시했다.

"이들을 내실로 데려가라."

내실은 청 안쪽의 마루방이다.

내실로 들어선 셋은 더 위축되었다.

사방이 막힌 데다 청보다 좁았기 때문일 것이다.

이산과 최경훈, 그리고 역관까지 들어섰고 뒤로 위사 둘이 따라와 벽에 붙어 섰다.

방 안의 분위기가 금세 굳어졌다.

그때 자리에 앉은 이산이 구영빈에게 물었고 역관이 바로 통역했다.

"네가 진상 조사단장이냐?"

"그렇습니다."

구영빈이 덜덜 떨면서 대답했다.

"살려주시면 꼭 보은하겠습니다."

"몇 살이냐?"

"46살 되었습니다."

"이번에 조선에 내려가서 임금이 누가 될지를 결정하고 오는 것이냐?"

"예, 예? 이것저것……."

"머리통을 이곳에 두고 갈 테냐?"

이산이 지그시 구영빈을 보면서 물었다.

"살려주십시오."

구영빈의 얼굴은 어느덧 땀으로 번질거리고 있다.

그때 이산이 다시 말했다.

"정직하게 말하면 살려주마."

"예, 광해가 임금이 될 자격이 있는가를 직접 보고 오는 것이 임무입니다. 그리고……."

"말하라."

"임해군을 만나 정상인인가를 판단하고 영창대군까지 만나봐야 합니다. 그리고 대신들을 만나 의견을 듣도록 지시를 받았습니다."

"이런."

통역을 들은 이산이 얼굴을 일그러뜨리며 웃었다.

이산이 최경훈을 보았다.

"이게 나라인가?"

"수백 년간 그렇게 해왔습니다, 주군."

"이런 수모를 당하면서 어떻게 백성들에게 군림한단 말인가?"

둘은 조선말로 주고받는다.

이윽고 고개를 든 이산이 구영빈을 보았다.

"너는 조선으로 가지 않는 것이 낫겠다."

통역이 이산을 보았다.

통역을 해야 하는지를 묻는 것이다.

이산이 고개를 끄덕이자 통역이 말했다.

그 순간 구영빈이 신음을 뱉으면서 두 손을 비볐다.

마치 파리가 앞발을 비비는 것 같다.

"살려주십시오!"

그때 이산이 자리에서 일어서며 최경훈에게 말했다.

"진상 조사단은 실종된 것으로 하지."

광해 1년.

1608년.

이때 광해는 34살이었으니 장년이다.

또한 여진의 대족장 누르하치는 50세, 이산은 42세다.

누르하치의 후계자인 8째 아들 아바가이는 17세, 이산의 아들 보르츠가 15세다.

그해 겨울.

아바가이가 대보성에 왔다.

누르하치의 영(令)으로 이산을 도우려고 온 것이다.

그런데 내막은 이산한테서 배우라는 배려다.

이것이 누르하치의 포용력이다.

아바가이에게 생부(生父)의 지혜와 지식을 습득하게 함으로써 후계를 단단하게 굳히고 있다.

또한, 오른팔인 이산으로부터 절대적인 신임을 받게 되는 것이다.

아바가이가 둘의 자식이라는 것을 공공연하게 드러내고 있다.

"대장군, 전충이 요동성에서 움직이지 않는 이유는 뭡니까?"

아바가이가 물었다.

이곳은 대보성의 청 안.

주위에는 남부군의 장군들이 둘러앉아 있다.

군사 스즈키와 요중, 신지, 최경훈, 곤도, 부족장들까지 20여 명이다.

그때 이산이 말했다.

"지금 전충이 데려온 징세관이 요동 각 주(州)로부터 세금을 걷고 있어. 그 때문에 주(州) 자사 두 명이 징세관 부하들에게 옥에 갇히고 매를 맞았다. 그래서 지금 농민들이 반란을 일으키는 중이야. 징세관 때문에 전쟁을 치를 수가 없게 된 셈이지."

"그럼 어떻게 합니까?"

"기다려야지, 민란이 커질 예정이니까."

"하늘이 도우신 것 같습니다."

아바가이가 말하자 이산과 함께 장수들이 모두 웃었다.

밤.

아바가이가 이산에게 말했다.

"아버님, 더 넓은 세상을 보고 싶습니다."

술시(오후 8시) 무렵.

둘은 내전의 청 안에 앉아있다.

아바가이가 드릴 이야기가 있다면서 찾아온 것이다.

아바가이가 말을 이었다.

"제 고향인 조선부터 먼저 보고 싶습니다."

"누르하치 님의 허락을 받아야겠다."

"허락을 받았습니다."

놀란 이산이 고개를 들었다.

아바가이가 대보성에 온 지 20일이 지났다.

그동안 요동은 민란이 번지기 시작했는데 37개 주(州) 중에서 무려 8곳이 무정부 상태가 되었다.

그래서 명(明)의 도원수 전충은 군사를 쪼개어 민란을 막느라고 여진군 정벌은 엄두도 내지 못했다.

민란의 원인은 전쟁을 치르러 온 명(明)의 정예군이 세금부터 걷었기 때문이다.

이산이 물었다.

"허락하셨단 말이냐?"

"예, 하지만……."

아바가이가 이산을 보았다.

"아버님과 함께 다니면서 경험을 쌓았으면 좋겠다고 하셨습니다."

이산이 숨을 들이켰다.

누르하치의 뜻을 짐작할 수 있었기 때문이다.

그리고 이산에게 맡기면 안심이 되는 것 같다.

사흘 후인 유시(오후 6시) 무렵.

대보성의 서문을 기마인 6명이 나왔다.

예비마 1필씩을 끈 일행은 곧 서쪽의 황무지로 곧장 나가더니 시야에서 사라졌다.

일행은 바로 이산과 아바가이다.

수행원은 최경훈과 위사 셋이다.

위사 셋은 위사대 중에서 엄선한 1백인장급 무술 고수다.

다시 사흘 후에 일행은 압록강을 건넜다.

의주로 들어섰을 때는 신시(오후 4시) 무렵.

일행은 의주의 여관에 투숙했다.

최경훈이 무역상 행세를 하면서 여관의 방을 잡은 것이다.

모두 털 조끼에 두건을 썼고 가죽신을 신어서 부유한 상인처럼 보였다.

"이곳이 15년 전 왜란 때 조선 임금이 왜군을 피해 도망 온 곳이다."

방에 들어온 이산이 웃음 띤 얼굴로 말을 이었다.

"나는 그때 세자 광해를 따라 분조(分朝)에서 활동하고 있었다."

이산의 표정에 감개가 일어났다.

아바가이가 잠자코 이산의 지난 이야기를 듣는다.

아바가이가 불쑥 물었다.

"아버님, 히데요시는 조선과 명을 정복할 능력이 있었습니까?"

"가능했다."

이산이 정색하고 말을 이었다.

"내가 히데요시를 만나서 안다."

이산의 눈이 옛일을 회상하는 것이다.

"만일 히데요시가 이순신을 만나지 않았다면 지금쯤 명이 멸망했을지도 모

171

르겠다."

"아버님은 어떻게 되셨을까요?"

"내가 대륙의 한 부분을 차지하고 있든지 아니면 전쟁 중에 죽었을 수도 있지."

"조선은 일본령이 되어있겠지요?"

"그렇다. 이순신이 조선을 살렸다."

"이순신이 조선왕이 되지 못한 이유는 무엇입니까?"

"첫째로 이순신은 충신으로 성장했고 무장(武將)이 되었다. 왕(王)이 될 생각이 없었던 사람이야."

이산이 말을 이었다.

"하지만 이순신은 영웅으로 조선인의 기억 속에서 영원히 이어질 것이다. 설령 간신들에 의해 기록이 삭제된다고 해도 조선인이 남아있는 한 이순신은 영웅이다."

"백성들의 기억 속에 남는 사람이 되겠습니다."

"아버님이 그래서 널 나하고 같이 떠나라고 하신 것 같다."

이산이 고개를 끄덕였다.

"네 아버님이 위대하신 분이다."

누르하치를 말한다.

"멈춰라!"

뒤에서 부르는 소리에 일행은 말 걸음을 멈췄다.

이미 달려오는 말발굽 소리를 듣고 일행은 긴장하고 있던 참이다.

사시(오전 10시) 무렵.

5월이어서 조선은 따스한 날씨다.

일행은 조끼도 벗고 홑저고리에 모자도 중인(中人) 갓을 썼다.

말 머리를 돌린 이산은 다가오는 기마대를 보았다.

별장 복색의 사내를 중심으로 기마군 10기다.

그때 10보쯤 앞으로 다가온 별장이 소리쳤다.

"호패를 보여라!"

그때 최경훈이 나섰다.

"무슨 일 때문에 이러는가?"

"신고를 받았다. 너희들이 탄 말이 여진 말 아니냐?"

최경훈이 고개를 끄덕였다.

"맞다. 너는 의주부윤 휘하의 별장이냐?"

"이놈, 감히 누구에게."

화가 난 별장이 허리에 찬 장검을 빼들었을 때다.

최경훈이 버럭 소리쳤다.

"이놈! 내 옆에 계신 분이 누구신지 아느냐?"

목소리가 들판을 울렸다.

별장이 움찔했을 때 최경훈의 목소리가 이어졌다.

"이산 님이시다! 우리는 지금 주상전하를 뵈러 가는 중이니까 네놈은 입 닥치고 돌아가거라!"

"옛!"

30대쯤의 별장의 눈동자가 어지럽게 흔들렸다.

얼굴이 누렇게 굳어 있다.

그때 이산이 낮은 목소리로 최경훈에게 말했다.

그러자 최경훈이 별장을 보았다.

"들어라! 이왕 네놈이 우리 일행을 알게 되었으니 의주부윤에게 통고해서 이산 님이 주상을 뵈러 간다고 파발을 보내도록 해라."

"예, 옛! 누구라고 하셨습니까?"

대답한 별장이 말에서 허둥지둥 내렸기 때문에 기마군들도 우르르 뛰어내렸다.

그때 이산이 입을 열었다.

"내가 여진의 남부사령관 이산이다. 나는 이렇게 한양성으로 갈 테니 주상께 연락이나 해라."

"예, 예. 연락을……."

별장이 이산을 올려다보면서 말을 더듬었다.

이산의 명성을 모를 리가 있겠는가?

곧 별장이 털썩 무릎을 꿇더니 고개를 들었다.

"제가 이천 분조에서 잠깐 모셨던 박갑이입니다. 그때는 장교였습지요."

"오, 그러냐?"

이산이 눈을 가늘게 떴지만 기억나지는 않는다.

그때 별장이 소리치듯 말했다.

"예, 조선으로 오셨다고 파발을 띄우라고 하겠습니다."

"애초에 밀행은 어렵다."

다시 말을 몰아 남하하면서 이산이 웃음 띤 얼굴로 말했다.

"그렇다고 정식 통고를 하고 가는 것도 불편하니 알려나 주는 것이야."

그것이 빨리 알려준 셈이다.

일행은 의주를 떠나 곧장 남하하고 있다.

별장과 헤어져 한 시진쯤이 지났을 때다.

뒤에서 요란한 말굽 소리가 들리더니 등에 붉은색 깃발을 단 전령 2기가 달려왔다.

두 필의 말은 이쪽에 시선도 주지 않고 쏜살같이 지나쳤는데 말이 네 굽을 모으고 달렸다.

이산이 탄 여진마도 그것을 보더니 흥분해서 부르르 몸을 떨었다.

"전령입니다."

최경훈이 웃음 띤 얼굴로 이산을 보았다.

이산의 말대로 광해에게 이산의 남하를 알리려고 간 것이다.

둘째 날은 정주성에서 쉬기로 했다.

정주성은 정3품 목사가 수령으로 관리하는 대읍(大邑)이다.

성안 여관에 들어섰을 때는 유시(오후 6시) 무렵.

이산이 아바가이와 둘이 저녁을 먹고 났을 때 최경훈이 방으로 들어왔다.

"주군, 의주에서 내려간 전령이 각 고을에 통고한 것 같습니다."

최경훈의 얼굴에 쓴웃음이 떠올랐다.

"여관 밖에서 정주 목사가 보낸 도사가 드릴 말씀이 있다면서 기다리고 있습니다."

"나한테 할 말이 있다고?"

"예, 밀행에 방해가 될까 봐서 직접 목사는 오지 못하고 도사를 보냈답니다."

"불러오게."

이산의 말에 곧 최경훈이 단정한 차림의 사내를 데리고 들어왔다.

관복을 입지 않고 흰 무명 두루마기를 걸쳤고 머리에는 말총갓을 썼다.

양반 문관(文官) 차림이다.

"도사 최기한이 대장군님을 뵙습니다."

두 손을 모은 사내가 허리를 굽힌 채로 말했다.

"목사께서 직접 뵙는 것이 무례할까 봐 오시지 못했습니다. 대장군께서 불편한 점이 없으신지요?"

"없네."

이산이 웃음 띤 얼굴로 말을 이었다.

"부탁이 있으니 들어주겠는가?"

"예, 말씀하시지요."

"한양성까지 가는 길에 나를 모른 척해달라고 전통을 보내주게. 우리 일행이 알아서 갈 테니 그저 놔두라고 말이네."

"예, 목사께 바로 전하지요."

"그렇게 해주면 고맙겠다고 하게."

"틀림없이 시행하겠습니다."

고개를 숙여 보인 도사가 방을 나갔을 때 아바가이가 웃음 띤 얼굴로 이산을 보았다.

"조선 관리는 예의가 바릅니다."

이산은 대답하지 않았다.

여진족은 이런 대우를 하지 않는다.

형식이 많지 않은 것이다.

아바가이가 위사 한 명만 대동하고 정주읍의 시장 거리로 들어섰다.

술시(오후 8시) 무렵.

시장 거리는 가장 번화한 거리였기 때문에 오가는 행인이 많다.

시장은 불을 환하게 밝힌 데다 소란하다.

장옷을 걸친 양반 아씨에다 얼굴을 드러낸 하녀까지 스치고 지나는 바람에 아바가이는 정신이 팔려 멈칫거렸다.

저녁을 먹고 나서 이산한테서 읍내 구경을 하겠다는 허락을 받고 나온 것이다.

그때 옆을 스치는 여자의 얼굴을 본 아바가이가 숨을 들이켰다.

장옷으로 머리를 가렸기 때문에 이목구비만 드러났다.

그런데 숨이 막힐 것 같은 미모다.

불빛에 비친 희고 매끄러운 피부, 검은 눈, 오똑 선 콧날까지.

아바가이가 몸을 돌려 여자의 뒷모습을 보았다.

"주인님."

만추성에서부터 따라온 위사 보호크가 낮게 주의를 주었어도 아바가이는 들은 척도 하지 않았다.

아바가이가 이제는 발을 떼어 여자의 뒤를 따랐다.

보호크가 질색하면서 곧 따라붙었다.

"주인님, 어쩌시려고 이럽니까?"

사람들을 헤치고 가면서 보호크가 물었더니 아바가이가 대답했다.

"잠자코 따라와."

"주인님, 대장군께서 아시면 꾸지람을 듣습니다."

"너만 입 다물면 돼."

"이러다가 문제가 되면 큰일 납니다."

"이곳이 어딘지 아느냐? 대장군의 모국인 조선이야. 내가 공주를 업어가도 문제가 일어나지 않는다."

아바가이가 성이 나서 말하는 사이에 잠깐 한눈을 팔았다.

그래서 군중 속에서 여자를 잃어버렸다.

아바가이가 사람들을 헤치고 다니면서 여자를 찾았다.

시장은 좌우로 골목이 여러 가닥 뚫려 있었기 때문에 아바가이는 정신없이 하인이 딸린 여자를 찾아다녔다.

잠시 후에 아바가이는 왼쪽 골목에서 주종 둘을 찾았다.

분홍색 장옷이 눈에 띄었기 때문이다.

둘은 노리개 가게 앞에 서 있었는데 여종이 주인과 흥정을 하는 중이었다.

"이 노리개는 열 푼으로 해요."

"무슨 소리야? 스무 푼은 받아야 돼."

그때 아바가이가 장옷을 입은 여자 옆에 바짝 다가섰다.

"나는 아바가이라고 하오. 당신 이름이 뭐요?"

불쑥 물었더니 놀란 여자가 몸을 옆으로 젖혔지만 물러나지는 않았다.

여자와 시선이 마주친 순간 아바가이는 자신의 몸이 여자의 눈 안으로 빠져드는 느낌을 받았다.

숨도 막혔다.

아바가이가 다시 입을 열었다.

"내 아버님은 아실지 모르지만 이산이라고 하오. 나는 지금 아버님을 따라 조선에 온 거요."

순간 여인이 숨을 들이켜더니 눈동자의 초점이 잡혔다.

가게 주인은 딴 손님을 맞느라고 이쪽에 신경 쓰지 않는다.

그때 여자가 입을 열었다.

"이산 님이라고 하셨습니까?"

맑고 부드러운 목소리다.

아바가이가 고개만 끄덕였더니 여자가 옆쪽으로 발을 떼면서 말했다.

"저는 전(前) 이조참판 한석준의 딸 한윤이라고 합니다."

"나는 아바가이오. 당신 아버님께 인사를 드려도 되겠소?"

옆을 따르면서 물었더니 여자가 걸음을 멈췄다.

"왜 만나시려고 합니까?"

"부탁을 드리려고."

"무슨 부탁을 하실 건데요?"

"당신과 만나고 싶으니까 허락해 달라고 부탁할 거요."

그때 여자가 똑바로 아바가이를 보았다.

"내 허락은 중요하지 않은가요?"

"그것은……."

말문이 막힌 아바가이의 눈동자가 흔들렸다.

그러자 여자가 몸을 돌리면서 말했다.

"난 싫습니다. 그러니까 내 아버님께 말할 필요도 없어요."

그러더니 옆에 선 여종에게 말했다.

"애, 가자!"

정주를 떠난 일행은 다음 날 저녁 숙천 여관에 투숙했다.

숙천은 군수가 다스리는 고을이다. 정주보다는 작았지만 여관이 시장 거리 복판에 있어서 주변이 떠들썩했다.

저녁을 먹은 최경훈이 마당에 나섰다가 구석에 앉아있는 아바가이를 보았다.

최경훈이 다가가 물었다.

"공자(公子), 오늘은 왜 구경을 가지 않는 거요?"

그때 아바가이가 고개를 들었다.

"장군, 마침 잘되었어요. 장군이 조선인이니까 아시겠네요."

"뭡니까?"

둘은 담장의 어둠 속에 마주 보고 섰다.

그때 아바가이가 물었다.

"조선 여자들은 제 아비의 지시를 받지 않습니까?"

"그게 무슨 말입니까?"

"묻는 말에나 대답해요, 장군."

"부모의 말을 듣지 않는 자식이 있습니까? 다 들을 겁니다."

"그렇습니까?"

"공자, 내가 도와드릴 일이 있습니까?"

"아니, 없어요."

아바가이가 몸을 돌렸기 때문에 최경훈이 뒷모습만 보았다.

동인(東人)의 영수이며 이순신의 친구였던 서애 유성룡은 임금 선조보다 1년 먼저 세상을 떠났기 때문에 광해가 임금이 되는 것을 보지 못했다.

술시(오후 8시) 무렵.

숙천의 여관방 안.

이산이 손님 둘과 마주 보고 앉아있다.

기둥에 달린 기름등이 희미하게 흔들렸다.

손님은 대북파의 거두 정인홍과 도승지 윤직인데, 둘 다 미복 차림이다.

도성에서 먼 길을 달려왔기 때문에 지친 기색이 역력했다.

인사를 마친 정인홍이 잠시 뜸을 들이면서 주름진 눈으로 이산을 보았다.

정인홍은 이때 73세.

아직도 광해에게 적대적인 조정에서 몇 안 되는 우군(友軍)이다.

도승지 윤직은 45세.

정인홍이 입을 열었다.

"말씀만 많이 들었는데 오늘 처음 뵙습니다."

이산이 시선만 주었고 정인홍의 말이 이어졌다.

"주상께서 왕위에 오르셨지만, 뿌리부터 썩어가는 조정이라 천지개벽을 해야 제대로 된 나라를 세울 수 있을 것 같습니다. 그래서 내가 주상 모르게 이공(李公)을 뵈러 온 것입니다."

"노인께서는 아직도 정정하시오."

이산이 정인홍의 말을 자르고 웃었다.

"긴 말을 조리 있게 이어가시는 것을 들으니 감탄했습니다."

그때 정인홍이 정색하고 이산을 보았다.

"장군, 진상 조사단이 오지 않는다고 조정에서는 명에 사신을 보낸다는 거요. 이건 노골적인 반역이 아닙니까?"

"……."

"전(前) 임금의 교지를 숨기고 세자의 즉위를 막았던 유영경은 겨우 파직을 시켰을 뿐으로 지금도 도처에서 도당들이 모여 세력을 규합하고 있소."

"……."

"대비의 부친 김제남이 그들의 배후요. 김제남이 지금 세 살짜리 영창대군을 끌어안고 노골적으로 곧 왕위를 찾겠다고 하기 때문이오."

"……."

"나라가 밖으로 나가 국세를 늘리지 않고 안에서만 천 년간 맴돌다 보니까 사람들이 말과 수단만 늘어서 서로 잡아먹는 경지에 이르렀소."

"……."

"이대로 두면 조선은 서로 잡아먹다가 씨가 마르든가 그러는 사이에 또 왜란(倭亂) 같은 난리를 만나 멸망하게 될 것 같소."

"자업자득이지요."

이산이 웃음 띤 얼굴로 말했다.

"그래서 세자께도 새 나라가 일어나야 될 것 같다고 말씀드린 적이 있습니다."

이제는 정인홍, 윤직이 입을 다물었고 이산이 말을 이었다.

"조정의 간신들을 모조리 처단하고 그 뿌리까지 찾아서 없애야 된다고도 했지요. 말로 해서 듣는 인간들이 아닙니다."

"……."

"내가 지난번에 군사를 이끌고 내려왔을 때 아예 임금부터 다 처단하고 세자를 새 나라의 왕으로 만들어 드려야 했습니다."

고개를 든 이산이 정인홍을 보았다.

"진상 조사단 사신과 수행원들은 내가 잡아서 모두 몰사시켰습니다. 앞으로는 명(明)으로 가는 조선의 사신들도 잡아서 구덩이에 묻어야겠군요."

순간 정인홍, 윤직이 숨을 들이켰고 이산이 길게 숨을 뱉었다.

"나는 내 아들에게 아비의 고향 땅을 보여주고 싶었소. 하지만 이 땅을 지배하는 무리는 보여줄 것도 들려줄 것도 없을 것 같습니다."

"장군."

정인홍이 상반신을 앞쪽으로 기울이며 이산을 보았다.

"부탁을 드리려고 왔습니다."

"말씀하시오."

"남하하고 계신다는 말씀을 듣고 내가 도승지와 함께 밀행했습니다."

정인홍이 번들거리는 눈으로 이산을 보았다.

"전하께서도 모르십니다. 내막을 알게 되면 만류하실 것 같아서요."

"……."

"반역도들을 처단하여 주시오. 그래야 조선의 왕조가 기반이 잡힐 수 있을 것 같습니다."

그때 윤직이 처음으로 입을 열었다.

"아직도 조정에는 전하의 왕위 계승을 반대하는 소북파, 그리고 대명 사대주의를 주장하는 유생 무리, 그리고 대북파 중에서도 제 영달만을 위해 모함을 일삼는 간신 무리가 있습니다."

윤직이 이산 앞에 접힌 종이를 내밀었다.

두툼한 종이다.

윤직이 번들거리는 눈으로 이산을 보았다.

"이놈들은 역적이며 배신자입니다. 수십 년간 음모를 일삼던 간신들이나 조정에서 처리할 능력이 없습니다."

윤직의 눈은 충혈되었고 목소리가 떨렸다.

시선을 내린 윤직이 말을 이었다.

"대감 말씀대로 1천 년간 좁은 땅덩이 안에서 파당을 나눠 서로 물고 뜯으면서 살아온 습성 때문인 것 같습니다. 없애면 또 살아나고 또 살아납니다."

그때 이산이 서류를 집으면서 말했다.

"알겠소. 처리해드리지요."

고개를 든 이산이 둘을 번갈아 보았다.

"이번에는 내가 조선에서 마지막으로 칼에 피를 묻혀야 할 것 같소."

밖에 있던 최경훈을 부른 이산이 정인홍, 윤직과 함께 넷이 상의를 했다.

자시(밤 12시)가 되었을 때 정인홍과 윤직은 이산에게 인사를 하고 물러갔다.

밀행이어서 숙천 관아도 들르지 않았다.

"만일의 경우를 대비해서 1개 부대는 필요합니다."

둘이 남았을 때 최경훈이 말했다.

"위사 카질을 보내 대보성에서 1천 명 정도만 데려오도록 하겠습니다."

"전쟁을 할 것도 아닌데, 그것도 많아."

이산이 고개를 저었다.

"사태가 이렇게 될 줄은 몰랐다. 아바가이까지 데리고 있는 터라 경호원은 필요하다. 1백 명만 부르라."

"위사장에게 맡기시지요."

최경훈의 건의를 들은 이산이 고개를 끄덕였다.

"본대가 올 때까지 이곳에서 머물기로 하지."

다음 날 아침.

여관에서 식사를 마쳤을 때 아바가이가 이산의 방으로 찾아왔다.

"아버님, 이곳에서 지원군을 기다립니까?"

"숙천으로 옮길 거다."

고개를 든 이산이 물었다.

"왜 그러느냐?"

"제가 정주에 다녀오려고 합니다."

"정주에?"

"예, 그곳에서 만날 사람이 있습니다."

"누구냐?"

"반한 여자가 있습니다."

이산이 몸을 돌려 아바가이를 보았다.

시선을 받은 아바가이가 숨을 고르고 나서 말했다.

"시장에서 만났는데 저하고 만나기 싫다고 했습니다. 하지만 다시 한번 시도를 해야겠습니다."

"어떻게 된 일이냐?"

"예, 그것이."

아바가이가 앞뒤를 섞어서 두서없이 말하는 동안 이산은 말없이 들었다.

이윽고 땀까지 흘리면서 아바가이가 말을 마쳤을 때 이산이 물었다.

"너 나이가 몇이지?"

"열일곱 살 반입니다."

"여자를 겪었느냐?"

"예, 아버님. 만추성에 만나는 여진 여자가 셋 있습니다."

"언제부터 여자를 알게 되었느냐?"

"열다섯 살 때부터입니다."

"아끼는 여자가 있느냐?"

"만추성에 있는 셋 다 아낍니다."

"평생을 같이하고 싶은 여자는?"

"정주성에서 만난 한윤입니다."

고개를 든 아바가이의 눈이 번들거렸다.

"이런 경우는 처음입니다, 아버님."

"색욕(色慾)이냐?"

"아닙니다, 아버님."

아바가이가 고개까지 저었을 때 이산이 말을 이었다.

"네가 혼자 가서 해결해라."

"예, 아버님."

숨을 고르는지 아바가이의 어깨가 솟았다가 내려갔다.

"이산을 막아야 돼."

김제남이 최기성에게 말했다.

이곳은 해주 감영의 안채다.

김제남이 해주목사 최기성에게 말을 이었다.

"조선으로 밀행한 이유는 불을 보듯 뻔하다. 광해하고 은밀한 거래가 있었던 것이지."

미시(오후 2시) 무렵.

상석에 앉은 김제남이 누구인가?

죽은 선조대왕의 정비 인목대비 김씨의 부친이다.

정통을 이은 적자 영창대군의 외조부가 된다.

그래서 후궁 소생인 광해가 왕위에 올랐지만 지금도 광해라고 부른다.

최기성이 목소리를 낮췄다.

"대명(大明)에서 보낸 진상 조사단을 이산이 도중에서 잡아 죽였다는 소문이 났습니다. 사실일까요?"

"광해를 위해서는 그런 것도 마다하지 않을 놈이지."

김제남이 번들거리는 눈으로 최기성을 보았다.

"광해가 유영경을 유배시켰지만 아직 더 이상 손을 쓰지 못하고 있는 상황에 이산이 나타나다니, 악재다."

"대감, 어떻게 해야 됩니까?"

최기성의 두 눈이 번들거렸다.

김제남이 한양에서 밀행해온 이유가 이것일 것이다.

"잘 들어라."

최기성이 목소리를 낮추고 표정은 더 굳어졌다.

186

술시(오후 8시) 무렵.

해주 목사의 관아 안.

청에 모여 있는 사내는 넷.

최기성을 중심으로 앞에 셋이 둘러앉았다.

최기성이 말을 이었다.

"너희들이 대업(大業)을 맡게 되었다. 이번 임무를 마치면 너희들은 모두 고을의 수령이 될 것이고 머지않아 정4품 병마사 직임을 받으리라. 내가 약속할 것이다."

최기성의 시선이 오른쪽에서 왼쪽으로 세 사내를 차례로 훑었다.

김욱찬, 고병준, 박전이다.

셋 다 무반(武班)으로 종6품 종사관, 종5품 도사, 판관이다.

"적은 지금 정주에 머물고 있다. 하지만 곧 한양성으로 올 것이다. 그러니 도중에 기습해야 한다."

"수행원이 10명 안팎이라니 우리가 각각 10명씩만 추려 가면 되겠습니다."

셋 중 선임자인 도사 고병준이 말했다.

"내일 수하를 모아서 출발하겠습니다."

"절대 기밀을 지키도록."

"모두 입이 무거운 자들입니다. 하지만 상급은 주셔야지요."

"3개 조(組)에 각각 금 1백 냥씩을 나눠줄 테니까 알아서 나눠주도록."

"그만하면 충분합니다."

그때 방문이 열리더니 사내 둘이 들어섰다.

둘 다 미복 차림이었지만 기골이 컸고 허리에 장검을 차고 있다.

앞장선 사내를 본 셋이 모두 긴장했다.

사내는 정3품 병마첨절제사 강응수였기 때문이다.

최기성 옆에 앉은 강응수가 셋을 둘러보았다.

"내가 직접 지휘한다, 만일의 경우에 증원군을 모을 수도 있고 수시로 전술을 바꿀 필요도 있으니까."

"과연 그렇습니다."

고병준이 대답했다.

"나리께서 지휘해주시니 천군만마를 얻은 것 같습니다."

다시 밀행이 시작되었다.

광해를 따르면서 임금과 임금 측근 세력의 견제를 받은 경험이 조선 관리를 믿지 못하게 만든 점도 있다.

대보성의 증원군을 기다리는 동안 이산은 수행원과 함께 숙천을 빠져나왔다.

마치 야반도주하다시피 몰래 빠져나온 것이다.

그러고는 도로 북상하여 청천강 하류의 안주로 거처를 옮겼다.

안주도 목사가 수령으로 있는 대읍(大邑)이다.

그러나 이번에는 여관에 들지 않고 정인홍이 소개해준 전(前) 승지 양인호의 장원(莊園)에 은신한 것이다.

골짜기에 있는 장원은 저택이 5채나 있는 데다 양씨 문중 하인이 7, 8명이나 일하고 있어서 은신하기에 적당했다.

바깥소식은 하인을 시키면 되었고 양인호는 죽은 유성룡과 동문수학한 사이여서 이산의 말상대가 되었다.

"아버지, 저 정주에 다녀오겠습니다."

아바가이가 말했을 때는 진시(오전 8시) 무렵이다.

고개를 든 이산이 아바가이를 보았다.

"어떻게 되었느냐?"

"그것이."

아바가이가 시선을 내렸다.

"쫓겨났습니다."

"쫓겨나다니?"

"예, 여자가 절 만나고 싶지 않다고 합니다."

"네가 물어봤어?"

"예, 여자가 직접 나와서 말했습니다."

"당사자가 싫다고 했단 말이지?"

이산이 고개를 끄덕였다.

아바가이가 찾아간 곳이 전(前) 이조참판 한석준의 저택인 것을 알고 있다.

이산이 말을 이었다.

"이곳은 여진처럼 힘으로 빼앗거나 눈이 맞아서 도망가는 경우가 없다. 부모의 소개로 결합하는 것이 관습이다."

"그렇다면 오늘은 여자 아버지를 만나겠습니다."

"만나서 어떻게 한단 말이냐?"

"제 처로 데려가면 나중에 왕비로 만들어줄 것이라고 하겠습니다."

한동안 아바가이를 응시하던 이산이 고개를 끄덕였다.

"해봐라."

아바가이가 정주로 떠났을 때 최경훈이 이산에게 말했다.

"아바가이 님이 찾아간 전(前) 이조참판 한석준은 세자 저하의 즉위를 막으려고 악을 썼던 유영경 일당입니다. 그래서 저하가 왕위에 오르시자 겁이 났는지 바로 사직하고 정주로 낙향한 것이지요. 약삭빠르게 도망쳐 나왔지만 지금도 눈치를 살피고 있을 것입니다."

"저런, 아바가이가 집을 잘못 찾았군."

이산이 쓴웃음을 지었다.

"애비 되는 자가 아바가이를 유영경 일당에게 고변할 수도 있겠다."

"그래서 제가 따라가 보겠습니다."

"부탁하네."

"만일의 경우에는 제가 처리하겠습니다."

"맡기겠어."

이산이 한숨과 함께 말을 이었다.

"아바가이한테는 좋은 경험이 될 테니까."

그 시간에 정주의 한석준 본가의 안채 사랑방에서 둘이 앉아있다.

한석준과 임현수다.

임현수는 정주목(牧)의 판관으로 한석준과 같은 소북파다.

한석준이 임현수를 부른 것이다.

"이게 무슨 우연인지 모르겠어."

한석준이 말하자 임현수가 이맛살을 모으고 물었다.

"영감, 무슨 일입니까?"

임현수는 36세.

종5품 판관직이나 한석준은 47세, 정3품 참판을 지냈다.

더구나 같은 파당으로 그동안 임현수는 한석준에게서 많은 도움을 받아온
것이다.

한석준이 얼굴을 일그러뜨렸다.

"이산의 아들이 내 집에 찾아왔다네."

"아니, 저런. 이산의 아들이 말입니까?"

놀란 임현수가 눈을 크게 떴다.

"왜 이 댁에 왔습니까?"

"내 딸이 마음에 든다는 거야."

"이런."

"시장에서 만나서 쫓아 왔다는데, 나를 만나자고 했어."

"저런."

"그랬더니 내 딸아이가 먼저 당사자가 싫으니까 돌아가라고 했더니 돌아갔어."

"허, 여진에서 살더니 마적단이 되어있군요."

"그런데 그놈이 그만둘 것 같지가 않아."

목소리를 낮춘 한석준이 임현수를 보았다.

"또 올 거네. 그만둘 놈 같지가 않아."

"그것 참."

"그래서 그런데 자네가 이 사실을 부원군께 알려드리게."

한석준이 말을 이었다.

"부원군께서 긴장하고 계실 터. 이산 일당의 행적을 알려드리도록 하게."

"정주를 떠나 행적을 감췄다고 하던데, 이런 우연이 있었습니다."

임현수가 고개를 끄덕였다.

"제가 바로 사람을 보내지요."

양인호는 종3품 승지를 끝으로 낙향했는데, 나이는 68세.

죽은 유성룡과 나이가 같다.

그러나 백발에 몸이 곧았고 치아도 온전했다.

사시(오전 10시) 무렵.

아침을 먹은 이산에게 양인호가 찾아왔다.

인사차 찾아온 것이다.

"대장군께서 내 집에 묵으시는 것이 가문의 영광입니다."

자리에 앉은 양인호가 말을 이었다.

"하지만 이 가문이 언제까지 지속될지는 모르겠습니다."

"왜 그렇습니까?"

이산이 묻자 양인호는 쓴웃음을 지었다.

"언제 왕위를 강탈당할지 모르기 때문이지요."

"누가 강탈한다는 말입니까?"

"다른 사람들은 임해군이나 영창대군 등을 거론하지만 내 생각은 다릅니다."

"그게 누굽니까?"

"정원군의 아들 능양군입니다."

이산이 눈썹을 모았다.

정원군도 인빈 김씨의 아들로 선조의 총애를 받던 왕자다.

양인호가 말을 이었다.

"소북파들은 가장 이용하기 쉬운 대상을 왕위에 올려놓으려고 할 겁니다."

"……."

"임해군은 성격이 거칠어서 따르는 사람이 없고 영창대군은 배후에 김제남이 있기 때문에 붙어도 실익이 없을 테니까요."

양인호가 이를 드러내고 웃었다.

"이것은 조선 유생들의 고질병입니다. 국익이나 백성보다 제 욕심, 제 파당을 위해서 일하는 것이지요."

"그것을 어떻게 바로잡아야 합니까?"

"단숨에 고칠 수는 없으니까 그 정력을 밖으로 내뿜는 것이지요."

"히데요시처럼 말입니까?"

"제가 일본 정국은 알 수 없으나 히데요시는 빼어난 인물입니다. 조선인에게는 악마보다 더한 놈이지만 말입니다."

양인호가 말을 이었다.

"이번 주상께서도 그렇게 하셔야 합니다. 그래서 유생들, 양반 무리의 사고(思考)를 변혁시켜주셔야 합니다."

양인호의 눈빛이 흐려졌다.

"나는 전전(前前) 임금이셨던 명종이 적손이 없는 채 죽자 중종의 서손이었던 하성군 이공이 왕으로 봉해졌을 때부터 승지였소."

"……"

"조선 왕조에서 처음으로 방계 승통이 시작된 것이지요. 하성군 이공은 중종의 후궁 안씨 소생 덕흥군 이초의 셋째 아들이니까요."

"……"

"그 이공이 선조가 되어서 41년간 조선을 통치했습니다."

눈의 초점을 잡은 양인호가 얼굴을 일그러뜨리며 웃었다.

"내가 임금 옆에서 41년간 머물렀던 것이니 그 내막을 모르겠습니까?"

양인호가 말을 이었다.

"16살 때 왕이 되었다가 57세에 가셨으니 41년간 나라를 다스렸지요. 처음 1년은 명종비 인순황후가 수렴청정을 했으나 곧 17세부터 조정을 맡았소."

"……"

"처음에는 선정도 베풀었소, 신하를 아끼고 백성도 걱정하고. 그러나 조정 개혁은 하지 못했소. 곧 끊임없이 당파가 일어났고 싸움질로 유배되고 죽는 사태가 계속되었소. 동인, 서인, 남인, 북인, 나중에는 대북, 소북……."

양인호가 다시 소리 없이 웃었다.

"나는 대북이오."

"......"

"그래야 살아남습니다. 파당이 없으면 억울한 일이 있어도 누가 도와주지 않습니다. 관직도 오르지 못해요."

"안에만 박혀있었기 때문이오."

마침내 이산이 외면한 채 말했다.

"오래 고여 있는 물은 썩습니다."

"주인님, 나오지 않을 것 같습니다."

보호크가 말하자 아바가이는 고개를 들었다.

미시(오후 2시) 무렵.

아바가이와 보호크는 한석준의 저택 대문 앞에서 사람이 나오기를 기다리는 중이다.

대문 앞에서 서성댄 지 한 식경이다.

하인에게 주인 한석준을 만나러 왔다고 했더니 문을 닫은 채 대답도 없는 것이다.

"좋아, 돌아가기로 하지."

어깨를 부풀린 아바가이가 쓴웃음을 지었다.

"나하고는 인연이 안 닿는 것 같다."

보호크가 어깨를 부풀렸다가 내렸다.

만추성에서 이런 경우가 생겼다면 부녀가 무사하지 못했을 것이다.

저택 대문 옆쪽의 길로 둘이 들어섰을 때다.

"여보세요."

뒤에서 부르는 소리에 둘이 몸을 돌렸다.

여종이 서둘러 다가오고 있다.

낯익은 여종이다.

서둘러 다가선 여종이 가쁜 숨을 뱉으면서 말했다.

"아씨가 드릴 말씀이 있답니다."

아바가이가 숨을 삼켰고 여종이 말을 이었다.

"저를 따라오세요."

아바가이가 힐끗 보호크를 보고는 여종의 뒤를 따라갔다.

이곳은 산비탈 밑의 저택 담장이 이어진 곳이다.

보호크가 서둘러 아바가이의 앞장을 섰다.

저택 뒷문 앞쪽에 개울이 흘렀고 이곳은 민가가 없다.

개울가에 작은 사당이 있었는데 옆에는 커다란 당나무가 솟아있다.

당나무 가지에 수백 개의 헝겊이 매달려서 바람에 날리고 있다.

사당으로 다가간 여종이 안을 눈으로 가리키며 말했다.

"들어가 보세요."

아바가이가 잠자코 사당 문을 열고 들어섰다.

안으로 들어선 아바가이는 구석에 서 있는 한윤을 보았다.

사당 안은 어두웠지만 얼굴 윤곽은 선명하게 드러났다.

오늘 한윤은 장옷을 걸치지 않았다.

아바가이가 한윤 앞으로 다가가 섰다.

"만나줘서 고맙소."

"드릴 말씀이 있어요."

한윤이 앞에 선 아바가이를 보았다.

"앞으로 이곳에 오지 마세요. 위험해요."

아바가이의 시선을 받은 한윤이 길게 숨을 뱉었다.

"제 아버님은 공자의 부친이신 이산 대장군님과 적대적인 관계세요. 저는 그것을 알고 있었기 때문에 그렇게 말한 것입니다."

"그게 무슨 말씀이오?"

놀란 아바가이가 바짝 다가섰다.

"내 부친이 낭자의 부친한테 원한을 살 일이라도 하셨소?"

"그건 아닙니다만 제 부친은 대장군님과 지금의 주상께도 감정이 좋지 않으십니다. 그래서 저와 공자는 인연을 맺을 수가 없습니다."

"감정이 있으면 풀면 되겠지."

"그렇게 쉬운 일이 아닙니다, 공자님."

한윤의 눈이 어둠 속에서 반짝였다.

"아버님이 사람을 불렀어요. 정주 관영에 있는 관리에게 이산 님 일행이 이곳에 계신다는 이야기를 했습니다."

"……."

"제가 종을 시켜 엿듣게 했는데 공자께서 저를 찾아 이곳에 오신다는 것까지 말해주었습니다."

"……."

"그러니까 어서 피하세요. 위험해요."

그때 아바가이가 덥석 한윤의 손을 쥐었다.

"고맙소, 낭자. 내가 이렇게 기쁜 적은 난생처음이오."

아바가이가 뒤를 따라온 최경훈에게 사연을 설명했을 때는 신시(오후 4시) 무렵이다.

한석준 저택에서 1리(500미터)쯤 떨어진 골짜기의 바위에 보호크까지 셋이 둘러앉아 있다.

광해 1년 5월 중순.

여름이 시작된 골짜기는 짙은 숲으로 뒤덮였다.

최경훈이 고개를 들고 아바가이를 보았다.

"공자, 잘하셨습니다. 아가씨하고 인연이 없는 것이 아니었습니다."

"그 애비 되는 자가 사람을 불러 내가 찾아온다는 것을 말했다는 거요. 어찌하면 좋겠소?"

아바가이의 눈이 번들거렸다.

"아가씨는 나를 생각해서 말해주었지만 이해할 수가 없소."

"제가 처리하지요."

최경훈이 쓴웃음을 짓고 말을 이었다.

"아가씨 덕분에 큰일을 사전에 막을 수 있게 되었습니다. 모두 공자님의 덕(德)입니다."

술시(오후 8시) 무렵.

최경훈이 이산과 양인호에게 아바가이의 사연을 보고했다.

마침 양인호도 이산에게 와있었기 때문이다.

이야기가 끝났을 때 이산이 양인호에게 물었다.

"한석준은 어떤 사람입니까?"

"간신입니다."

양인호가 정색하고 이산을 보았다.

"내가 40년간 임금 옆에 있었기 때문에 잘 압니다."

"이런."

이산이 쓴웃음을 지었다.

"그렇다면 현재의 주상에 대한 반역세력인가요?"

"맞습니다. 대장군께서는 조심하셔야 합니다."

고개를 돌린 이산이 최경훈을 보았다.

"어디까지 정리를 해야 되나?"

최경훈이 바로 대답했다.

"서둘러야 될 것 같습니다."

강응수가 이끈 암살단이 정주에 도착했을 때는 나흘 후다.

인원이 40명 가깝게 되었기 때문에 정주목의 다섯 개 여관에 여장을 풀었다.

강응수와 한석준이 만났을 때는 술시(오후 8시) 무렵이다.

장소는 한석준의 저택 사랑방.

강응수는 고병준을 대동하고 왔다.

"영감, 오면서 들었는데 이산의 아들이 이곳에 출입했습니까?"

한석준이 보낸 임현수가 김제남에게 보고한 것이다.

한석준이 쓴웃음을 지었다.

"그런데 요즘 며칠간은 소식이 없소. 하지만 내 딸년한테 목을 맨 것 같으니 곧 나타날 것 같소."

"허어."

따라 웃은 강응수가 주위를 둘러보는 시늉을 했다.

"그래서 이 댁에 올 때도 도둑처럼 담장을 넘어왔습니다. 그놈이 혹시라도 알게 될까 봐서 말입니다."

"영감, 어떻게 하실 작정이오?"

한석준이 물었다.

강응수와는 같은 소북파인 데다 친한 사이다.

그때 강응수가 목소리를 낮췄다.

"오면서 임 판관의 전갈을 듣고 이곳에서 처리해야겠다는 결심을 했습니다. 그래서 대원들을 근처에 잠복시켰지요. 그놈이 다시 왔을 때 잡아서 애비 있는 곳을 찾을 작정입니다."

"음, 그렇다면……."

한석준이 고개를 끄덕였다.

"이것도 운명이지. 그놈이 내 딸을 쫓아온 것이 말이오."

"영감께서 새 역사의 주역이 되시라는 선왕(先王)의 계시인 것 같습니다."

"말씀을 잘하시오."

"이번에 이산을 없애면 광해는 의지할 곳이 없습니다. 곧 명(明)으로 부원군께서 사신을 보낼 것이고 그렇게 되면 광해는 왕위를 잃게 될 테니까요."

"이산이 조선에 온 이유는 뭐겠소?"

"광해의 기반을 굳혀주려는 것이지요."

"수행원 10여 명만 데리고 말이오?"

"광해가 왕이 되었으니 방심한 것 같습니다."

한석준이 고개를 끄덕였다.

"일이 성사되면 내 딸이 공(功) 1등이 되겠군."

웃지도 않고 말했기 때문에 강응수는 대답하지 않았다.

"아가씨, 집 안에 사람들이 많이 늘었습니다."

분이가 말했을 때 한윤이 손가락을 입술에 붙였다.

"쉬잇, 그놈들이 우리를 감시하고 있는 걸 모르니?"

"나리께서 부르신 사람들입니까?"

"그래."

둘은 안채 내실 끝 방의 벽에 붙어 서 있다.

저택의 가장 깊숙한 곳이다.

그때 한윤이 바짝 다가서서 말했다.

"아무래도 아버님은 그자들하고 같이 그 공자(公子)님 부자를 해코지할 것 같다."

"세상에."

겁에 질린 분이가 눈을 크게 떴다.

"그럼 어떻게 하죠?"

"아버님은 광해군이 왕위에 오르는 것을 바라지 않으셨어."

한윤이 말을 이었다.

"그래서 우리가 이곳으로 낙향한 거야."

"……."

"그런데 광해군을 지지하는 이산 님 부자가 우리한테 온 것이지."

말을 그친 한윤이 벽에서 몸을 떼었다.

"내가 집을 나가야겠다."

분이가 잠자코 한윤의 옆에 붙어 섰다.

한윤은 5년 전에 어머니를 잃었다.

병으로 세상을 떠난 것이다.

지금 아버지 한석준은 3년 전에 조 씨를 정실로 맞아 늦둥이 아들까지 낳았다.

한윤이 낮게 말했다.

"이젠 이 정쟁에서, 이 집에서도 떠날 때가 된 것 같다."

"저택 안에 20, 30명이 밖에도 10여 명이 잠복하고 있습니다."

보호크가 보고했다.

지금까지 아바가이를 따라 여러 번 한석준의 저택에 다녀온 터라 보호크는 그쪽 지리에 환하다.

"다시 아바가이 님이 오시기를 기다리고 있는 것 같습니다."

자시(밤 12시) 무렵.

장원의 저택 청 안에는 이산, 아바가이까지 다섯이 둘러앉아 있다.

밖에서 하나가 경비하고 있었기 때문에 이것이 이산의 전력(戰力)이다.

그때 이산이 입을 열었다.

"아바가이 덕분에 조선 내부의 병균 덩어리를 파악할 수 있게 되었다."

이산의 얼굴에 쓴웃음이 떠올랐다.

"여기서 기다렸다가 소탕하기로 하자."

대보성에서 올 지원군을 말한다.

고개를 든 광해가 도승지 윤직을 보았다.

"어젯밤에 사라졌단 말인가?"

"예, 전하."

고개를 든 윤직이 광해를 보았다.

경운궁의 내실 안.

진시(오전 8시)여서 아직 등청하기에는 여유가 있다.

내궁에서 나오던 광해에게 윤직이 올릴 말씀이 있다면서 빈 내실로 들어온 것이다.

마루방에는 둘뿐이다.

의자에 앉은 광해가 윤직을 보았다.

"어디로 간 것 같은가?"

"찾고 있습니다."

동문서답을 한 윤직이 고개를 들었다.

지난밤에 광해의 동복형인 임해군이 자택에서 사라진 것이다.

만일의 경우를 대비해서 어영청 장교 10여 명을 종사관 박훈에게 맡겨 감시하고 있었는데 오늘 아침에 사라진 것이다.

어젯밤에 도주한 것이 분명하다.

"전하, 사태가 심상치 않습니다. 임해군의 동조자가 있습니다."

"그렇겠지. 혼자서는 도망치지 못한다."

광해가 외면한 채 말했다.

"일당과 함께 숨었을 것이다."

"지난번 진상 조사단은 이산 대장군께서 제지시켰습니다만, 이번에는 이곳에서 진상조사의뢰단이 보내질 것입니다."

윤직의 말에 광해가 쓴웃음을 지었다.

김제남이 주동해서 진상조사의뢰단을 보내는 것이다.

물론 비밀로 보내려고 한다.

그때 윤직이 말을 이었다.

"지금 대장군은 정주 근처에 머물고 계시는데 소문이 난 터라 종적을 감추신 것 같습니다."

그때 광해가 길게 숨을 뱉었다.

"다시 이산의 힘을 빌려야 하다니, 이 나라 왕이 겨우 이 정도인가?"

"전하, 처음이라 그렇습니다."

윤직이 가라앉은 시선으로 광해를 보았다.

"이번 고비만 넘기면 전하의 뜻을 펼치실 수 있습니다."

"무엇이? 윤이가?"

버럭 소리친 한석준이 벌떡 일어섰다.

사시(오전 10시) 무렵.

"없어졌다니 무슨 말이야?"

소리쳐 묻자 부인 조씨가 울상을 지었다.

조 씨는 23살.

전(前) 홍문관 응교 조청의 딸이다.

쇠락한 가문이었던 조청이 셋째 딸을 한석준에게 정실부인으로 준 셈이다.

단정한 용모.

조 씨는 나이가 두 배가 되는 한석준에게 시집온 후에 1년 만에 아들을 낳았다.

한석준에게는 첫아들이다.

전처한테서 한윤 하나만 낳았다.

"종, 분이하고 같이 없어졌습니다. 아침에 둘이 보이지 않아서 찾았더니 축시(오전 2시)쯤에 둘이 쪽문으로 나가는 것을 끝순이가 보았다고 합니다."

"쪽문으로?"

쪽문은 비밀통로다.

사당 뒤쪽 담장에 잣나무로 가려져 있어서 모르는 하인들도 있다.

"아뿔싸!"

한석준이 어깨를 늘어뜨리며 탄식했다.

"야단났구나."

"하인들 풀어서 찾을게요."

겁이 난 조 씨가 울상을 짓고 말했다.

전처의 자식 한윤과는 친한 사이였다.

한윤은 18세로 숙성한 데다 팔려온 것 같은 조 씨에게 호의적이었고 둘은 자매처럼 의지했다.

그때 한석준이 고개를 저었다.

"소문내지 마."

"예?"

"하인들한테는 내가 윤이를 심부름 보냈다고 해."

"심, 심부름이오?"

놀란 조 씨가 말을 더듬었다.

"어, 어디로요?"

"그건 말하지 말고. 둘을 심부름 보냈다고만 해."

한석준의 시선을 받은 조 씨가 겨우 고개를 끄덕였다.

"괜찮을까요?"

"소문이 나면 집안 망하는 거야. 당신이 정신 똑바로 차려야 돼."

"예."

얼굴이 하얗게 된 조 씨에게 한석준이 다짐했다.

"누가 물어도 모른다고, 내가 둘을 심부름 보냈다고 해."

"예. 그렇게 할게요. 그런데……."

침을 삼킨 조 씨가 한 걸음 다가앉았다.

한석준의 사랑채 안이다.

둘뿐이었지만 조 씨가 목소리를 낮췄다.

"어디로 갔을까요?"

"내가 아나?"

외면한 채로 한석준이 혼잣말을 했다.

"그놈들하고는 악연이 이어지는구나. 내 딸까지 이어졌다."

"영감, 따님을 심부름 보내셨습니까?"

강응수가 다가와 물었기 때문에 한석준이 고개를 들었다.

신시(오후 4시) 무렵.

둘은 창고 옆 담장 가에 서 있다.

"내 불찰이오."

"무슨 말씀이오?"

"어젯밤에 여종을 데리고 도망을 쳤소."

"어, 어디로 말씀이오?"

"내가 압니까?"

외면한 한석준이 말을 이었다.

"이 일이 자기 때문에 일어났다고 생각하는 것 같소."

"자기 때문이라니?"

얼굴이 굳어진 강응수가 반 발짝쯤 다가와 섰다.

저택 안에는 2개 조(組) 20명이 요소에 잠복해있다.

그래서 저택 안에서 돌아다니는 남녀는 하인뿐이지만 식구가 20여 명이 늘어나 있는 것이다.

그때 한석준이 말했다.

"자기 때문에 이산의 아들이 접근했고 이렇게 집 안에 살기(殺氣)를 품은 장교들이 숨어 있는 것을 보면 짐작이 가지 않겠소?"

"아니, 그렇다면."

"이산의 아들에 대해서 죄책감을 느끼는 것이겠지요."

"……."

"그 아들놈한테 싫다고 돌아가라고 했다는데 다시 찾아온 그놈은 이제 나를 만나자고 했다는군."

"……."

"그래서 문도 열어주지 않고 놔두었더니 돌아간 모양이오."

"……."

"그러다가 이렇게 집 안에 덫을 쳐놓는 걸 보니까 미안해진 것이지."

"어디로 갔을까요?"

"이산 일행이 있는 곳에 갔을 리는 없지 않겠소? 우리도 모르는 곳을 말이오."

"하긴 그렇습니다."

"그럼 어디로 갔을까요?"

"생각나는 데가 있소."

고개를 든 한석준이 강응수를 보았다.

엿새 만에 증원군이 도착했으니 대단한 기동력이다.

증원군을 이끌고 온 장수는 위사단장인 곤도.

휘하에 위사대 3백 기를 이끌고 왔다.

예비마를 각각 4필씩 끌고 왔기 때문에 1,500여 필의 말 떼가 조선으로 남하했다.

그래서 지나는 고을마다 경기를 일으켰다.

고을을 그냥 통과했기 때문에 더 난리가 났다.

고을마다 제각기 도성으로 파발을 보냈고 그래서 수십 기의 전령이 내달렸다.

그러나 우스운 일이 일어났다.

안주에서 곤도가 이산에게 인사를 올렸을 때 단 한 필의 전령도 앞질러 나가지 못한 것이다.

이곳은 안주목 교외에 있는 양인호의 장원 앞 벌판이다.

"잘 왔다."

이산이 곤도의 인사를 받으며 말했다.

"우리가 이끈 3백 기가 조선왕 전하의 친위대 역할이다."

그때 곤도를 따라온 군사(軍師) 스즈키가 말했다.

"제가 와야 할 것 같아서 곤도 님께 부탁했습니다."

이산이 고개를 끄덕였다.

정예 기마군 3백 기로 광해를 도와 조선의 미래를 결정할 것이다.

"영감, 내가 떠나야 할 것 같습니다."

강응수가 말했을 때 한석준이 고개를 들었다.

진시(오전 8시) 무렵.

저택 사랑채 안이다.

"어디 가시려는 겁니까?"

"아무래도 도성으로 돌아가야겠습니다."

"도성으로?"

놀란 한석준이 눈을 크게 떴다.

"아니, 왜요?"

"이산이 여진군을 끌어들였습니다."

순간 숨을 들이켠 한석준이 강응수를 보았다.

"여진군이 말이오?"

"그렇습니다. 일이 심상치 않게 되었소."

"이런."

"1천 기가 넘는 기마군이라니 감당하기가 힘들겠소. 더구나 광해가 군사를 모아 막지도 않을 테니까 말이오."

"그, 그렇군요."

그때 강응수가 자리에서 일어섰다.

군사를 풀어 한윤이 숨어 있을 한석준의 전처(前妻) 친척 집을 기습하려던 계획도 무산되었다.

"야단났다."

강응수가 부하들을 이끌고 순식간에 저택을 빠져나갔을 때 한석준이 탄식했다.

앞에 선 사내는 집사 고 서방이다.

사시(오전 10시) 무렵.

사랑채 마루에 선 한석준이 주위를 둘러보면서 말했다.

"이대로 여기 있을 수만은 없지 않겠느냐?"

"나리, 그러시면……."

"이산이 여진군(軍)을 불러들였다고 하지 않느냐?"

"예, 대군(大軍)이 안주에 모여 있다고 합니다."

"안주는 이곳에서 지척이다."

한석준이 말을 이었다.

"이산이 대군을 끌고 이곳으로 오지 않겠느냐?"

"나리, 그것은……."

"피란을 가야겠다, 지금 당장."

"어디로 말씀입니까?"

"비밀로 하고 너하고 하인 서너 명만 데리고 묘향산으로 가자."

"묘향산입니까?"

"그곳에 아버님이 지으신 별장이 있지 않으냐? 그곳이 좋다."

"예, 하오면."

"안방 식구하고 시종 드는 하인 셋, 그리고 너하고 하인 셋까지 10명 정도로 하고 우리는 의주의 숙부 댁에 간다는 소문을 내라."

"예, 나리."

"행선지는 너만 알도록 하고 데려가는 애들한테도 말하지 마라."

"예, 나리."

"서둘러라. 금붙이하고 재물을 등짐으로 만들어서 오늘 오후에 출발한다."

한석준이 발을 구르면서 말하자 고 서방은 몸을 돌렸다.

그러나 그 시간에 이산은 3백 기의 기마군과 함께 질풍처럼 남하하는 중이었다.

조금 전에 평양을 지나 직진하고 있다.

옆에 붙어서 달리던 최경훈이 소리쳐 말했다.

"오늘 중에 황주에 닿습니다."

그리고 내일 오후에는 한양에 도착한다.

고개를 든 이산이 최경훈을 보았다.

"전령은 오늘 중에 도성에 닿겠지?"

"예, 주군."

최경훈이 말을 이었다.

"도성 입구에서 정 대감이 보낸 안내자가 기다리고 있을 것입니다."

이미 정인홍에게 전령을 보낸 것이다.

그날 신시(오후 4시) 무렵이 되어서야 광해는 이산군(軍)의 남진 소식을 들었다.

평안도 순찰사 이익겸이 보낸 전령이 닿았기 때문이다.

이익겸은 숙천부사의 기별을 받고 전령을 보낸 터라 내용이 불분명하고 심지어 숫자도 잘못 적었다.

다급했기 때문이다.

"여진 대군(大軍)이 남진하고 있습니다. 기마군으로 약 3만 기. 각 읍(邑)과 성(城)을 지나쳐 곧장 남진하고 있는지라 사흘이면 도성에 닿을 것 같습니다."

이익겸의 밀지를 읽은 도승지 윤직이 광해를 보았다.

청 안에는 대신들이 10여 명 모여 있었는데 모두 황망한 표정이다.

그때 고개를 든 광해가 윤직을 보았다.

"여진 대군의 남침인가?"

"아닙니다."

깜짝 놀란 윤직이 광해를 보았다.

"여진 대군은 남진하고 있을 뿐입니다."

"그렇다면 방비를 할 필요가 없지 않겠는가?"

"그렇습니다, 전하."

고개를 든 광해가 대신들을 보았다.

대신들은 모두 입을 다물고 있다.

그때 광해가 빙그레 웃었다.

"그럼 기다리기로 하지."

내궁으로 들어가면서 윤직이 광해에게 말했다.

"안내자를 임진강 입구에 대기시켰습니다. 황해병사 안준입니다."

"음, 안준이면 믿을 만하지."

"안준이 상황을 설명해줄 것입니다. 그리고 대장군께는 지난번 정 대감께서 역적 명단을 전해주셨습니다."

광해가 고개만 끄덕였다.

이산이 여진군을 이끌고 내려온 이유를 아는 것이다.

"피신하시지요."

이조판서 유극진이 말하자 김제남은 쓴웃음을 지었다.

"어디로 간단 말인가?"

"대감, 곧 이산이 한양으로 옵니다. 그놈은 잔인무도한 놈이올시다."

유극진은 소북파의 핵심 인물로 김제남의 최측근이다.

왜란 중에는 명(明)에 사신으로 가 있다가 7년 동안 북경에서 머물렀다.

왜란이 끝나자마자 돌아와서 출세가도를 달려오다가 이번 광해의 즉위로 막힌 셈이다.

유극진이 말을 이었다.

"대감, 이산이 오래 머물지는 않을 것입니다, 요동에 본대가 있으니까요. 그러니 한동안만 피신하시면 됩니다."

"그렇다면 양평의 장원에 가야겠군."

"너무 가깝습니다, 대감."

"그대도 나하고 같이 가세."

김제남이 유극진을 보았다.

유시(오후 6시) 무렵.

이곳은 남산 동쪽에 있는 김제남의 저택 사랑채 안방이다.

유극진이 대궐에서 나오자마자 이곳으로 달려온 것이다.

유극진이 고개를 저었다.

"대감의 양평 장원은 너무 알려져서 위험합니다. 차라리 수원의 제 사가(私家)로 가시지요."

"수원에 사가(私家)가 있나?"

"예, 아는 사람이 드물어서 안전합니다. 그러니 오늘 밤이라도 옮기시지요."

"그럴까?"

김제남이 정색하고 유극진을 보더니 고개를 끄덕였다.

"그게 낫겠다."

그것이 안전하다는 말이다.

임진강에서 이산이 황해병사 안준을 만났을 때는 술시(오후 8시) 무렵이다.

기마군은 하루 반나절 만에 안주에서 이곳까지 달려온 것이다.

안준이 숙영지의 진막 안으로 들어와 인사를 했다.

"황해병사 안준입니다."

"잘 왔어."

이산이 고개를 끄덕이며 안준을 보았다.

"그대는 왜란 때 어디 있었나?"

"예, 초유사(招諭使)로 전국을 돌아다녔습니다. 정유재란 후에는 의병들을 지원하는 임무를 맡았습니다."

"그렇군."

초유사는 모병관이나 같다.

가장 힘든 일을 맡은 셈이다.

눈에 띄지 않는 위치에서 묵묵히 일한 관리다.

그때 이산이 물었다.

"병사, 그대가 생각하는 조선의 미래를 말해보라."

"예?"

놀란 듯 안준이 눈을 크게 뜨고 몸을 굳혔다.

둘러선 장수들도 긴장하고 있다.

이산이 조선어로 말했지만 아바가이, 최경훈, 위사군단장 곤도까지 조선말을 알기 때문이다.

안준은 45세.

7년 동안 전장(戰場)을 돌아다니다가 여러 군데 부상을 입었다.

지금도 다리를 절고 이마에 칼자국이 있다.

왜군과 접전 중에 입은 상처다.

무반(武班) 중에서도 강골(强骨)이다.

그때 안준이 어깨를 부풀렸다가 내렸다.

"당분간은 명(明)에 사대하면서 왕조를 보존하게 될 것입니다."

"말하라."

"그러나 내부는 다시 당파싸움으로 서로 죽이는 난리가 일어날 것입니다."

"왕께서 수습하실 수 없겠는가?"

"현재 상황으로는 어렵습니다."

"이유를 말해보라."

"파당이 너무 깊고 많이 박혀있습니다. 뿌리부터 캐내지 않으면 불가능합니다."

"그 이유가 무엇인가?"

"수백 년간 안에서만 싸우는 습관이 들었기 때문이오."

안준이 번들거리는 눈으로 이산을 보았다.

"대장군 나리, 왕 전하께 힘을 실어주소서. 이번이 절호의 기회올시다."

"알았네."

마침내 이산이 길게 숨을 뱉었다.

이산의 시선이 옆에 선 아바가이를 스치고 지나갔다.

밤.

진막 안에는 이산과 아바가이가 마주 보고 앉아있다.

기둥에 달린 양초 불꽃이 외풍에 흔들리고 있다.

이산이 입을 열었다.

"광해 왕은 세자 때 내가 모셨던 분으로 충성을 바쳤다."

고개를 든 이산이 정색하고 아바가이를 보았다.

"내가 심복했던 분이 둘이 있다. 하나는 조선의 광해 왕이고, 또 하나는 여진의 누르하치 대족장, 네 아버님이시다."

아버님을 강조한 이산이 말을 이었다.

"아바가이, 잘 들어라."

"예, 아버님."

"이번에 내가 조선의 썩은 뿌리를 뽑겠지만 다시 뿌리가 자라날지 모른다."

"예, 아버님."

"그렇다고 내가 이곳에 머물 수도 없다."

이산이 번들거리는 눈으로 아바가이를 보았다.

"아바가이, 너에게 부탁이 있다."

"예, 아버님."

"광해 왕을 도와다오."

그때 아바가이가 고개를 들었다.

"어떻게 말씀입니까?"

"너는 앞으로 여진의 지도자를 승계받고 대륙의 주인이 될 것이다. 그러니 너는 광해 왕을 지원해다오."

"예, 아버님."

"대륙에서 지켜보다가 광해 왕이 어려울 때 도와주기 바란다."

"예, 아버님."

"약속하겠느냐?"

"약속하겠습니다."

아바가이가 목소리를 높였다.

"염려하지 마십시오, 아버님."

"당분간은 밖으로 나가지 마십시오."

백경질이 말하자 유영경은 쓴웃음을 지었다.

"내가 이곳으로 온건 판관 조병진밖에 모른다. 걱정하지 마라."

이곳은 개성 동문 안의 사가(私家)다.

개성부의 판관 조병진이 어젯밤 이곳으로 안내한 것이다.

사랑채, 행랑채가 딸린 이곳에는 유영경의 사병(私兵) 20여 명이 따라와 있다.

포도청 종사관 백경질이 말을 이었다.

"이산이 지금 도성으로 오고 있지만 곧 물러날 것입니다. 그동안만 견디시면 됩니다."

"광해가 마침내 마적을 불러들였어."

쓴웃음을 지은 유영경이 술잔을 들었다.

해시(오후 10시) 무렵.

주위는 조용하다.

"광해는 대명(大明)에 거역하는 반역자야. 이번에 이산이 돌아가면 그 내용을 적어서 황제 폐하께 보내면 조선왕 책봉이 안 될 거야."

유영경이 말을 이었다.

"지난번 진상조사단이 이산에게 막혔지만, 이번에는 우리가 밀사를 보낼 테니까."

"임해군도 지금 피신 중이십니다."

백경질이 목소리를 낮췄다.

"소문을 들으니 김 대감도 도성을 떠나셨다고 합니다."

"그래야지."

숨을 고른 유영경이 고개를 끄덕였을 때다.

"으악!"

밖에서 비명 소리가 울렸기 때문에 둘은 소스라쳤다.

"악!"

이어서 다른 비명 소리가 울리더니 발소리가 땅을 울렸다.

"이게."

놀란 백경질이 일어나다가 무릎으로 술상을 걷어차 뒤집었다.

술병과 안주가 방바닥으로 쏟아졌다.

백경질도 종5품 무반(武班)이다.

옆에 내려놓은 환도를 집어 들다 무릎이 떨리는 바람에 환도를 헛짚었다.

그때다.

방문이 부서지면서 사내 둘이 뛰어 들어왔다.

"앗!"

외풍에 촛불이 흔들렸다.

그때 앞장선 사내가 칼을 겨누고 다가왔다.

시선이 백경질에게 꽂혀 있다.

"무사냐?"

사내가 잇새로 물었다.

백경질이 손에 환도를 쥐고 있는 것을 본 것이다.

백경질은 아직 칼을 뽑지 않았는데 온몸을 떨고 있다.

그때 다가선 사내가 말했다.

칼을 중단으로 겨누고 있다.

백경질과의 거리는 두 발짝이어서 칼을 빼면 닿는다.

"칼을 뽑아라."

그때 백경질이 들고 있던 환도를 방바닥에 떨어뜨렸다.

그러고는 사내에게 말했다.

"살려주시오."

"무반(武班)이 맞아?"

눈을 둥그렇게 뜬 사내가 놀란 표정으로 물었다.

약간 서툰 조선말이다.

"그, 그렇소."

다음 순간 사내가 장검을 후려쳤다.

"턱!"

장검이 날아 목을 베는 소리가 그렇게 들렸다.

다음 순간 백경질의 머리통이 방바닥으로 떨어졌다.

"쿵!"

떨어지는 소리가 그렇게 났다.

그러나 백경질의 목에서 피가 석 자(90센티)나 높이 솟았다.

백경질의 머리 없는 목에서 피가 솟아올랐다.

5장 아바가이, 광해를 만나다

말에 탄 한석준이 잠깐 졸다가 눈을 떴다.

끄덕거리고 걷던 말이 걸음을 멈췄기 때문이다.

깊은 밤.

자시(밤 12시) 무렵이다.

이곳은 묘향산 입구의 골짜기.

주위는 짙은 정적에 덮여 있다.

"응? 무슨 일이냐?"

한석준이 말고삐를 쥔 마부에게 물었다.

그때 마부가 고개를 들고 한석준을 보았다.

"나리, 내리시지요. 말이 다리를 삐었습니다."

"응? 그래?"

정신이 든 한석준이 마부의 부축을 받고 말에서 내렸다.

땅에 발을 디딘 한석준이 주위를 둘러보았다.

"아니, 다 어디 있어?"

뒤를 식구들이 따르고 있었기 때문이다.

말 4필에 노새 3필, 그리고 하인 여섯이다.

그때 뒤쪽 어둠 속에서 인기척이 나더니 사내 둘이 다가왔다.

하인이다.

"어, 고 서방."

앞장선 사내가 고 서방이었기 때문에 한석준이 불렀다.

"식구들이 뒤에 있느냐?"

다가선 고 서방이 말했다.

"처자식은 살려두겠소."

"응? 뭐라고?"

물었던 한석준의 시선이 고 서방의 손으로 옮겨졌다.

"아니?"

한석준이 눈을 치켜떴다.

고 서방이 손에 칼을 쥐고 있었기 때문이다.

단검이다.

어둠 속이었지만 칼날이 희게 드러났다.

그때 고 서방이 말했다.

"막둥이하고 진배는 죽였소."

"아, 아니."

"나머지 하인들은 재물을 나눠 갖고 떠날 거요."

"뭐라고?"

막둥이, 진배는 한석준의 시중을 드는 하인이다.

그 둘을 죽였다는 말이다.

그제야 내막을 알아차린 한석준이 한 걸음 뒤로 물러섰다.

"네, 네 이놈……."

"이젠 당신과 이별이오."

고 서방이 칼을 들고 이를 드러내며 웃었다.

"당신을 죽인다고 해도 누가 쫓지는 않을 테니까."

"네, 네 이놈."

"당신 젊은 부인과 어린 자식은 살려둘 테니까 자손은 끊기지 않을 거요."

"이보게, 고 서방……."

한석준이 두 손을 저었다.

"날 살려주게. 재물은 다 갖고."

"아니. 당신을 살려두면 후환이 있을 거야. 내가 당신의 간특한 성품을 잘 아니까."

"그런 일 없을 거네."

다음 순간 와락 다가선 고 서방이 단검으로 한석준의 가슴을 찔렀다.

"으악!"

한석준의 비명이 묘향산 골짜기를 울렸다.

축시(오전 2시) 무렵이다.

경운궁의 내전 복도로 10여 명의 사내가 들어섰다.

주위는 적막에 덮여 있지만, 복도 옆 기둥에 달린 등 빛을 받아 사내들의 모습이 드러났다.

앞장서 안내하는 사내는 도승지 윤직이다.

뒤를 따르는 사내들은 이산과 아바가이, 그리고 최경훈 등의 얼굴이 드러났다.

복도 안으로 들어선 일행은 곧 안쪽의 청으로 들어섰다.

그러자 자리에 앉아있던 광해가 일어섰다.

"오, 대장군."

광해의 얼굴이 일그러졌다.

어느새 눈이 번들거리고 있다.

"전하."

이산의 얼굴도 상기되었다.

이산이 허리를 굽혀 인사를 했다.

이제는 신하의 예가 아니다.

광해도 고개를 숙여 인사를 받는다.

허리를 편 이산이 뒤에 선 아바가이를 광해에게 소개했다.

"전하, 누르하치 대족장 전하의 후계자인 아바가이 님이십니다."

"오, 잘 오셨소."

"전하, 아바가이가 뵙습니다."

아바가이가 조선어로 말하자 놀란 광해가 눈을 크게 떴다.

"조선말을 아시오?"

"예, 전하. 배웠습니다."

"반갑소."

광해의 시선이 뒤쪽에 선 최경훈에게 옮겨졌다.

"오, 장군."

"전하, 다시 뵙습니다."

최경훈이 허리를 꺾어 인사를 했다.

광해가 임금이 된 후로 처음 만나는 것이다.

인사를 마친 일행이 자리 잡고 앉았을 때 이산이 광해에게 말했다.

"전하, 저는 전하의 즉위 축하사절로 온 것입니다."

광해가 고개만 끄덕였고 이산이 말을 이었다.

"전하, 부디 뜻대로 국정을 펼치소서. 제가 이번에 전하를 뵙는 것이 마지막이 될지 모르나 여기 아바가이 님이 계시오."

광해의 시선이 아바가이에게 옮겨졌다.

그때 이산의 목소리가 청을 울렸다.

"곧 요동에 이어서 대륙의 통치자가 되실 분인 아바가이 님이 전하를 도와드릴 것입니다."

"고맙소."

길게 숨을 뱉은 광해가 아바가이를 보았다.

이산의 의도를 짐작한 것이다.

사시(오전 10시)가 되었을 때 늦은 아침을 겸상해서 먹고 있던 유극진과 김제남이 밖에서 들리는 소음에 움직임을 멈췄다.

하인들의 외침에 이어서 하녀들의 비명이 연거푸 울린 것이다.

"무슨 일이냐!"

화가 난 유극진이 소리치면서 일어섰다.

그때 마당에서 외침이 울렸다.

"나리! 습격입니다!"

놀란 유극진이 주춤 멈춰 섰다.

"누, 누구냐!"

겨우 그렇게 방 안에서 소리쳐 물었을 때다.

소란이 더 커지더니 사내의 비명이 울렸다.

그때 유극진이 고개를 돌려 김제남을 보았다.

"대, 대감……"

그때는 이미 김제남도 일어서 있다.

얼굴이 하얗게 굳어 있다.

그 순간 문이 부서지면서 사내들이 뛰쳐 들어왔다.

셋이다.

모두 손에 장검을 쥐었다.

유극진이 뒤로 물러서다가 밥상에 걸려 엉덩방아를 찧고 넘어졌다.

밥상이 부서지면서 요란한 소리를 냈다.

"김제남이 어디 있느냐?"

앞장선 사내가 칼끝으로 유극진을 겨누며 물었다.

칼에 피가 번져서 경황 중에도 피비린내가 맡아졌다.

밖에서 울렸던 비명도 어느덧 가라앉고 있었다.

그때 유극진이 손으로 뒤를 가리켰다.

"저기, 뒤에……."

"너는 누구냐?"

"나, 나는 손님이오."

"어디 사느냐?"

"옆집에 사오."

"이 집 주인 놈 유극진은 어디 있느냐?"

"그건 모릅니다."

"그럼 죽어야겠다."

사내가 장검을 치켜들었을 때 유극진이 두 손을 파리 앞발처럼 비벼대었다.

"살려주시오!"

"이놈, 유극진. 김제남과 함께 밥을 먹는다는 말을 들었다."

다음 순간 사내의 장검이 날아가 유극진의 어깨에서 허리까지를 베었다.

유극진의 몸통이 두 조각으로 갈라졌다.

"죽여라."

유극진의 처참한 시신이 방바닥에 널브러진 뒤쪽에서 김제남이 외면한 채
말했다.

그때 다가선 사내가 얼굴을 일그러뜨리며 웃었다.

"내가 대비의 애비를 죽이는 영예를 갖게 되었구나."

사내는 전(前)에 의주부도사를 지낸 황석기다.

7년 전에 이산군(軍)에 투신, 지금은 위사대의 1천인장이 되어있다.

그리고 이번에 곤도와 함께 지원군으로 급파되었다.

황석기가 칼끝을 김제남의 목에 붙였다.

"네 이놈, 네 외손주를 왕으로 만들어서 조선을 네 손바닥 위에 올려 놓고 싶었느냐?"

김제남이 눈을 감았을 때 황석기는 장검을 장작을 패는 도끼처럼 내려쳤다.

이산과 아바가이가 도성의 시장을 걷고 있다.

미시(오후 2시) 무렵.

시장은 사람들로 혼잡했지만 활기가 넘쳤다.

아바가이가 가게 앞에서 멈춰서더니 이산에게 말했다.

"아버님, 이 노리개를 사겠습니다."

아바가이가 여자용 노리개를 집었다.

머리에 꽂는 장식이다.

고개를 끄덕인 이산이 뒤에 선 위사에게 말했다.

"값을 치러라."

그때 아바가이가 노리개 3개를 집었다.

3개를 살 모양이다.

가게 앞을 떠났을 때 이산이 아바가이에게 말했다.

"아바가이, 잊지 말거라."

아바가이의 시선을 받은 이산이 말을 이었다.

"넌 다시 대륙으로 돌아가 살겠지만 네 몸은 이곳의 흙에서 태어난 조선인이다."

"예, 아버님."

"네 생모는 저 아래쪽 충청도 금산이란 곳이 고향이다. 내가 네 어머니를 그곳에서 만났다."

발을 떼면서 이산이 말을 이었다.

"네 외조부는 네가 태어나는 것을 예견하셨다. 네가 대륙의 지배자가 된다고 하신 거다. 대사간을 지낸 홍기선이란 분이셨다."

"아버님."

다가선 아바가이가 이산을 보았다.

"제 모국을 잊지 않겠습니다. 제 부모의 고향이고 제 피와 뼈가 이 땅의 정기를 받았다는 것을 기억해두겠습니다."

"네가 내 대신 다 이루어라."

"예, 아버님."

그때 이산이 손을 뻗어 아바가이의 손을 쥐었다.

뜨거운 손이다.

전(前) 영의정 유영경에 이어서 김제남이 처형된 후에 조선 팔도가 얼어붙었다.

사사건건 들고 일어나 시비를 가리던 당파의 유생들이 놀란 개구리 떼처럼 소리를 뚝 그치자 세상이 평온해진 느낌까지 들었다.

그러나 이산은 도성 밖의 마을에 군사를 주둔시킨 채 이동하지 않았다.

그리고 계속해서 간신 무리를 소탕했다.

이산의 여진군이 주둔했을 때 눈치 빠른 일부 간신들은 도주했기 때문에 그들을 추적해서 처단한 것이다.

신시(오후 4시) 무렵이다.

포도대장 전대수가 이산이 묵고 있는 본거지로 찾아왔다.

도성 남문 밖의 저택 안.

이곳은 호조판서 유양 문중의 건물이었는데 120칸이 넘는 대저택이어서 이산의 위사대가 다 묵고 있다.

"묘향산 입구에서 전(前) 이조참판 한석준이 피살되었습니다."

전대수가 이산에게 보고하자 이산 옆에 앉아있던 아바가이가 긴장했다.

전대수가 말을 이었다.

"식솔들을 데리고 묘향산 안에 있는 별장으로 은신하러 가다가 살해된 것입니다."

"도적한테 당한 것인가?"

최경훈이 묻자 전대수가 고개를 저었다.

"아닙니다. 하인 놈이 한석준을 살해하고 재물을 빼앗아간 것입니다."

전대수가 말을 이었다.

"처와 어린 자식, 여종 셋도 살려주고 도망쳤습니다. 주모자가 고 서방이라는 집사 놈입니다."

"그 딸은 어떻게 되었는가?"

최경훈이 불쑥 묻자 전대수가 대답했다.

"딸은 그 일행에 따라가지 않고 정주의 집에 있는 것 같습니다."

그때 아바가이가 어깨를 늘어뜨리는 것을 이산이 보았다.

아바가이가 이산 앞에 다가와 앉았을 때는 유시(오후 6시)가 조금 지났을 때다.

사랑채의 청 안이다.

"아버님, 제가 정주에 다녀올까 합니다."

아바가이가 말했기 때문에 이산이 고개를 들었다.

"정주에?"

"예, 한석준의 본가에 가려고 합니다."

아바가이가 정색하고 이산을 보았다.

"딸을 만나겠습니다."

"만나서 어떻게 하려느냐?"

"여진으로 데려가겠습니다."

결심한 듯 아바가이가 어깨를 부풀린 채 시선을 떼지 않는다.

옆쪽에 앉아있던 최경훈이 낮게 헛기침을 했다.

그때 이산이 다시 물었다.

"데려가서 뭐 하려고?"

"결혼하겠습니다."

"여자가 따라갈까?"

"설득하겠습니다."

"안 가겠다고 한다면?"

"낭자도 저한테 호감을 가지고 있습니다."

이산의 얼굴에 저절로 웃음이 떠올랐다.

이윽고 고개를 든 이산이 최경훈을 보았다.

"그대가 대장군을 보좌해서 같이 가도록 하게."

"예, 주군."

최경훈이 고개를 숙였다.

"모시고 가겠습니다."

아바가이가 먼저 나갔을 때 이산이 최경훈을 보았다.

청에는 둘뿐이다.

"이보게, 아바가이가 혈통을 간직하려는 것일까?"

"그렇습니다."

최경훈이 고개를 끄덕였다.

"아바가이 님은 생부, 생모의 뿌리를 순수하게 지키시려는 것 같습니다."

"그렇게까지 생각했다면 고마운 자식이지."

"생부(生父)를 존경하고 있기 때문일 것입니다."

"그대가 따라가 보살펴주게."

"예, 주군."

자리에서 일어선 최경훈이 얼굴을 펴고 웃었다.

포도대장 전대수는 정3품 무반(武班)이다.

왜란 때 전라우수사 이억기 휘하의 종사관으로 참전했다가 마지막까지 싸운 무장(武將)이다.

이억기가 전사했을 때 같은 판옥선에 탔다가 전대수도 허리에 총탄을 맞았다.

전대수가 이산에게 물었다.

"대족장 전하, 임해군이 은신한 곳을 찾았습니다. 어떻게 하면 좋겠습니까?"

이산이 고개를 들었다.

임해군은 임금 광해의 동복형이다.

이산의 남진 소식을 듣고 피신한 것이다.

"어딘가?"

"조선에 내려갔어?"

누르하치가 고개를 들고 마탕가를 보았다.

만추성의 청 안.

앞쪽 문을 열었기 때문에 아래쪽 3중 성벽이 내려다보였다.

마탕가가 대답했다.

"예, 아바가이 님과 기마군 3백 기가 내려갔습니다."

"음, 아바가이까지."

"조선왕 광해를 만나러 간 것 같습니다."

"이산이 광해하고 친하지."

누르하치가 흐려진 눈으로 마탕가를 보았다.

"아바가이에게 광해를 만나게 해주겠군."

"예, 전하."

마탕가가 고개를 끄덕였다.

마탕가는 누르하치 가문의 원로다.

"조선이 명에 사대(事大)를 해오고 있지만, 왕조의 틀에 대해서는 배울 점이 있습니다."

"그런가?"

"조선의 관리는 왕에 대한 충성 경쟁으로 서로 죽입니다. 백성은 안중에 없지요. 그렇게 경쟁을 시키면 왕조가 오래가는 것 같습니다."

"그래서 이산이 광해를 보호하는가?"

"이씨 왕조보다 광해에 대한 인연 때문이겠지요. 이산 공(公)은 조선 왕조에 대해서는 미련이 없는 것이 분명합니다."

"그건 맞아."

고개를 끄덕인 누르하치가 말을 이었다.

"아바가이는 제 생부인 이산을 사부로 모시고 배우라고 보낸 거야."

"전하께서 그릇이 크십니다."

마탕가가 흐려진 눈으로 누르하치를 보았다.

"이산 공(公)은 전하를 존경하고 있습니다. 전하께선 훌륭한 후계자를 양성하고 계십니다."

그리고 마탕가는 이산을 믿고 있다.

이산의 적극적인 후원자이기도 하다.

누르하치가 고개를 끄덕였다.

"요동이 민란에 휩싸여 있는 상황이니 아바가이를 단련시킬 호기이기도 하지."

임해군 이진은 광해군보다 한 살 위인 동복형이다.

광해 1년.

이때 임해군은 35세.

성품이 난폭하고 급해서 주위에 사람들이 모이지 않았지만, 의금부 도제조 고경직이 임해군을 아꼈다.

의금부는 본래 고관 귀족의 죄를 다스리는 기관이다.

고경직은 47세.

임해군이 어렸을 때 궁에서 형법과 활쏘기를 가르친 인연이 있다.

왜란 때는 임해군과 함께 가토 기요마사의 포로가 되었다가 풀려났다.

"나리, 바깥출입을 하시면 안 됩니다."

고경직이 말하자 임해군은 쓴웃음부터 지었다.

"걱정할 것 없어. 이산이 날 어쩌지는 못해."

"나리, 잘못 생각하신 것이오."

정색한 고경직이 다가앉았다.

이곳은 광주에 있는 고경직의 사가(私家)다.

숨겨둔 소실의 집이어서 외부인은 모르는 곳이다.

고경직이 임해군을 이곳으로 모신 것이다.

고경직이 말을 이었다.

"이산이 돌아갈 때까지 이곳에 계시면 됩니다."

"알았으니까 잔소리 그만해."

"나리, 꼭 부탁드리오."

고경직이 다짐을 하고 나서 일어섰다.

방을 나온 고경직이 마루 끝에 선 하춘식에게 다가가 말했다.

"경비를 철저히 하도록."

"예, 대감."

하춘식이 한 걸음 다가섰다.

"대군 나리께서 외출하자고 하시면 어떻게 합니까?"

"수행 못 한다고 해라, 내 지시라고."

"예, 그러지요."

"못 나가시게 막고 바로 나한테 통보하도록."

"예, 대감."

술시(오후 8시) 무렵이라 주위는 어둡다.

토방으로 내려온 고경직이 어둠에 덮인 마당을 둘러보았다.

이 사가(私家)는 소실 댁이지만 행랑채, 사랑채가 차례로 놓였고 맨 뒤쪽에 별채가 세워져 있다.

임해군은 별채에 묵고 있다.

마당 안쪽 어둠 속에 서 있는 군관들이 보였다.

의금부 소속의 정예군이다.

모두 12명.

고개를 든 고경직이 하춘식을 보았다.

"유 대감, 김 대감이 다 죽었다. 이산이 이곳을 노리고 있을지도 모른다."

의금부 도사 하춘식이 숨을 들이켰다.

"알고 있습니다, 대감. 목숨을 내놓고 대군을 지키지요."

하춘식은 38세.

왜란 때 진주성 싸움에서 공을 세워 정7품 사정에서 종5품 도사로 승진했다.

고경직과는 10여 년 전부터 인연이 있었기 때문에 복심이다.

해시(오후 10시)가 되었을 때 임해군이 방문을 열더니 하춘식에게 말했다.

"자네가 가서 술을 몇 병 가져오게."

"예, 나리."

대답한 하춘식이 앞쪽 사랑채 부엌으로 들어가 여종에게 말했다.

"술을 더 가져오라시네."

벌써 3병째였기 때문에 하춘식이 말을 이었다.

"아예 3병을 더 주게."

임해군은 두주불사하는 술고래다.

몸을 돌린 하춘식이 별채 앞마당으로 들어섰을 때다.

앞쪽 별채의 방문이 열려 있기 때문에 하춘식이 눈을 치켜떴다.

임해군의 방이다.

방의 불이 켜져 있어서 이곳도 빈방임이 드러났다.

한걸음에 달려간 하춘식이 토방에 뛰어올라 방을 들여다보았다.

비었다.

"이런."

놀란 하춘식이 탄식하고는 어둠 속에 대고 소리쳤다.

"모두 나와라!"

자신을 심부름 보내고 그사이에 빠져나간 것이다.

사시(오전 10시)가 되었을 때 이산의 본채 마당으로 일단의 사내들이 들어섰다.

그 중심에서 다가오는 사내가 바로 임해군 이진이다.

청에 앉은 이산이 임해군을 보았다.

거리가 30보쯤 되었을 때, 둘의 시선이 마주쳤다.

어깨를 편 임해군은 똑바로 발을 떼었는데 위축된 것 같지는 않다.

거리가 점점 좁혀졌고 임해군의 표정도 선명해졌다.

임해군은 10년 전 왜란 때 가토의 포로가 되어서 1년간 끌려다닌 경험이 있다.

그래서인지 당당한 표정이다.

"이쪽으로."

임해군을 압송해온 무장(武將)은 의주부도사 출신인 황석기다.

황석기가 임해군의 팔을 끌더니 토방으로 함께 올라와 이산에게 보고했다.

"주군, 여기 임해군을 데려왔습니다."

"청으로 모시게."

그렇게 말한 사내는 도승지 윤직이다.

윤직이 와 있었다.

임해군이 황석기와 함께 다가와 이산의 앞쪽 10보쯤 거리에 앉았다.

그때 임해군이 고개를 들고 이산을 보았다.

당당한 표정이다.

"그대가 이산인가?"

임해군의 시선을 받은 이산이 쓴웃음을 지었다.

그러고는 고개를 돌려 황석기를 보았다.

"어떻게 잡았느냐?"

그때 황석기가 어깨를 폈다.

"집을 포위하고 있었는데 이분이 담을 넘어 빠져나오지 않겠습니까? 그래서 힘들이지 않고 덮쳐서 끌고 왔습니다."

황석기가 어이가 없다는 표정을 짓고 이산을 보았다.

"다행히 살육전을 벌이지 않고 생포해 왔습니다만 왜 혼자 빠져나왔느냐고 물었더니 기생 있는 곳에서 술을 마시려고 했다는 것입니다."

그러자 모두의 시선이 임해군에게로 옮겨졌다.

그때 임해군이 이산에게 말했다.

"이보게, 이산. 술이나 한잔 주게."

순간 청 안이 조용해졌다.

뒤쪽에 선 위사군단장 곤도도 조선말을 안다.

윤직과 황석기도 아연한 표정이다.

마당 밖에서 말 울음소리가 울렸다.

말을 꾸짖는 목소리는 여진어를 쓴다.

이산이 입을 열었다.

"그대, 지금 대륙의 정세가 어떤지 아는가?"

임해군이 고개를 들었다.

"왜 묻는가?"

"전하의 동복형으로 그리고 왕위를 물려받지 못했다고 불만을 품고 있는 대군(大君)이니 대륙의 정세와 조선의 미래에 대한 고견을 말해보라."

이산의 목소리가 한마디씩 청을 울렸다.

"지금까지 그대에게 그것을 물은 사람이 없었을 것이다. 하지만 이번에는 내가 묻는다. 그리고 대답을 못 하거나 시원치 않다면 그대를 처단하겠다."

"흥, 너 내가 누군지 아느냐?"

불쑥 임해군이 물었기 때문에 이산이 어깨를 늘어뜨렸다.

시선만 주는 이산에게 임해군이 말을 이었다.

"내가 광해의 형 임해다. 왜장 가토 기요마사도 나에게 손끝 하나 대지 못했는데 네가 감히 그럴 수 있겠는가?"

"……."

"감히 나에게 뭘 물어? 가소롭다."

"그냥 죽겠다는 말이냐?"

이산이 낮게 물었더니 임해가 소리 내어 웃었다.

"이산, 넌 광해의 심복 아니냐? 그런데 어찌 광해의 형인 나를 죽일 수 있단 말인가?"

"……."

"네가 아무리 위협을 해도 믿기지가 않아서 그런다."

이산이 고개를 끄덕였다.

임해의 말이 맞다.

그 포악한 왜장 가토도 임해를 상전처럼 대접했으며 광해가 임금이 되고서도 어떤 제재도 받지 않았기 때문이다.

더구나 명의 진상조사단이 임해를 만나려고 온다는 소문이 난 상황이다.

이산이 자리에서 일어섰기 때문에 청 안에는 숨소리도 나지 않는다.

그때 이산이 허리에 찬 장검을 빼들었다.

그러고는 임해에게 다가가면서 말했다.

"이놈, 이진. 오늘 내가 너를 베겠다."

한 걸음씩 다가갈 때마다 임해군의 얼굴이 굳어졌다.

두 걸음 앞에 선 이산이 임해군을 내려다보았다.

"조선을 위해 네 목숨을 거두겠다."

임해군의 눈이 흐려졌다.

이산이 칼을 치켜들었을 때다.

"정말 벨 건가?"

임해군이 갈라진 목소리로 물었다.

"그렇다."

"다른 방법은 없나?"

"없다."

"날 여진으로 데려가도 돼."

"넌 쓸모가 없는 놈이다."

"살려주게."

"비겁한 놈."

"그저 목숨만 붙여주시게."

이제 임해군의 얼굴은 땀방울이 번져 번들거리고 있다.

그때 칼을 머리 위로 치켜든 이산이 물었다.

"마지막으로 남기고 싶은 말은?"

"살려주시게."

다음 순간 이산의 칼날이 옆으로 눕혀지더니 앞으로 내밀려졌다.

"억!"

임해의 입에서 터진 신음이 청을 울렸다.

칼날이 임해의 가슴을 뚫고 나가 등으로 빠져나간 것이다.

심장을 관통했다.

다음 순간 이산이 칼을 뽑았고 임해가 앞으로 엎어졌다.

이미 숨이 끊어진 임해의 입에서 남은 숨이 새어 나오고 있다.

"시신을 거두어 안장하도록."

이산이 말하자 여럿이 임해의 몸으로 다가갔다.

임해의 사지를 떼지 않은 것은 그로서는 예의다.

한석준의 시신은 묘향산 입구의 골짜기에 매장되었고 함께 가던 부인 조씨 모자(母子)는 그대로 별장에 들어가 은신했다.

한석준의 피살 소식을 들은 한윤이 정주의 본가로 돌아왔지만 빈집이다.

대저택에 남은 것은 늙은 종 둘뿐이었다.

하인들이 창고의 곡식은 물론 비싼 가재도구까지 다 들고 도망갔기 때문에 당장 먹을 것이 없어서 분이가 금반지를 팔아 양식을 살 정도였다.

유시(오후 6시) 무렵.

열려 있는 대문으로 사내들이 들어섰기 때문에 분이가 겁에 질린 목소리로 물었다.

"누구시오?"

대문을 지킬 하인도 없는 상황이다.

대갓집이 흉가(凶家)가 되었다는 소문이 나서 도둑 떼는 오지 않았다.

그러나 소문을 못 들은 도적일 수도 있다.

사내들은 10여 명이나 되었기 때문에 분이는 기가 질렸다.

집을 지켰던 노인 박 씨 부부는 코빼기도 비치지 않는다.

그때 사내 하나가 물었다.

"아가씨 계시냐?"

"누구 말씀이오?"

"한윤 아씨 말이다."

"지금 안 계시오."

"너는 아가씨 여종 아니냐?"

다른 사내가 물었기 때문에 분이가 숨을 들이켰다.

그 공자(公子)의 수행원이다.

분이가 한 걸음 물러섰다.

"밖에 나가셨소."

"그럼 집 안을 뒤져볼까?"

사내가 느긋하게 물었을 때 뒤쪽에서 나이든 사내가 나섰다.

"이봐, 아바가이 님이 오셨으니까 아가씨께 뵙자고 말씀드리도록 하게."

놀란 분이가 숨을 들이켰을 때 사내가 다가서서 말했다.

"걱정하지 말고. 어서."

잠시 후에 안채의 청에서 아바가이와 한윤이 마주 보고 앉아있다.

아바가이의 수행원들은 보이지 않았고 청에는 둘뿐이다.

어두워진 청의 기둥에 기름등이 한 개 걸려 있다.

아바가이가 입을 열었다.

"난 아버지가 둘, 어머니가 둘이오."

한윤이 쳐다만 보았고 아바가이가 말을 이었다.

"내 생모는 조선에서 대사간을 지내신 홍기선 님의 딸이셨소. 생모는 내 생부를 따라 여진 땅에 오셨는데 나를 낳고 나서 돌아가셨소."

“…….”

“아직 젖도 떼지 못한 나를 여진의 대족장이신 누르하치 님이 생부이신 이 산 님과 합의해서 아들로 맞아주셨소. 그래서 내 어머님은 누르하치 님의 3번 째 부인인 차연 님이시오.”

아바가이가 이를 드러내고 웃었다.

“내 피와 뼈는 조선인이오. 그래서 나는 이번에 내 혈통을 이어줄 조선녀를 얻기로 결심했소. 아마 얼굴도 모르는 생모에 대한 그리움 때문인 것 같소.”

고개를 든 한윤이 아바가이를 보았다.

“그럼 누르하치 님의 아드님이세요?”

“그렇소. 누르하치 님이 내 아버님이시고 내가 후계자입니다.”

“이산 님 은 생부시고요?”

“예, 지금 생부님으로부터 수련을 받고 있습니다.”

아바가이가 말을 이었다.

“두 아버님이 저를 단련시키고 계시지요.”

“생부께서는 아바가이 님이 저한테 오신 것을 아시나요?”

“허락을 받고 왔습니다.”

“뭐라고 하셨는데요?”

“낭자를 내 부인으로 데려가겠다고 말씀드렸습니다.”

“…….”

“그랬더니 허락하셨습니다.”

“…….”

“아버님이 낭자가 허락할 것 같으냐고 물으시기에 그럴 것 같다고 했습 니다.”

“왜요?”

"낭자가 나한테 호감을 가지고 있는 것 같다고 했습니다."

그때 한윤이 고개를 들었다.

한윤과 시선이 마주친 아바가이가 숨을 들이켰다.

한윤의 눈에 눈물이 가득 고여 있었기 때문이다.

한윤이 입을 열었다.

"저도 이젠 고아가 됐어요. 의지할 곳도 없어요."

"여기 오면서 상의했는데 이번에 가신 아버님 장례를 치러드리지요. 묘향산 입구에 묻히셨다니 곧 찾을 수 있을 것이오."

"……."

"그리고 나와 함께 여진으로 가십시다. 만추성에 가면 대족장 전하와 제 모친께서 반겨주실 것이오."

한윤이 고개를 숙였다.

만감이 교차했기 때문이다.

"어떻게 되었습니까?"

사랑채로 나온 아바가이에게 최경훈이 물었다.

술시(오후 8시) 무렵이 되어서 일행은 이제 저택에 투숙하고 있다.

저택에 양식이 없었기 때문에 셋이 나가서 쌀과 부식까지 사 들고 돌아왔다.

아바가이가 자리에 앉으면서 말했다.

"생각해본다고 했소."

"오, 그렇습니까?"

반색한 최경훈이 고개를 끄덕였다.

"그만하면 됐습니다."

"낭자 아버님 장례를 간소하게 치러준다고도 했소."

"잘하신 것입니다."

최경훈이 고개를 끄덕였다.

자신도 생각하지 못한 방법이다.

최경훈이 말을 이었다.

"하인한테 물었더니 아가씨는 올해 18살이 되셨습니다. 공자님보다 한 살 연상이지만 딱 맞는 배필입니다."

"……."

"성품이 차분하고 영민해서 아버지의 아낌을 받았다고 합니다. 여자지만 여러 명의 스승을 모시고 공부했다고 하는군요."

아바가이가 심호흡을 했다.

오늘 밤은 이곳에서 자고 내일 다시 한윤을 만나야 한다.

그 시간에 이산과 광해가 경운궁의 청에서 독대하고 있다.

이산이 밀행해 온 것이다.

불을 밝힌 넓은 청에는 둘뿐이다.

이산이 독대를 원한 것이다.

둘이 마주 보고 앉았을 때 이산이 입을 열었다.

"전하, 제가 형님을 처단했습니다."

광해는 시선만 주었고 이산이 말을 이었다.

"주상 전하의 동복 형님이어서 누가 손에 피를 묻히려 하겠습니까? 제가 직접 칼을 들었습니다."

"마지막을 말해주게."

광해가 번들거리는 눈으로 이산을 보았다.

"듣고 싶네."

"예, 전하."

고개를 든 이산이 광해를 보았다.

"제가 칼을 치켜들고 마지막 말씀을 물었습니다."

광해가 시선을 내렸고 이산이 말을 이었다.

"그대로 말씀드리겠습니다."

"……."

"전하께 형 노릇을 제대로 못 해 미안하다고 하셨습니다."

그때 광해가 고개를 들었지만 입을 열지는 않았다.

이산이 말을 이었다.

"저승에 가서 어머님과 함께 전하의 건승을 기원한다고 하셨습니다."

"……."

"사내답게 가셨습니다. 심장을 찔렀으니 고통 없이 숨을 거두셨을 것입니다."

"……."

"평온한 모습이셨습니다."

"시신은 어디에 두었나?"

"남문 밖 안악산 기슭이니 쉽게 찾을 수 있습니다."

"도승지에게 알려주게."

"그러지요."

고개를 끄덕인 이산이 말을 이었다.

"의금부 도제조 고경직의 광주 사가(私家)에 은신하고 있었습니다. 오늘 오후에 제가 기마군을 보내 고경직 일당을 몰사시켰습니다."

"잘했네."

"죄를 지었습니다."

"그대 아니면 처리할 사람이 없었어."

광해가 흐려진 눈으로 이산을 보았다.

"내가 형님을 잘 알아."

"……."

"하지만 고맙네. 그대가 한 말을 머릿속에 넣고 형님을 추모하겠네."

"전하."

"술을 마시면서 이야기를 하세."

광해가 고개를 돌려 뒤쪽에 대고 불렀다.

"여봐라."

술상을 사이에 두고 둘이 앉았다.

잠자코 자작으로 술을 따른 광해가 두 잔을 마시더니 이산을 보았다.

"대륙의 상황은 어떤가?"

이산이 심호흡을 했다.

자신이 임해에게 물었던 질문이다.

왕(王)이 되려면 최소한 대륙의 정세에 관심쯤은 가져야 될 것 아닌가?

자신이 조선에 내려온 가장 큰 이유 둘 중 하나가 바로 이것이다.

광해에게 대륙 정세와 대처법을 말해주려는 것이었다.

"요동에서 민란이 격해지고 있습니다."

이산이 환관을 앞세운 징세로 요동 각지에서 민란이 불길 번지듯이 퍼져가고 있는 상황을 설명했다.

"이 민란이 커지면서 작은 불이 큰불로 흡수되어 서쪽으로 이동할 것입니다."

"농민들의 민란인가?"

"예, 대륙은 세금에 눌린 농민의 반란으로 왕조가 무너지고 새 왕조가 일어납니다."

"조선은 그런 일이 없어."

광해가 이산을 보았다.

어두운 표정이다.

"이것이 왕(王)에게는 좋은 일인가?"

"1천 년간 백성들이 새 왕조를 일으킬 생각을 못 했지요. 신라통일 이후로 대륙으로 진출하지 못했기 때문에 모두 병든 닭이 되었습니다."

이산이 말을 이었다.

"왜국이나 명(明)이었다고 해도 임진왜란 같은 전란을 겪고 나면 왕조가 바뀌었습니다. 그러나 조선은 다릅니다."

"……."

"무능한 왕은 놔두고 서로 권력을 나누려고 신하들이 싸웁니다. 백성은 안중에도 없습니다."

"……."

"난리가 일어난 원인을 규명하고 개혁할 생각은 안 하고, 오직 권력을 나누려고 당파를 만들어 저희끼리 사투를 벌입니다."

"……."

"이렇게 신라, 고려, 조선의 지금까지 이르렀습니다."

그때 이산이 생각이 났다는 얼굴로 광해를 보았다.

"전하, 선왕(先王)께서 천민 의병장을 만나 격려해주신 적이 있습니까?"

"없었네."

"왜란은 돌아가신 통제사 대감과 천민 의병들이 종결시켰습니다. 그것을 선왕(先王)은 모르셨을까요?"

"측근에서 보고를 안 한 경우가 많아서."

"전하, 다 들으셔야 합니다."

"알고 있네."

"선왕(先王) 같은 왕이 되지 마십시오."

"반면교사로 삼고 있네."

"지금이라도 천민 의병장, 의병들을 찾아 만나보시고 격려하시지요."

"그렇게 하겠네. 그리고."

고개를 든 광해가 이산을 보았다.

"선왕(先王)께서 야반도주하실 때 천민들이 장례원과 형조 건물을 불 질러 노비 문서를 태웠네. 나는 조선의 노비를 없앨 작정이야."

"당장 없애기는 힘들 테니 하나씩 정리하시지요."

이산이 말을 이었다.

"여진이 곧 요동을 평정하고 대륙에 진출할 것입니다. 그때 명(明)이 조선에 지원군을 요청할 것이 분명합니다. 왜란 때 명군(明軍)이 지원한 보답을 받으려고 할 것입니다."

"……."

"어쩔 수 없이 지원군을 보내게 된다면 지휘관을 저한테나 아바가이한테 보내시기 바랍니다. 서로 내통을 해서 피해가 없도록 해야지요."

"오오!"

고개를 끄덕인 광해가 이산을 보았다.

"그렇게 하겠네."

"전하."

이산이 광해를 보았다.

"대륙이 격변기입니다. 전하께서 계셔서 천만다행입니다."

쌀을 두 섬이나 가져왔기 때문에 하인 박 씨 부부는 기운이 펄펄 났다.

아바가이 일행 14명은 아침을 푸짐하게 얻어먹었다.

진시(오전 8시) 무렵.

사랑채 안방에 있던 아바가이가 문밖에서 들리는 분이의 목소리를 듣는다.

"공자(公子) 나리."

"누구냐?"

"분이입니다."

문을 연 아바가이에게 분이가 말했다.

"아가씨가 드릴 말씀이 있답니다."

"가겠다."

방을 나온 아바가이가 분이의 뒤를 따랐다.

안채 청으로 들어선 아바가이는 다소곳이 앉아있는 한윤을 보았다. 흰색 저고리에 검은색 치마 차림의 한윤은 고개를 숙이고 있었는데 마치 한 폭의 그림 같다.

앞쪽에 앉은 아바가이가 한윤을 보았다.

그때 고개를 든 한윤이 아바가이를 보았다.

"하나만 약속하신다면 따라갈게요."

한윤의 목소리가 떨렸고 얼굴이 상기되어 있었기 때문에 아바가이가 긴장했다.

한윤이 번들거리는 눈으로 아바가이를 보았다.

"약속해주시겠어요?"

"말해요."

아바가이가 굳어진 목소리로 말했다.

246

"내가 할 수 있는 일이라면 따르겠소."

"아버님 앞에서 저를 버리지 않겠다고 약속해주세요."

"아버님이라면 내 생부님 말이오?"

"예, 이산 님이시죠."

"하고말고."

어깨를 부풀린 아바가이의 목소리가 떨렸다.

"아버님께 허락을 받고 나왔다고 했지 않습니까? 당장 같이 갑시다. 아버님 앞에서 10번이라도 약속을 하겠소."

말이 길어서 숨까지 허덕였던 아바가이가 숨을 고르고 나서 한윤을 보았다.

"고맙소."

"분이를 데려가겠어요."

한윤이 어깨를 늘어뜨리면서 말했다.

유시(오후 6시) 무렵이 되었을 때다.

본채의 청에 앉아있던 이산 앞으로 남녀가 다가왔다.

아바가이와 한윤이다.

한윤은 바지와 저고리 차림으로 남장을 했지만 호리호리한 몸매에 키도 커서 미소년 같았다.

머리도 뒤에서 묶고 두건을 썼기 때문에, 멀리서는 표시가 안 났다.

이산의 지시로 남장을 한 것이다.

청에 불을 밝혀 놓았기 때문에 다가오는 한윤의 얼굴도 선명하게 드러났다.

갸름한 얼굴, 맑은 눈, 곧은 콧날과 단정하게 닫힌 입술.

눈빛은 선명했지만 긴장으로 굳어 있다.

두 걸음쯤 앞에 멈춰 선 한윤이 무릎을 꿇더니 두 손을 청 바닥에 붙이고 나서 이마를 붙이는 절을 했다.

아바가이도 함께 절을 했다.

이산이 고개를 끄덕여 절을 받고는 고개를 든 한윤을 보았다.

"윤이냐?"

"예, 윤이입니다."

한윤이 또렷하게 대답했다.

눈이 조금 번들거렸지만 시선은 떼지 않는다.

청 안은 조용하다.

좌우에 최경훈, 곤도, 황석기 등이 둘러앉았지만 모두 숨을 죽이고 있다.

그때 이산이 말했다.

"내가 네 약속을 들었다."

그러고는 고개를 돌려 아바가이에게 말했다.

"아바가이, 내 앞에서 언약해라."

"예, 아버님."

허리를 편 아바가이가 대답하더니 숨을 고르고 나서 말했다.

"나, 여진 대족장 누르하치 님의 후계자인 아바가이는 생부 이산 님 앞에서 조선녀 한윤에게 언약하겠소."

아바가이가 고개를 돌려 한윤을 보았다.

"그대를 버리지 않고 평생을 함께 해로할 것이오. 누르하치 님, 이산 님의 아들로 언약하겠소."

아바가이의 목소리가 청을 울렸다.

그때 이산이 한윤에게 물었다.

"너는 할 말이 없느냐?"

그때 한윤의 낭랑한 목소리가 터졌다.

"저는 두 아버님을 공경할 것이며 아바가이 님의 뜻을 받들어 평생을 모실 것을 언약합니다."

이산이 고개를 끄덕였다.

한윤도 미리 언약을 준비해놓고 있었다.

"허락한다."

이산이 말하자 청 안 분위기가 와락 밝아졌다.

웃음소리가 울렸고 최경훈, 곤도, 황석기, 다른 장수들도 다가와 아바가이에게 덕담을 건넸다.

"오늘은 돼지를 잡아. 잔치다."

곤도의 떠들썩한 말에 분위기는 더 밝아졌다.

아바가이와 한윤이 청 밖으로 나갔을 때 최경훈이 다가와 말했다.

"한석준에게 인사를 시키는 것이 도리일 것 같습니다."

이산이 고개를 끄덕였다.

"그대가 주관해서 정중히 처리하도록 해라."

충청감사 전숙번은 선조가 승하하기 전에 홍문관 부제학이었던 인물이다.

유영경과 동문수학했던 인연으로 승진해서 충청감사로 나갔다가 광해를 임금으로 모시게 되었다.

전숙번은 소북파 핵심으로 영창대군을 왕으로 즉위시키려고 동분서주하던 위인이다.

유시(오후 6시) 무렵.

청주성 관아에서 전숙번이 손님을 맞는다.

손님은 한양에서 달려온 직제학 송만기.

전숙번과 같은 소북파 동지다.

"웬일인가?"

전숙번이 묻자 송만기가 길게 숨부터 뱉었다.

"도성은 피바람이 불고 있어. 유 대감과 김 대감이 처형당했고 정주의 한석 준까지 객사했어. 죽은 사람이 30여 명이야."

"이산이 끌고 온 병력이 1천도 되지 않는다던데."

"임금이 끼고 있는데 누가 건드린단 말인가?"

탄식한 송만기가 말을 이었다.

"임금이 이산을 칼잡이로 고용한 셈이네. 지금 칼잡이가 날뛰고 있어."

"그렇다면 이산을 잡아 죽여야 되지 않겠는가?"

"그래서 내가 온 것이네."

송만기가 목소리를 낮췄다.

"자네가 훈련도감 별장 전기중의 숙부 아닌가?"

전숙번의 시선을 받은 송만기가 말을 이었다.

"전기중이 왜란 때부터 포수대를 거느리고 있지 않은가? 모두 350명이네. 이 부대를 끌고 가면 이산의 기마군을 격파할 수 있지 않겠는가?"

"……."

"도성 밖의 민가에서 묵고 있다니까 기습하면 성공할 거네. 방심하고 있 거든."

송만기가 번들거리는 눈으로 전숙번을 보았다.

"이보게, 나하고 같이 도성에 가세. 자네 조카를 설득해서 이산을 격멸하자 고. 우리가 영창대군을 위해서 목숨을 바쳐야 하지 않겠는가?"

그때 고개를 든 전숙번이 송만기를 보았다.

눈이 흐려져 있다.

"반대 세력은 수천 명입니다."

도승지 윤직이 쓴웃음을 짓고 말했다.

이곳은 이산의 본진이 된 저택의 청 안.

청에는 윤직과 황해병사 안준, 그리고 황석기가 둘러앉아 있다.

윤직이 말을 이었다.

"소북파를 제거하면 곧 대북파 중에서도 파당이 갈릴 것입니다. 3년 안에 다시 대북파가 갈라집니다. 이것이 지금까지의 관행이었습니다."

이산이 잠시 윤직을 응시한 채 움직이지 않았다.

그때 안준이 입을 열었다.

"대장군 덕분에 눈앞의 큰 장애물은 치운 셈입니다. 하지만 영창대군이 남아있습니다."

그때 이산이 고개를 들었다.

"내가 임해군까지 처단한 마당에 영창을 놔둘 수는 없지."

이산이 흐려진 눈으로 윤직과 안준을 번갈아 보았다.

"전하를 위해서 내가 악역을 맡을 작정이야. 나는 조선 역사에 어떻게 기록되건 상관하지 않아."

눈의 초점을 잡은 이산이 쓴웃음을 지었다.

"내가 이번 일을 마치고 대륙으로 가면 두 번 다시 조선 땅에 발을 딛지 않을 테니까."

"대장군 전하."

안준이 두 손을 청 바닥에 짚고 이산을 보았다.

"영창은 궁에서 인수대비가 숨겨놓고 있습니다. 영창을 잡으려면 대비전에 들어가야 합니다."

"가야지."

이산이 거침없이 말했다.

"영창과 함께 파당만 좇는 간신 놈들을 대대적으로 숙청한다."

묘향산 골짜기 위쪽의 평지에 한석준의 묘를 썼다.

양지바른 곳에 한석준을 묻고 제를 지냈다.

한윤과 아바가이가 나란히 서서 한석준의 묘에 대고 인사를 한 것이다.

최경훈이 절차를 알려주었기 때문에 묘 앞에서 부부의 예까지 갖췄다.

사람을 시켜 제사용 제물까지 훌륭하게 차려놓은 예식이다.

한석준의 묘에 하직 인사를 하고 근처 마을로 돌아왔을 때는 술시(오후 8시)
무렵이다.

민가를 빌려놓았기 때문에 한윤과 분이는 안채의 방에 묵었다.

"아씨, 이제 대감께서도 편히 눈을 감으셨을 거예요."

분이가 조심스럽게 말하면서 한윤의 장옷을 벗겼다.

"이젠 대감 앞에서 혼인신고도 했어요, 아씨."

분이의 목이 메었고 한윤의 눈에도 눈물이 맺혔다.

"이젠 조선 땅에 미련은 없어."

한윤이 말을 이었다.

"난 다 잊고 살 거야."

그때 밖에서 기침 소리가 울렸다.

"아가씨, 최경훈이오."

분이가 문을 반쯤 열었을 때 최경훈이 말을 이었다.

"아가씨, 저하고 공자님은 도성으로 돌아갑니다. 그러니 아가씨는 정주 본
가에서 기다리고 계시지요."

한윤이 나와 최경훈을 보았다.

"언제 정주로 오세요?"

"오래 걸리지 않을 것입니다."

시선을 든 한윤이 최경훈의 뒤쪽을 보았다.

어둠에 덮인 마당은 비었다.

최경훈이 말했다.

"공자께서는 조금 전에 출발하셨습니다."

"……."

"아가씨는 백인장이 부하 다섯을 데리고 호위해드릴 것입니다."

한윤이 시선을 내렸을 때 최경훈이 말을 이었다.

"공자(公子)께서는 곧 여진의 대족장 전하의 후계자가 되십니다. 여진에 돌아가시면 대족장이며 공자의 부친인 누르하치 님을 뵙게 되십니다. 준비하고 계시지요."

"어떠냐?"

전숙번이 묻자 전기중이 눈을 감았다.

이곳은 북한산 기슭에 위치한 전기중의 저택 사랑채 안.

해시(오후 10시) 무렵이다.

방 안에는 둘이 술상을 앞에 놓고 마주 보고 앉아있었는데 분위기는 무겁다.

방금 전숙번은 전기중에게 이산의 제거를 의뢰한 것이다.

영창대군을 왕위에 올리고 광해를 퇴위시키려면 이산을 제거해야만 했다.

임해군까지 살해당한 상황이다.

그때 전기중이 눈을 떴다.

전기중은 훈련도감의 정4품 별장이다.

38세.

임진왜란 시절부터 포수대를 이끌고 전장에서 뛴 무반(武班)이다.

"숙부님, 지금 영창대군은 어디 계신지 아십니까?"

"대비께서 보살피고 계시지 않으냐?"

전숙번이 되묻자 전기중은 고개를 저었다.

"아니요, 대군께서는 개성의 삼악사에 계십니다. 대비께서 그곳에 숨겨두신 것이지요."

"아니. 네가 그걸 어떻게 아느냐?"

놀란 전숙번이 묻자 전기중이 길게 숨을 뱉었다.

"중군(中軍) 하경주가 포수 30명을 데리고 대군을 경호하고 있습니다. 부원군 김 대감이 살해되자 대비께서 궁녀 셋과 함께 대군을 그곳에 숨겨두셨소. 대군은 유모, 궁녀의 시중을 받고 그곳에서 지내고 계십니다."

"대군께서 죄인처럼 숨어 지내시다니, 이럴 수가 있나?"

탄식한 전숙번이 눈물이 고인 눈으로 전기중을 보았다.

"이래도 되겠느냐? 네가 포수대를 이끌고 이산을 제거하면 조선이 평안해진다."

"……"

"선왕(先王)께서 바라셨던 대군이 즉위하시도록 해야 한다. 이산만 제거하면 광해는 끈 떨어진 연이야. 한 달도 안 되어서 폐위될 것이다."

"……"

"우리 소북파는 아직도 전국에 퍼져있어. 이산이 몇 명을 헤쳤지만 뿌리는 든든하다."

그때 전기중이 고개를 들었다.

"잠깐 소피 좀 보고 오겠습니다."

자리에서 일어선 전기중이 방을 나갔기 때문에 전숙번은 술잔을 들었다.

안주를 삼킨 전숙번이 다시 잔에 술을 채웠다.

주위는 조용하다.

술잔을 든 전숙번은 문이 열리는 기척에 고개를 들었다.

사내 둘이 들어서고 있다.

둘 다 두건을 썼고 허리에 칼을 찼는데, 아뿔싸.

신을 신었다.

가죽신이다.

"누구냐?"

전숙번이 눈을 치켜뜨고 둘을 보았다.

눈빛이 강하다.

전숙번은 현직 충청감사인 것이다.

그때 다가선 사내 하나가 전숙번을 내려다보았다.

"나는 전(前) 의주부도사였던 황석기다. 지금은 이산 대장군을 모시는 장수다."

전숙번의 시선을 받은 사내가 허리에 찬 장검을 쓱 빼들었다.

뒤쪽 사내도 잠자코 칼을 빼더니 옆으로 비켜섰다.

"으음."

전숙번의 눈동자가 흔들렸다.

전기중이 어디로 갔단 말인가?

"전기중, 내 조카를 불러라."

"우리한테 맡기고 안으로 들어갔다."

칼날을 전숙번의 어깨에 올려놓은 황석기가 말을 이었다.

"네가 왔다는 전갈을 받고 내가 달려온 것이지."

"이놈, 칼을 치워라."

"그러지."

다음 순간 황석기의 칼날이 어깨에서 떨어지면서 전숙번의 목을 쳤다.

전숙번의 머리통이 상 위로 떨어졌다.

잠시 후에 마당 끝에 서 있는 전기중에게 황석기가 다가갔다.

어둠 속에서 둘의 시선이 마주쳤다.

"시신은 알아서 처리하시오."

황석기가 말했을 때 전기중이 고개를 끄덕였다.

"도사, 내가 숙부를 밀고하고 영달을 바란 것이 아니오."

"내가 당신을 알지."

황석기와 전기중은 왜란 때 같이 싸운 적이 있다.

조선 북방에서 함께 싸우다 헤어졌다.

이번에 이산을 따라 조선에 온 황석기가 전기중에게 연락을 한 것은 당연하다.

그때 전기중이 말했다.

"조심하시오. 이곳저곳에서 대장군을 노리고 있소."

"파당의 뿌리가 이렇게 깊은 줄은 몰랐소."

"유생의 절반은 적이라고 봐도 될 것이오. 그리고 나서 권력을 쥐게 되면 나머지 절반이 적이 되겠지. 그것이 조선 조정이야."

"그런가?"

"영창이 지금 개성 삼악사에 있소. 중군(中軍) 하경주가 포수 30명을 데리고 경호 중이오."

"그렇군."

황석기가 고개를 끄덕였다.

"대궐에서 대비가 데리고 있을 줄 알았는데 그곳에 숨겼군."

"대궐은 위험하다고 생각한 것 같소."

"별장, 나하고 같이 여진으로 가지 않겠소? 가서 큰 뜻을 펼칩시다."

다가선 황석기의 두 눈이 번들거렸다.

"우리는 곧 요동을, 그리고 산해관을 넘어 명(明)을 멸망시키고 대륙의 지배자가 될 것이오."

"……."

"이산 대장군은 여진의 실세요. 누르하치 대족장의 형제나 다름없는 대장군일 뿐만 아니라 후계자인 아바가이 님의 생부올시다. 대장군과 함께 대륙의 지배자가 됩시다."

"가겠소."

어깨를 부풀린 전기중이 황석기를 보았다.

"내가 숙부를 고변할 때부터 그렇게 마음먹고 있었소."

"내가 바로 대장군께 말씀드리지요."

황석기의 목소리가 밝아졌다.

"대장군께서도 반기실 것이오."

"병마첨절제사 강응수가 한양성에 있습니다."

안준이 말했을 때는 사시(오전 10시) 무렵이다.

안준이 말을 이었다.

"강응수는 죽은 김제남한테서 지시를 받고 대장군을 암살하려는 자입니다. 한석준 저택에서 아바가이 님을 기다리다가 지원군이 내려오자 놀라 빠져나왔는데 한양성에 와 있군요."

"과연 사방에 반역도들이 흩어져 있구나. 이제 실감이 난다."

이산이 고개를 저으면서 말했다.

"끝없이 기어 나오는 구더기 같다."

"대장군이 계시지 않았다면 벌써 칼끝이 전하께로 옮겨 왔을 것입니다."

그때 청으로 아바가이와 최경훈이 들어섰다.

묘향산에서 곧장 이곳으로 온 것이다.

아바가이의 인사를 받은 이산이 물었다.

"장례는 잘 치렀느냐?"

"예, 아버님."

그때 최경훈이 거들었다.

"묘 앞에서 두 분이 인사를 했습니다."

"잘했어."

"지금 아가씨는 정주로 돌아가 기다리고 있습니다."

고개를 끄덕인 이산이 최경훈을 보았다.

"오늘부터 조선을 청소한다."

정색한 이산이 말을 이었다.

"가차 없이 다 죽여라. 잡초가 나중에 다시 자랄지언정 지금 눈에 띄는 쓰레기들은 다 치워라."

이산의 시선이 최경훈에게 옮겨졌다.

"훈련도감 별장 전기중을 근위군 1천인장으로 임명했다. 전기중과 함께 개성 삼악사에 가서 영창대군을 데려와라."

"데려옵니까?"

"아직 세 살짜리 아이야. 여진으로 데려가 키우겠다."

최경훈이 고개를 끄덕였다.

단종은 17살 나이로 세조에 의해 사약을 받고 죽었다.

단종처럼 만들지는 않겠다는 이산의 의지다.

"데려가서 여진 장수로 키우시려는 것이군."

최경훈이 말에 오르면서 전기중에게 말했다.

둘은 부하 50여 기를 거느리고 개성 삼악사로 가려는 것이다.

"영창에게는 전화위복이 될지도 모르겠다."

"저곳입니다."

황석기가 손으로 앞쪽 저택을 가리켰다.

대저택이다.

육중한 대문이 굳게 닫혔고 담장 높이는 10자(3미터)가 넘는다.

저곳에 병마첨절제사 강응수 일당이 투숙하고 있다.

술시(오후 8시) 무렵.

이곳은 남산 아래쪽의 양반촌 안.

황석기는 호조참판 정진용의 저택을 가리키고 있다.

아바가이가 고개를 들고 황석기를 보았다.

"몇 놈이나 있나?"

"30명 정도입니다."

이미 하인을 통해 강응수 일당의 위치까지 파악해놓은 터라 황석기가 대답했다.

지금 아바가이가 이끌고 온 위사대는 50명.

저택을 빈틈없이 둘러싼 채 신호만 기다리는 중이다.

아바가이가 손에 쥔 활에 살을 먹였다.

강응수 일당의 처리는 아바가이가 맡게 된 것이다.

뭔가 부서지는 소리가 났기 때문에 강응수가 벌떡 일어섰다.

사랑채의 방 안이다.

앞에 앉아있던 판관 박전이 따라 일어섰다.

"뭐야?"

벽에 세워둔 장검을 집어 든 강응수가 눈을 치켜떴다.

"중문이 부서진 것 같소."

박전이 문으로 다가갔을 때다.

이번에는 마당에서 외침이 울렸다.

"기습이다!"

박전이 고개를 돌려 강응수를 보았다.

"영감, 여기 계시지요."

"같이 나가자."

강응수가 뱉듯이 말했을 때다.

마당에서 비명과 기합, 칼날이 부딪치는 날카로운 금속음이 울렸다.

박전과 강응수는 동시에 문밖으로 뛰어나갔다.

그 순간 눈앞에 아수라장이 된 마당이 드러났다.

10여 명이 뒤엉켜서 난장판이 되어있다.

시위에 화살을 먹인 채 서 있던 아바가이가 방을 뛰쳐나온 두 사내를 보았다.

둘 중 조금 뒤에 선 사내.

주장(主將)이다.

마루에 선 두 사내가 주위를 둘러보는 중이다.

거리는 30보 정도.

지금 아바가이는 중문 옆 돌담에 등을 붙이고 서 있다.

옆에 선 황석기가 고개를 돌려 아바가이를 보았다.

그 순간 시위를 만월처럼 당긴 아바가이가 뒤쪽 사내를 겨누고는 시위를 놓았다.

"팽!"

시위에서 화살이 튕겨 나가는 소리와 함께 마루에 서 있던 사내가 가슴을 움켜쥐었다.

화살이 가슴에 박힌 것이다.

"옳지!"

황석기가 탄성을 뱉었을 때 옆쪽 사내가 살에 맞은 사내를 보더니 마루에서 뛰어내렸다.

그러고는 싸움판에 끼어들었다.

그때 다시 아바가이가 시위에 살을 먹였다.

한 식경쯤이 지났을 때 저택에서 울리던 소음이 뚝 끊겼다.

가끔 신음이 울렸지만 곧 그것도 들리지 않았다.

전멸이다.

저택에 있던 호조참판 정진용 부자(父子)까지 처단되었다.

아바가이가 데려온 여진 무사들은 남자 하인들까지 몰사시켰기 때문에 저택에 남은 인간은 여자 7, 8명뿐이다.

"강응수 무리는 몰살했습니다."

시신을 확인한 황해병사 안준이 아바가이에게 보고했다.

그중 수괴인 강응수는 아바가이가 활을 쏘아 잡았다.

고개를 든 아바가이가 지시했다.

"돌아간다."

아바가이의 첫 작전이 조선에서 이루어졌다.

이산이 그렇게 만든 것이다.

그 시간에 개성의 삼악사 뒷산에서 최경훈과 전기중이 삼악사를 내려다보고 서 있다.

최경훈이 물었다.

"이보게, 천인장. 어떻게 기습하는 것이 낫겠는가?"

"접근전에서 포수대는 힘을 쓰지 못합니다. 절 안으로 숨어 들어가 기습해야 합니다."

고개를 든 전기중이 하늘을 보았다.

빗방울이 한두 방울씩 떨어지는 흐린 날이다.

"별도 뜨지 않은 밤이라 우리가 유리합니다."

"하늘이 돕는 것이군."

"영창은 안쪽 요사채에 있을 겁니다. 요사채로 일제히 진입해 들어가지요."

고개를 끄덕인 최경환이 주위를 둘러보았다.

위사대 정예 50명을 이끌고 온 것이다.

훈련도감의 중군(中軍)은 정3품직이다.

하경주는 중군(中軍)을 맡기 전에 함경도 종성에서 병마만호를 지냈는데 왜란 때는 가토군과 접전을 벌였다가 패한 적이 있다.

훈련도감은 왜란이 발발했을 때 영의정 유성룡이 제의해서 만들어진 기구다.

포수 중심의 부대로 최고 지휘관이 훈련도감의 도제조로 정1품이다.

임해군이 사옹원 도제조로 정1품직을 받았다가 이번에 이산에 의해 목숨을 잃었다.

하경주는 42세다.

훈련도감에 소속된 지 3년.

위로 훈련대장, 제조, 도제조가 있지만, 실전은 중군이 지휘해서 별장, 천홍, 국별장, 파총, 종사관, 초관 등을 거느리는 것이다.

하경주가 이번에 대비의 특별 지시를 받아 영창을 모시고 온 것은 그가 소북파였기 때문이다.

"아이고, 나 죽겠어."

몸을 비튼 구월이가 헐떡이며 하경주의 가슴을 밀었다.

"이제 그만요. 나 가봐야 돼."

"어허, 뭐가 급하다고 그래? 대군도 주무신다고 하지 않았느냐?"

하경주가 다시 구월이의 허리를 당겨 안았다.

요사채의 방 안.

불은 꺼놓았지만 구월이의 흰 얼굴이 선명하게 드러났다.

구월은 영창을 따라온 궁녀다.

사옹원 소속으로 영창의 음식을 맡고 있었는데 삼악사에 온 날 밤부터 하경주와 동침하는 사이가 되었다.

궁녀 중에서 가장 반반한 데다 색기(色氣)가 있었기 때문이다.

"여기 언제까지 있을 건가요?"

못 이긴 척 다시 하경주의 품에 안기면서 구월이가 물었다.

"이산이 돌아갈 때까지."

하경주가 구월이의 엉덩이를 움켜쥐며 말했다.

"너하고 이러고 있는 것도 좋지 않으냐? 난 이산이 좀 더 조선에 있으면 좋겠다.”

“미쳤어.”

“아니, 이년이 말하는 것 좀 보게.”

“이년이라니? 내가 대비전 궁녀인데 잡혀가고 싶소?”

“그래. 잡아가거라.”

하경주가 구월이의 몸을 눕히면서 웃었다.

구월이가 몸을 비틀면서 눈을 흘겼다.

“아유, 여기서 밤새겠네.”

그 순간이다.

문이 부서지면서 사내들이 뛰어 들어왔다.

자지러지게 놀란 구월이는 이불 속으로 머리를 처박았지만, 하경주는 벌떡 상반신을 일으켰다.

그러나 그것뿐이다.

어둠 속에서 날아온 칼날이 하경주의 왼쪽 어깨에서 오른쪽 옆구리까지를 비스듬히 베어 몸통을 두 쪽으로 잘랐다.

전격적인 기습이어서 이쪽은 단 한 명의 사망자도 나지 않았다.

두 명이 경미한 부상을 입었을 뿐이다.

모두 수만 명 여진군에서 추리고 추린 위사대의 정예군인 데다 무방비 상태의 포수대를 기습했기 때문이다.

그로부터 한 시진이 지났을 때 최경훈 일행은 한성으로 향하는 산길을 걷는 중이다.

“대군이 이제 잠이 들었습니다.”

앞에서 걷는 최경훈에게 다가온 전기중이 말했다.

264

"착한 성품인 것 같습니다."

최경훈이 고개만 끄덕였다.

영창대군과 궁녀 하나는 포로가 되어 끌려오고 있다.

그러나 말이 포로지, 둘을 가마에 태우고 넷이 들고 가는 중이다.

세 살짜리 영창은 궁녀에 안긴 채 가마 안에서 잠이 들었다.

전기중이 최경훈을 보았다.

"장군, 가족은 어떻게 하셨습니까?"

"다 요동으로 옮겨왔어."

최경훈이 발을 떼면서 말을 이었다.

"그러고 보니 그대도 지금 가솔을 여진으로 이주시키도록 하게."

"그래도 되겠습니까?"

"되다마다. 황석기도 가족을 다 옮겼고 그동안 일본에서도 가족 수만 명이 여진 땅으로 이주했네. 내가 주군께 말씀드릴 테니 그대도 일단 가족을 여진 대보성으로 옮기게."

"그렇게 하지요."

"본래 여진 땅도 옛 고구려 영토로 우리 땅이었어."

"그렇습니다."

전기중이 길게 숨을 뱉었다.

이제야 여진인이 된다는 실감이 났기 때문이다.

고구려계 여진인인가?

조선계는 아니다.

소북파의 거두 좌찬성 임연수는 광해가 즉위하자 직을 내려놓고 경상도 안동으로 낙향했는데, 집에만 있는 것이 아니었다.

오히려 도성에 있을 때보다 더 활발하게 인근의 유생, 전현직 관리들을 모아 파당을 규합했다.

안동의 임연수 사택이 경상도의 소북파 본거지 역할이 되어있다.

조정의 대소 관리와 모두 연결되어 있었기 때문에 하루 반나절이면 누가 방귀를 뀌었다는 것까지도 알 수 있다.

임연수는 소북파의 거두 유영경 일당이 차례로 살해된 후에 자연스럽게 좌장이 되었다.

위기감을 느낀 소북파는 임연수를 중심으로 결집력이 더욱 강해졌다.

술시(오후 8시) 무렵.

임연수의 사택으로 말을 탄 전령이 뛰어들었다.

선전관청 깃발을 등에 꽂은 별장 복색의 무반(武班)이다.

별장은 곧 사랑채의 임연수 앞으로 안내되었는데 방에는 손님이 대여섯 명 모여 앉아있다.

"박 별장, 갑자기 무슨 일인가?"

긴장한 임연수가 묻자 별장이 무릎걸음으로 다가앉았다.

"대감, 일이 터졌소."

"뭐가 터져?"

"마침내 이산이 대군을 납치해갔습니다. 대군을 호위하던 훈련도감의 포수대가 개성 삼악사에서 기습을 받아 몰사하고 중군 하경주도 살해되었습니다."

숨 가쁜 목소리로 말한 별장이 고개를 들었다.

"대비마마는 대비전 출입을 봉쇄시켰기 때문에 아직 내막을 모르십니다."

"이런 천인공노할 일이 있나?"

임연수는 63세.

흰 수염이 가슴까지 닿았지만 건강한 체격이다.

좌찬성은 종1품 고관이다.

손바닥으로 팔걸이를 내려친 임연수가 목소리를 높였다.

"이놈 광해! 앞잡이를 시켜 제 동복형을 죽이더니 이제는 정통을 잇는 선왕의 적자를 죽이려는구나!"

"대감, 이대로 두면 안 됩니다!"

정2품 좌참찬을 지낸 백용순이 소리쳤다.

고개를 든 백용순이 주위를 둘러보았다.

"이대로 두면 우리 소북파 씨가 마르겠소! 격문을 보내 군사를 일으킵시다!"

"맞는 말씀이오!"

두어 명이 소리쳐 동조했을 때 임연수가 손을 들어 말을 막았다.

"먼저 대군께서 어디에 계신지를 찾아야겠다. 그리고 그 사실을 대비께 전해드려야 한다."

임연수가 번들거리는 눈으로 좌중을 둘러보았다.

"그리고 어영대장과 팔도도순찰사한테 밀지를 보내야겠다."

모두 입을 다물었고 임연수의 말이 이어졌다.

"그리고 경상감사를 이곳으로 오라고 해라."

임연수의 저력이 솟아오르고 있다.

충청감사 전숙번은 조카 전기중의 자택에서 참살당한 후에 암매장되었다.

그래서 직제학 송만기는 전숙번이 청주감영으로 돌아간 줄 알았고 청주에서는 한성에 머무는 것으로 생각했다.

그러나 전숙번이 전기중을 찾아간 것을 아는 송만기는 그 결과가 궁금해서 저녁 무렵에 전기중의 자택에 찾아왔다.

"여봐라, 누구 없느냐?"

대문이 열려 있었기 때문에 하인과 함께 대문 안으로 들어선 송만기가 집사를 찾았다.

몇 번 와본 곳이어서 집사 얼굴도 안다.

그때 하인 하나가 서둘러 나왔다.

"나리, 오셨습니까?"

"네 주인 있느냐?"

"나가셨습니다."

"어디를?"

"고향에 다녀오신다고 하셨습니다."

"고향이라면, 나주 말이냐?"

"예, 그렇습니다."

"어쩐지 집이 휑하구나. 안채 대문도 열려 있고, 꼭⋯⋯."

안채를 바라보며 송만기가 혼잣말처럼 말했다.

꼭 도적 떼가 훑고 간 집 같다고 말하려다가 말았다.

마당이 어질러졌고 행랑채 방문이 두 개나 열려 있다.

그때 하인이 말했다.

"식구가 모두 같이 가셨습니다."

"뭐? 식구가?"

"예, 마님과 두 도련님, 따님까지."

하인이 송만기의 눈치를 보더니 말을 잇는다.

"하인은 집사하고 둘만 따라갔습니다."

"허. 별일이네. 고향에 경사라도 났나?"

혼잣말을 하면서 몸을 돌렸던 송만기가 전숙번이 언제 갔느냐고 물으려다가 말았다.

전기중이 식구를 여진으로 이주시켰다는 것은 하인들은 알지 못하고 있다.

이렇게 전기중 일가도 조선을 떠났다.

인목대비 김씨가 삼악사 소식을 들은 것은 영창이 납치된 지 나흘이나 지난 후다.

궁녀들은 해치지 않았기 때문에 상궁이 대궐로 돌아와 알렸다.

광해의 지시로 대비전의 봉쇄를 풀고 내막을 알리도록 한 것이다.

상궁의 보고를 들은 인목대비는 혼절했다.

잠시 후에 깨어난 대비가 소리쳤다.

"주상을 만나러 가겠다! 준비해라!"

대비는 유영경 등의 권고를 물리치고 광해를 왕위에 오르게 한 장본인이다.

소북파는 세 살짜리 영창을 왕위에 올리고 인목대비의 수렴청정을 원했던 것이다.

광해가 대비를 찾아갔다.

대비의 접견 요청을 바로 받아들인 것이다.

대비전의 안방에서 대비와 광해가 마주 보고 앉아있다.

이때 인목대비는 25세.

19세의 나이에 선조의 왕비로 책봉되었고 23살에 영창을 낳았다.

그리고 앞에 앉은 광해는 34세.

인목대비보다 9살 연상이다.

그때 대비가 광해를 보았다.

"대군은 지금 어디 계시오?"

"여진에서 키울 것입니다."

광해가 길게 숨을 뱉었다.

"잘 키우지요. 여진에서 큰 그릇을 만들고 나서 제가 왕위를 물려주겠습니다."

6장 후계자

"여진에서."

대비의 눈이 흐려졌다.

"여진에서 누가 키운단 말이오?"

"대장군 이산입니다."

"이산."

"이산은 여진의 왕 누르하치의 의형제이고 후계자 아바가이의 생부이기도
합니다. 곧 대륙이 통일되면 지도자 중 하나가 될 위인입니다. 그 이산이 맡아
주겠답니다."

광해의 말이 열기를 띠었다.

"영창이 이곳에 있으면 간신들의 부추김을 받아서 반역 음모의 수괴로 떠받
들어지게 됩니다. 그러면 어쩔 수 없이 책임을 지게 되지요. 모두 영창을 위한
일입니다."

"……."

"조선은 새롭게 태어나야 합니다. 안에서 서로 죽이는 당파는 소탕하고 대
륙과 바다를 쳐다보고 나아가야 합니다. 옛 백제, 고구려 시절의 기상으로 돌
아가야 합니다."

"……."

"영창에게 그 기상을 심어주지요. 그리고 대비께 새 나라의 왕이 된 영창을

돌려드리겠습니다."

그때 대비가 눈의 초점을 잡았다.

"이산이 그럴 수 있소?"

"믿으셔도 됩니다."

"지금 영창은 누가 돌보고 있소?"

"옥녀라는 궁녀가 함께 있습니다."

"유모를 보내도 되겠소?"

"함께 보내지요."

광해가 고개를 끄덕였다.

"대비께서 가끔 만나실 수 있도록 하겠습니다."

"강하게 키워주시오."

"제 후계자가 될 것입니다."

광해가 정색하고 대비를 보았다.

"저는 선왕처럼 행동하지 않습니다."

안동 임연수의 99칸 대저택 사랑채에 20여 명의 사내들이 모였다.

사랑채의 청 안.

마루방이 넓어서 사방 50자(15미터) 크기였는데 사내들이 가득 차 있다.

모두 조정의 전현직 고관들이다.

상석에 앉은 임연수가 청 안을 둘러보았다.

그때 옆쪽에 앉은 백용순이 말했다.

"대감, 다 모인 셈입니다."

미시(오후 2시) 무렵이다.

격문을 받은 영남, 충청, 전라도의 실력자들이 모두 모인 것이다.

임연수가 입을 열었다.

"영창대군까지 살해된 마당에 더 이상 광해를 임금으로 받들 수는 없소. 지금부터 우리는 반정 운동을 시작할 것이오."

임연수의 시선이 오른쪽에 앉은 팔도도순찰사 장기천에게 옮겨졌다.

장기천은 무반(武班)으로 정2품 대신이다. 팔도의 병마사를 지휘하는 대장군이다.

"대감, 병력은 얼마나 동원할 수 있겠소?"

"충청도와 경상도 병마사 휘하의 병력이 1만 2천 정도 됩니다. 그중 기마군 3천5백, 보군 6천을 동원할 수 있습니다."

"그만하면 이산을 잡아 죽일 수 있겠소?"

"충분합니다. 다만 기습해야 될 것이오."

"그래야겠지."

고개를 끄덕인 임연수가 말을 이었다.

"기마군으로 먼저 이산군을 치고 보군은 뒤를 따르면 되겠구려."

그때 어영대장 우상규가 입을 열었다.

어영대장은 종2품 대신이다.

"그동안에 어영청의 군사는 도성을 장악하겠소. 대궐을 포위해서 임금이 도망치지 못하도록 가두고 성문을 닫아 외부 지원군이 오는 것을 막겠소."

"옳지."

임연수가 고개를 끄덕였다.

"지장(智將)이시오."

그때 경상감사 서장호가 나섰다.

"대감, 광해를 폐위시키면 누구를 옹립합니까? 영창대군의 생사(生死)가 불투명한 상황이니 임금을 정해놓아야 할 것 같소."

"정원군의 맏아드님인 능양군이 제왕의 자질이 충분하시오."

그러자 모두 고개를 끄덕였다.

정원군은 선조의 후궁 인빈 김씨의 아들이다.

선조의 총애를 받았기 때문에 정원군과 그 아들 능양군을 모르는 관리가 없다.

"그럼 이제부터 거사가 시작된 것이오."

임연수가 엄숙한 얼굴로 주위를 둘러보았다.

"도순찰사와 어영대장이 각각 이산과 도성을 맡게 되었으니 여러분은 각자 부서에서 손발을 맞춰주시기 바라오."

임연수의 얼굴은 상기되었고 목소리는 떨렸다.

대비는 유모와 궁녀 둘을 보냈기 때문에 영창의 수행원은 넷이 되었다.

세 살짜리 영창은 낯익은 궁녀들을 보더니 예전의 모습을 되찾았다. 잘 웃고 잘 먹고, 되지도 않는 말을 옹알거리며 잘 놀았다.

이산이 위사장 곤도에게 지시했다.

"영창을 먼저 대보성으로 보내도록."

"예, 주군."

"50기로 호위하되 영창과 궁녀들은 마차에 태우도록 해라."

"전기중의 가족도 같이 보내겠습니다."

곤도의 말에 이산이 고개를 끄덕였다.

귀순한 전기중의 가족이 이주하는 것이다.

그때 청 안으로 안준이 들어섰다.

안준의 얼굴에 쓴웃음이 번져 있다.

다가선 안준이 말했다.

"마침내 임연수의 집에서 반역 계획이 수립되었습니다."

"이토록 뿌리가 넓고 깊을 줄이야."

광해가 쓴웃음을 짓고 앞에 앉은 정인홍과 이원익을 보았다.

이원익은 남인으로 대북과 소북의 당파 싸움에 휘말리지 않았다.

그래서 광해는 이원익을 영의정으로 등용했고 정인홍은 좌의정이다.

광해의 시선이 도승지 윤직에게 옮겨졌다.

"그렇다면 어영대장이 도성을 맡고 팔도도순찰사가 이산 공(公)을 공격한다는 말인가?"

"예, 전하."

윤직의 시선이 광해가 쥐고 있는 격문으로 옮겨졌다.

좌찬성 임연수 일당이 작성한 격문이다.

광해가 그 격문을 읽은 것이다.

정인홍이 말했다.

"조선 백성은 눈곱만큼도 생각하지 않는, 오직 제 파당만을 생각하는 반역도의 격문입니다."

그러자 이원익이 길게 숨을 뱉었다.

"임연수 일당은 제 파당을 위한 반역을 도모하고 있습니다. 대국을 위해서 평정해야 합니다."

이원익이 완곡하게 표현했지만 격멸하라는 말이나 같다.

그때 광해가 혼잣소리처럼 말했다.

"새 나라를 만들고 나서 왕위를 버릴 것이오."

이산이 손에 쥔 명단을 방바닥에 내려놓았다.

"이제 명단은 다 받았다."

격문에 동조한 반역자 명단인 셈이다.

윤직한테서 받은 것이다.

명단을 든 이산이 최경훈을 보았다.

"이놈들이 세력을 규합하기 전에 토벌해야 한다."

"예, 주군."

길게 숨을 뱉은 최경훈이 명단을 쥐고 자리에서 일어섰다.

"주상 전하부터 보호해야 합니다."

어영대장 우상규가 곧 대궐을 포위할 계획인 것이다.

"아버님, 제가 할 일은 뭡니까?"

아바가이가 묻자 이산이 고개를 들었다.

유시(오후 6시) 무렵.

허리에 장검을 찬 이산이 마루에 나와 서 있다.

"이제는 조선을 떠날 때가 되었다."

이산이 말을 이었다.

"너는 나하고 같이 가자꾸나."

"어디로 가십니까?"

"도성 일은 최경훈에게 맡기고 나는 이 당파의 수괴를 만나려고 간다."

"수괴라면 누구입니까?"

"안동에 있는 임연수란 자다. 그곳에 이번 내란 음모의 지도부가 다 모여 있다."

이산이 발을 떼었고 아바가이가 뒤를 따랐다.

어두워지기 시작한 하늘을 올려다본 이산이 말을 이었다.

"내가 예상은 했지만 실제로 악취를 맡게 되는구나."

이산이 고개를 돌려 아바가이를 보았다.

"너에게 보이기 부끄럽다고 생각했지만, 이곳을 반면교사로 삼아 대륙을 통치하거라."

"예, 아버님."

아바가이가 이산의 옆으로 바짝 다가섰다.

"잊지 않겠습니다."

그래서 조선인의 피를 받은 한윤을 배필로 맞아들인 것이다.

어영대장 우상규는 겉으로는 파당을 내비치지 않았지만, 소북파와 인연이 깊었다.

무반(武班)으로 최고위직 중 하나인 종2품에 오른 것도 공을 세운 것이 아니라 선조의 호위로 10년을 넘게 따라다녔기 때문이다.

우상규는 7년 왜란 동안 단 한 번도 전쟁에 나간 적이 없다.

칼 한 번 뽑은 적이 없다.

그러나 임금의 경호는 빈틈이 없었기 때문에 해가 갈수록 승진을 거듭했다.

우상규는 44세.

왜란이 끝났을 때 선무공신 일등에 책정되고 종2품 어영대장에 임명되었다.

술시(오후 8시) 무렵.

우상규가 앞에 선 중군과 별장들을 둘러보았다.

모두 8명이다.

"잘 들어라. 지금부터 군사들을 데리고 맡은 곳으로 떠나도록. 대비마마의 지시다."

우상규가 말을 이었다.

"대비마마의 지시라는 것을 명심하도록."

그때 중군 박정도가 물었다.

"대장 나리, 전하의 승인은 없습니까?"

"없다."

"그럼 전하 모르시게 성문을 닫고 대궐까지 통제하는 것입니까?"

"대비마마의 지시다."

눈을 부릅뜬 우상규가 박정도를 노려보았다.

"지시를 어기면 항명이다."

그때 별장 조진이 입을 열었다.

"대장, 저는 대궐을 맡았는데 임금을 가두라는 말씀이오? 대비마마가 왕위에 오르십니까?"

"닥쳐라!"

우상규가 마룻바닥을 발로 굴렀다.

이곳은 어영청의 청 안이다.

모두 무장한 채 서 있었기 때문에 무거운 분위기다.

우상규가 조진을 노려보았다.

"너희들은 지시받은 대로만 해!"

"대장 나리."

이번에는 중군 남철한이 나섰다.

남철한은 47세.

왜란 때 수십 번 전투를 치렀고 왜군과의 접전에서 칼을 맞아 다리를 전다.

그러나 종4품 만호에서 정4품 병마우후로 겨우 승진했다가 어영청의 중군으로 옮겨왔다.

남철한이 우상규를 지그시 보았다.

"임금을 내몰려는 것이오? 그렇게 말해주시는 것이 알아듣기 쉽지 않습니까? 무조건 대궐을 막으면 대궐 수비군이 가만있겠습니까?"

"수비군은 1백 명도 되지 않아. 우리 좌우군 병력 1천여 명으로 출입문을 모두 봉쇄할 수 있어."

어깨를 부풀린 우상규가 주위를 둘러보았다.

"잘 들어. 이미 팔도도순찰사가 충청 병마사 병력을 이끌고 출동했다. 이미 화살은 시위를 떠났다."

우상규의 목소리가 굵어졌다.

"광해를 몰아내고 대비마마의 수렴청정을 받는 것이다. 반역자가 되지 말도록."

부대로 돌아가던 남철한이 고개를 돌려 뒤를 보았다.

군관 둘이 따라오고 있다.

그중 하나는 낯익은 군관이다.

바로 어영대장 우상규의 위사대 소속 군관이다.

걸음을 늦춘 남철한이 물었다.

"너는 어디 가느냐?"

"나리를 경호하라는 지시오."

군관이 웃음 띤 얼굴로 대답했다.

"나를?"

남철한이 이맛살을 찌푸렸다.

셋은 창고 건물 옆에서 마주 보고 서 있다.

어둠이 덮인 어영청 건물은 수선스럽다.

출동명령이 내려졌기 때문이다.

어영청 군사는 3천여 명.

3명의 중군, 4명의 별장이 지휘하고 있었는데 남철한이 그중 하나다.

다시 발을 뗀 남철한이 마구간으로 다가갔다.

남철한의 우군(右軍)은 어영청 본부에서 1리쯤 떨어진 우석골에 주둔하고 있다.

병력은 7백여 명.

남철한이 맡은 구역은 대궐의 동쪽과 남쪽이다.

대궐의 밖에서 봉쇄하는 역할인 것이다.

말에 오른 남철한이 어영청 건물을 빠져나갔고 뒤를 경호 군관 둘이 말을 달려 따랐다.

말굽 소리가 도성의 거리에 요란하게 울리고 있다.

이산이 말을 달리고 있다.

기마군 150기가 따르고 있다.

예비마 1필씩을 끌고 있었기 때문에 말굽 소리는 3백여 기다.

해시(오후 10시) 무렵.

깊은 밤이다.

기마군은 이제 수원을 지나 남진하는 중이다.

"주군, 한 시진이면 충청도에 진입합니다."

옆으로 다가온 황석기가 소리치듯 말했다.

고개를 끄덕인 이산의 시선이 뒤쪽의 윤성에게 옮겨졌다.

윤성은 등에 화승총을 메고 있다.

"윤성, 이번에는 네가 앞장을 서야 할 것 같다."

"옛."

기쁜 윤성이 소리쳐 대답했다.

윤성은 총포대 12명을 이끌고 있다.

위사대에 소속된 정예 총포대다.

윤성이 단련시킨 명사수들이다.

금세 진영에 도착한 남철한이 소리쳐 지휘관들을 불렀다.

천홍, 파총, 종사관 등 10여 명의 간부가 진막 안으로 모였다.

불을 켠 진막 안에서 남철한이 장검을 짚고 서서 지휘관들을 둘러보았다.

"들어라."

남철한이 소리쳐 말하자 모두 시선을 주었다.

남철한의 좌우로 우상규가 보낸 군관 둘이 서 있다.

그때 남철한이 말을 이었다.

"나는 방금 대장 나리의 명을 받았다. 그것은 대비마마를 받들어 새 왕을 모시라는 것이다. 그래서 내 우군(右軍)을 이끌고 대궐을 봉쇄하라는 지시다."

모두 숨을 죽였고 남철한이 목소리를 높였다.

"그것은 현 전하를 폐하라는 대비마마의 지시다. 그래서 나는……."

그 순간 남철한이 칼을 후려치듯 뽑으면서 옆쪽 군관의 목을 쳤다.

무방비 상태였던 군관의 목이 살가죽만 남기면서 젖혀졌고 이어서 다시 내려친 칼날이 막 도망치려는 군관의 뒷머리를 찍었다.

놀란 지휘관들이 눈을 크게 떴거나 입을 벌렸지만, 소동은 일어나지 않았다.

진막 안에 피비린내가 진동했다.

시체 2구가 남철한의 옆에 널브러져 있다.

그때 고개를 든 남철한이 말을 이었다.

"어영대장 우상규가 반역을 했다. 현 주상을 폐하고 대비마마를 받들려고 한다. 그래서 나를 대궐로 보내려는 것이다. 이 두 놈은 내 감시원이었다."

남철한이 번들거리는 눈으로 지휘관들을 보았다.

"어영청의 다른 부대는 어영대장의 명을 따라 대궐로 갔을 것이다. 그러나 나는 전하께 충성한다. 너희들은 나를 따르겠는가?"

"따르지요!"

심복인 별장 나윤동이 소리치자 모두 일제히 따라 외쳤다.

"생사를 같이 하겠소!"

"지시만 해주시오!"

"장하다."

남철한이 번들거리는 눈으로 지휘관들을 보았다.

"나는 동서남북 어떤 파당도 없는 무인(武人)이다. 오직 조선 백성을 위해 싸웠던 장수다. 그러나 정도(正道)를 벗어난 권력 다툼에는 끼지 못하겠다."

"중군 나리! 어영대장은 임금 뒤만 닦아주다가 종2품에 오른 위인이오. 왜란 때 칼 한 번 빼든 적이 없는 간신입니다. 그놈을 베어 죽이고 전하를 보호합시다!"

과격한 성품의 별장 하길총이 소리쳐 말했을 때 이곳저곳에서 동의하는 외침이 울렸다.

남철한이 고개를 끄덕였다.

"옳다. 이미 칼에 피는 묻혔으니 물러날 수도 없다."

그러고는 지휘관들을 보았다.

"고맙다. 이번 일이 끝나면 너희들의 이름이 기록되리라."

그 시간에 광해는 고양의 장각사 요사채에 들어가 있는데 최경훈이 모시는 중이다.

장각사는 작은 사찰로 대웅전과 요사채 1채만 세워진 고찰이다.

조선의 억불숭유 정책으로 절의 스님은 중으로 천민 취급을 당했고 사찰 증축은 꿈도 꾸지 못한 세상이라 5백 년이 넘은 대웅전은 금방 무너질 것 같다.

요사채의 방에 앉은 광해가 열린 문으로 대웅전을 보면서 말했다.

"절이 조선만큼 늙었구나. 금방 무너질 것 같다."

앞마루에 걸터앉은 최경훈의 옆모습에 대고 한 말이다.

해시(오후 10시)가 지난 늦은 밤이다.

어둠에 덮인 고찰은 짙은 적막에 덮여 있지만, 주위는 50여 명의 위사대가 경비하는 중이다.

옆쪽 헛간으로 물러난 중 세 명도 숨을 죽이고 있을 것이다.

그때 최경훈이 말했다.

"이 절은 5백 년이 넘었습니다. 조선은 2백 년이 조금 지났을 뿐입니다."

"그런가? 나는 조선이 1천 년쯤 되는 줄 알았다."

광해가 정색하고 말했지만, 어찌 그가 조선 역사를 모를 리 있는가?

일부러 한 말이다.

광해가 웃음 띤 얼굴로 최경훈을 보았다.

"임금이란 위인이 반역 무리를 피해서 이렇게 사찰에 피신하고 있는 것을 보아라. 이게 제대로 된 나라인가?"

"새 왕조를 세우시는 자세로 임하시면 됩니다."

최경훈이 외면한 채 말했다.

"이번에 뿌리를 뽑아놓을 테니 새 나라를 세우소서."

광해가 입을 다물었기 때문에 최경훈이 다시 어둠에 덮인 대웅전을 보았다.

바람이 불어와서 사찰의 나무와 향 냄새가 맡아졌다.

나뭇잎이 부딪치는 소리도 들려왔다.

그때 광해가 고개를 들었다.

"긴 밤이 되겠구나."

말굽 소리가 울렸기 때문에 어영대장 우상규가 고개를 들었다.

이곳은 대궐의 동문 앞.

우상규는 별장 조진과 함께 동문 앞에 병력 배치를 끝낸 상황이다.

깊은 밤.

대궐 앞은 조용했지만 분위기는 살벌하다.

"서쪽을 맡은 중군 남철한의 부대가 지나가는 것 같습니다."

옆에 서 있던 조진이 말하자 우상규가 머리를 기울였다.

뒤쪽을 지나간다면 길을 돌아가는 것이기 때문이다.

말굽 소리가 가까워졌다.

수백 기다.

우상규가 고개를 들고 뒤쪽에 선 비장 오탁순에게 말했다.

"네가 앞쪽 길목에 나가봐라."

"예, 대감."

오탁순이 거구를 흔들며 부하들과 함께 어둠 속으로 사라지자 우상규가 말했다.

"임금은 안에 있겠지?"

"우리가 빈틈없이 막고 있는데 어디 가겠습니까?"

"우리가 포위하고 있는 것도 알 것이다."

"당연하지요."

"승지나 환관을 보내 묻지 않는구나."

"모두 겁을 내고 임금 앞에 나타나지 않겠지요."

그때 앞쪽에서 외침이 일어났다.

말굽 소리와 함께 외침이 더 커졌다.

놀란 우상규가 저도 모르게 뒷걸음을 쳤다.

"대감!"

외침이 울리면서 어둠 속에서 오탁순이 나타났다.

오탁순이 달려오면서 소리쳤다.

"적이오!"

놀란 우상규가 다시 뒷걸음질을 쳤을 때다.

오탁순의 뒤로 기마군이 나타나면서 장검을 휘둘러 내려쳤다.

"으악!"

곤두박질로 넘어지면서 오탁순이 비명을 질렀고 기마군은 곧장 이쪽으로
달려들었다.

뒤로 10여 기의 기마군이 따랐다.

"우상규, 어디 있느냐?"

장검을 치켜든 기마군이 소리쳤을 때 우상규는 궁궐의 담에 막혀 기대섰다.

이미 눈이 흐려졌으며 허리에 장검을 차고 있었지만 뽑을 엄두도 내지 못
했다.

안동.

임영수의 99칸 대저택 앞.

도보로 접근한 여진군 150여 명이 사방을 빈틈없이 포위하고 있다.

묘시(오전 6시) 무렵.

동녘 하늘이 부옇게 밝아오면서 사물 윤곽이 선명해졌다.

그때 정문 앞쪽의 들판에 서 있던 이산이 아바가이에게로 고개를 돌렸다.

"아바가이, 오늘 조선에 박힌 파당의 뿌리 하나를 제거하게 된다."

"예, 아버님."

"네가 신호를 해라."

"예, 아버님."

숨을 들이켠 아바가이가 쥐고 있던 활시위에 살을 먹이고는 힘껏 당겼다.

시위가 만월처럼 부풀더니 아바가이가 하늘에 대고 살 끝을 놓았다.

"팽!"

시위를 떠난 살이 아직 어두운 허공으로 솟아올랐다.

다음 순간.

"꽝!"

허공에서 폭음이 울리면서 불꽃이 사방으로 폭발했다.

어두운 하늘에 불덩이가 사방으로 흩어졌다.

신호탄이다.

"이게 뭐냐?"

폭음에 놀란 임연수가 자리를 차고 몸을 일으켰다.

"여봐라!"

임연수가 소리쳐 하인을 불렀을 때다.

"쉬익! 꿍!"

폭음과 함께 밖에서 불길이 솟았기 때문에 임연수는 허둥지둥 옷을 챙겨 입었다.

그때 문밖에서 외침이 일어났다.

"대감! 적의 기습이오!"

집 안에 있던 경상병사 조태곤이다.

조태곤이 휘하의 별장과 종사관 등 10여 명과 함께 투숙하고 있었다.

"꽝!"

다시 폭음이 울리면서 밖이 환해졌다.

밖에서 화전(火箭)을 쏘고 있다.

"이런."

옷을 챙겨 입은 임연수가 밖으로 뛰쳐나갔는데 이미 눈이 뒤집혀 있다.

집 안의 하인들이 이리저리 뛰었고 비명도 일어났다.

화전에 맞은 행랑채 한 곳에서 불길이 치솟고 있다.

그때 벽에 붙어 서 있던 조태곤이 소리쳤다.

"대감! 적이 사방을 포위한 것 같소!"

"누군가?"

기둥 옆에 몸을 숨긴 임연수가 수염을 떨면서 소리쳐 물었다.

"이산 일당인가?"

"그런 것 같습니다!"

그때 화전이 기둥에 맞으면서 기름이 사방으로 튀었다.

불길이 확 번지면서 불똥이 임연수에게 튀었다.

"으악!"

놀란 임연수가 수염에 붙은 불을 손으로 털면서 벽에 붙어 섰다.

혼란은 더 심해졌고 비명이 이곳저곳에서 울렸다.

불길이 이제는 사랑채에도 일어났다.

"대감! 밖으로 나가야 합니다! 안에 있다가는 불에 타 죽습니다!"

이쪽으로 달려온 좌참찬 백용순이 소리쳤다.

좌참찬도 이곳에 묵고 있었다.

99칸 저택 안에는 전현직 관리 40여 명, 무반(武班)과 장교 50여 명이 묵고 있다.

임연수가 고개를 들었다.

임연수는 저택의 주인이자 소북파의 거두이며 이번 거사의 주모자다.

눈을 부릅뜬 임연수가 경상병사 조태곤을 보았다.

"병사, 뚫고 나가겠는가?"

"적이 화공으로 태워 죽이려고 하는 상황이니 밖으로 나가는 수밖에 없습니다."

결연한 표정으로 말한 조태곤이 이를 드러내고 웃었다.

"뚫고 나가지요."

저택 안에는 하인, 식구까지 2백여 명이 모여 있는 것이다.

"나온다!"

옆에 선 1백인장 요르반이 소리쳤다.

과연 서문이 열리면서 10여 명의 군사가 먼저 뛰어나오고 있다.

저택 안에 머물던 군사들이다.

밖에서 경비하던 군사들은 이미 처치했기 때문에 안에서 쏟아져 나온다.

"기다려!"

요르반이 소리쳤다.

요르반 옆에 선 윤성이 숨을 골랐다.

앞에 횡대로 엎드린 포수 12명은 윤성이 단련시킨 여진 포수다.

이순신과 함께 대장선에 탔던 함경도 포수 윤성이다.

이순신이 전사하고 나서 조선을 빠져나와 이산에게 온 윤성이다.

이제 1천인장 장수가 되어서 다시 조선 땅에 내려와 이번에는 역적 무리를 겨누고 있다.

그때 후문을 빠져나온 무리가 150보 거리로 다가왔다.

3백 보 거리에서 엎드려 있는 터라 150보를 달려 나온 셈이다.

이제 70, 80명이 쏟아져 나오고 있다.

그때 윤성의 부하 요르반이 다시 소리쳤다.

"준비!"

그 순간 포수들이 일제히 부시를 쳐 심지에 불을 붙였다.

그러고 나서 숨 한 번 호흡하고 나서 요르반이 외쳤다.

"발사!"

다음 순간 들판이 떠나갈 것 같은 총성이 울렸다.

"꽈꽈꽈꽝!"

총성과 함께 10여 명의 군사가 사지를 흔들면서 쓰러졌다.

"준비!"

다시 요르반의 외침.

그때 뒤쪽에 서 있던 10여 명의 군사가 화살을 날렸다.

포수 뒤에 궁수가 배치되어 있었다.

포수들이 화약을 넣고 총탄을 밀어 넣은 다음 심지를 끼웠다.

다시 요르반이 소리쳤다.

"발사!"

"꽈꽈꽈꽝!"

뒤에서 다시 궁수들이 화살을 날렸다.

어느새 30, 40명이 쓰러졌다.

이쪽으로 달려오던 사내들이 사방으로 흩어지고 있다.

그때다.

뒤에서 함성이 울리면서 칼을 치켜든 여진군이 달려갔다.

"꽈꽈꽈꽝!"

다시 총성이 울렸다.

저택은 불길에 휩싸여 있다.

99칸 전체가 불에 타오르는 중이다.

저택 마당과 밖은 시체로 뒤덮여 있었는데, 모두 몰사했다.

임연수의 처자는 모두 고집스럽게 안채에서 나오지 않기 때문에 건물과 함께 화장되고 있다.

임연수는 서문 밖에서 총탄에 가슴이 뚫려 절명했고 좌참찬 백용순은 시체 속에 머리만 박고 숨어 있다가 참살되었다.

경상병사 조태곤은 무장(武將)답게 칼을 들고 덤볐으나 여진군은 상대해주지 않았다.

조태곤은 윤성이 직접 겨누고 쏜 총탄에 머리가 부서져서 죽었다.

저택에 있던 모든 생명체가 몰사했다.

임연수가 이끌던 영남, 호남의 소북파 거물들이 전멸한 것이다.

시신을 확인한 군사들이 불구덩이 속에 던져 화장을 시키고 있다.

이산이 팔짱을 끼고 서서 99칸 대저택을 바라보았다.

그 옆에 아바가이가 서 있었는데 무심한 표정이다.

이번 습격은 우리 안의 짐승을 도살하는 것이나 같았기 때문이다.

이윽고 고개를 돌린 이산이 아바가이를 보았다.

"이제 여진으로 돌아갈 때가 되었다."

"예, 아버님."

고개를 끄덕인 아바가이가 이산을 보았다.

"조선왕을 만나고 가실 겁니까?"

"지금쯤 최 장군이 팔도도순찰사, 어영대장을 처리했는지 모르겠다."

이산의 얼굴에 쓴웃음이 번졌다.

"아바가이, 조선의 치부만 보여준 것 같구나."

"아버님, 그래도 웬일인지 싫지가 않습니다."

"이곳이 네 뿌리라는 생각 때문이냐?"

"아마 그런 것 같습니다."

"하지만 누르하치 님한테는 그런 이야기 하지 않는 것이 낫겠다."

"알고 있습니다, 아버님."

"한윤에 대해서도 과도한 집착은 보이지 말도록 해라."

"명심하겠습니다."

"네 외조부는 네가 태어나기도 전에 네가 대륙의 지배자가 된다고 예견하셨다."

"제 생모가 그립습니다."

"그러면."

숨을 고른 이산이 아바가이를 보았다.

"네 생모를 그리는 마음으로 조선을 생각해다오."

"예, 아버님."

"이제 여진으로 돌아가면 너하고 이런 기회가 드물어질 것이니, 이런 기회를 주신 누르하치 님께 또 은혜를 입었구나."

발을 뗀 이산이 손을 들자 위사대장 곤도가 다가왔다.

이미 회군 준비를 마친 군사들이 말을 끌며 다가오고 있다.

팔도도순찰사 장기천이 이끈 병력은 기마군 2천5백.

본래 3천5백을 예상했으나 경상도 병력이 오지 않았다.

그래서 충청병마사 권석진이 이끄는 기마군 2천5백을 이끌고 성문 밖 이산의 저택을 쳤다.

술시(오후 8시) 무렵이다.

저택은 화공(火攻)으로 금세 불덩이가 되었지만, 밖으로 뛰어나온 것은 개 두 마리뿐이었다.

저택의 하인들까지 모두 피신했기 때문이다.

"어디로 갔단 말인가?"

버럭 화를 낸 장기천이 마상에서 소리쳤다.

장기천은 성격이 불같아서 왜란 때 임진강 싸움에서 휘하 군사를 몰사시켰다.

제 군사를 끌고 강의 수심이 깊은 곳으로 뛰어들었기 때문이다.

다행히 장기천은 말의 꼬리를 붙잡고 강에서 빠져나왔지만, 부하들은 모두 물귀신이 된 것이다.

그 후로 장기천의 별명이 '물귀신 대장'이다.

왜란 때 장기천은 공을 세우지 못했지만, 꾸준히 승진을 거듭했는데, 그가 북인(北人)이었기 때문이다.

그리고 선조가 죽을 때까지 권세를 독점했던 소북(小北)파였다.

그때 권석진이 장기천에게 말했다.

"대감, 회군합시다."

"어디로?"

"대궐을 포위하고 있는 우 대감하고 합류합시다. 광해를 사로잡으면 이산이 어쩔 수 없지 않겠소?"

"그렇지."

궁여지책이다.

고개를 끄덕인 장기천이 지시했다.

"서두르세. 대궐로 간다."

이곳은 남대문 밖의 낮은 구릉 위.

아래쪽 자갈밭이 희미하게 내려다보인다.

앞쪽으로 도성으로 향한 길이 가로로 뻗쳐 있는데 1백 보 거리다.

깊은 밤.

해시(오후 10시)가 넘었다.

구릉 위에 선 곤도에게 전령이 말을 몰아 다가왔다.

"10리(5킬로) 거리로 다가왔습니다."

전령이 말을 이었다.

"이열 종대로 편성되었는데 중심의 깃발 밑에 지휘부가 있습니다."

곤도가 어둠 속에서 이를 드러내고 웃었다.

주위에 둘러선 여진과 일본 출신 장수 군사(軍師) 스즈키도 쓴웃음을 짓는다.

그때 곤도가 고개를 돌려 황석기를 보았다.

"이보게, 그대가 해야 할 일 같네."

"예, 그러지요."

"깃발 부근만 소탕하게나."

"30기만 데려가겠습니다."

깃발 밑에 팔도도순찰사 장기천과 충청병마사 권석진이 있는 것이다.

황석기가 기습군을 추리더니 소리 없이 아래쪽으로 내려갔다.

이산은 가능한 한 조선군의 살상을 줄이라고 했다.

그것을 곤도도 안다.

장기천이 고개를 돌려 권석진을 보았다.

둘은 나란히 말을 몰아 속보로 달려가는 중이다.

"이보게, 병마사. 이 기회에 먼저 광해부터 잡아 유폐시켜놓고 새 임금을 모시는 게 낫지 않겠나?"

장기천이 묻자 권석진이 눈을 치켜뜨고 대답했다.

"광해는 여진을 업고 대명(大明)을 배신하고 있습니다. 배은망덕한 처사지요. 오랑캐인 여진과 손을 잡는 것은 나라의 품격을 떨어뜨리는 행위입니다. 광해를 단죄하고 정원군의 혈통을 왕으로 옹립해야 합니다."

"허, 이 사람 청산유수로구나. 마음속에 깊게 박아놓은 모양이다."

"우리 소북파는 다 그렇지 않습니까?"

"안동의 임 대감도 그대와 같은 생각이셨네."

둘이 말을 주고받는 사이에 대열은 벌판으로 들어서고 있었다.

기마군 2천5백 기는 이열 종대로 들판을 긴 실처럼 이어 지나고 있다.

"대궐을 포위했던 어영대장 우상규가 살해되었습니다."

장각사의 요사채 마루에서 최경훈이 보고했다.

방 안의 광해는 대답하지 않는다.

깊은 밤.

최경훈이 말을 이었다.

"어영청 소속의 중군 남철한이 대궐을 포위하라는 우상규의 명을 거역하고 오히려 부하들을 이끌고 기습했습니다."

"……"

"그래서 우상규와 추종자인 별장 조진, 중군 박정도를 베어 죽였습니다. 따라서 어영대장 일당은 제거되었습니다."

그때 방문이 열리더니 광해의 모습이 드러났다.

등 뒤로 등불이 밝혀져 있어서 광해의 표정은 보이지 않는다.

"순찰사, 지금 대장군은 어디 계신가?"

광해는 최경훈을 지금도 순찰사로 부른다.

최경훈이 두 손을 마루에 짚고 고개를 들었다.

"안동에 이미 닿으셨을 것입니다."

최경훈이 말을 이었다.

"아마 곧 소식이 올 것입니다."

"그대도 여진에 정착할 것이냐?"

불쑥 광해가 물었기 때문에 최경훈이 고개를 들었다.

"예, 전하. 이미 처자식도 여진으로 이주를 시켰습니다."

"이제 여진인이 된 것인가?"

"아닙니다."

쓴웃음을 지은 최경훈이 고개를 저었다.

"저는 조선인 아니, 백제인으로 다시 태어난 것입니다."

"허, 백제인이라."

의외였는지 광해가 숨까지 들이켜면서 최경훈을 보았다.

최경훈은 이미 58세.

왜란이 끝난 지 10년째가 되었다.

40대 중반에 광해를 모시던 최경훈이다.

10여 년 전에 조선 땅을 떠나 이산과 함께 대륙인이 되어있었다.

최경훈이 말을 이었다.

"그렇습니다. 고구려인이라고 해도 되겠습니다, 전하."

"고구려인이라⋯⋯."

"신라가 삼국을 통일함으로써 그때부터 대국에 사대하게 되었습니다. 이곳은 희망이 없는 땅입니다."

고개를 든 최경훈이 광해를 보았다.

"그사이에 대륙은 몇십만밖에 안 되는 몽골족, 거란족에 이어서 지금은 여진에 의해 주인이 바뀌려고 합니다."

최경훈의 얼굴이 일그러졌다.

"이제 이산 님이 아바가이 님을 내놓아 대륙의 지도자를 만드실 것입니다. 여진의 이름을 빌려서 말씀입니다."

"아아!"

마침내 광해가 탄식하더니 외면했다.

"내가 차라리 이산의 측근으로 대륙에서 달리고 싶다."

"아앗!"

외침을 뱉은 것은 바로 앞에서 달리던 종사관 곽기식이다.

다음 순간 울리는 말굽 소리.

오른쪽에서 쏟아지듯 울리고 있다.

깊은 밤.

"와앗!"

바로 지척에서 외침이 울렸기 때문에 장기천이 대경실색했다.

엉겁결에 허리에 찬 장검을 빼들었지만 고리가 걸렸다.

"기습이다!"

종사관이 소리친 순간이다.

어둠 속에서 한 무더기의 기마군이 덮쳤다.

"아앗!"

놀란 장기천이 말고삐를 잡아채었다.

옆쪽으로 기마군이 달려들었기 때문이다.

그때 겨우 칼을 빼든 장기천이 기마군을 향해 치켜들었을 때다.

"악!"

장기천의 입에서 신음이 터졌다.

옆쪽에서 또 한 명의 기마군이 나타나 장기천의 몸통을 베었기 때문이다.

어깨에서 허리까지 베어진 장기천이 땅바닥으로 굴러떨어졌다.

한 식경도 안 걸렸다.

한 무더기의 기마군이 쏟아져 내려와 대열의 중간을 쑥대밭으로 만들고는 사라져버린 것이다.

그 중간 부근이 바로 지휘부인 팔도도순찰사 장기천, 충청병마사 권석진, 종사관 곽기식까지 모여 있던 중군(中軍)이다.

기습군은 그 중군을 궤멸시켜놓고 사라져버린 것이다.

2천5백의 충청도 기마군은 꼭 두 동강 난 뱀 꼴이 되어서 성 밖에서 흩어졌다.

선두에 섰던 비장, 별장들이 기마군을 수습했을 때는 한 시진쯤이 지난 후였는데 그때는 군사도 아니었다.

지휘관이 된 별장, 비장들이 이제는 반역도가 될 것이 두려워서 서로 눈치를 보았다.

몇 명은 투항한답시고 대북파 관리들에게 달려가기도 했다.

그래서 2천5백 가까운 기마군이 성 밖 벌판에 흩어져서 말에 풀을 먹이고만 있었다.

이산이 한양으로 돌아왔을 때는 다음 날 오시(낮 12시) 무렵이다.

그때는 이미 대궐의 포위도 풀렸으며 반란군의 주장인 팔도도순찰사 장기천, 어영대장 우상규 일당이 참살된 후다.

광해는 궁으로 돌아왔지만 민심은 흉흉했다.

한양에 남아 있던 이산군(軍)이 궁을 호위하고 있는 상황이다.

그동안 최경훈의 지휘하에 황석기가 반란군 동조자를 잡아 소탕했는데, 수백 명을 죽였다.

가차 없이 연루된 자들을 처단한 것이다.

"제가 전하의 지시를 받지 않고 임연수의 무리를 소탕했습니다."

최경훈이 이산에게 보고했다.

"주군께서는 모른 척해주시지요."

모든 책임을 스스로 지겠다는 의도다.

이산이 쓴웃음을 지었다.

"그럴 것 없다. 이제 조선에서 할 일은 다 했다. 전하께 맡기고 떠나자."

"예, 주군."

고개를 든 최경훈의 눈에 눈물이 가득 차 있었기 때문에 이산이 눈을 치켜떴다.

그러고는 잇새로 말했다.

"나는 내 어머니, 그리고 정(情)은 없었지만 아버지도 잃었다."

"예, 압니다."

"내 처는 아바가이를 낳고 죽었기 때문에 내 주변에 조선인은 아무도 없지 않으냐?"

"제가 주군의 심정을 잊고 있었습니다."

"나는 이번에 조선을 떠나면 돌아오지 못할 것 같다."

"주군."

마침내 최경훈의 눈에서 눈물이 흘러내렸다.

"인연을 끊지 마소서."

"대장군, 그대도 나이 들었지만 나도 이제 40이 되어간다."

그렇다.

광해가 이제 34세이니 이산은 그보다 4살 많은 38세다.

장년이 되었다.

그때 최경훈이 말했다.

"주군, 조선에 희망을 잃으셨기 때문에 그러시는 것입니다."

이산이 외면했고 최경훈이 손등으로 눈물을 닦았다.

"광해 전하를 도우러 오셨지만, 조선의 뿌리 깊은 파당과 관리들의 속성을 겪고 두 번 다시 보고 싶지 않으신 것입니다."

"……."

"저도 그렇습니다. 천년 동안 쌓인 이 습성을 어떻게 바꿔야 할지 모르겠습니다."

"……."

"죽여도, 죽여도 또 번식하는 병균 같습니다."

이미 최경훈은 도성에서 수백 명의 반역도당을 처형한 후다.

그러나 그것으로 끝이 아닐 것이다.

그때 이산이 말했다.

"광해 전하는 천민을 해방하고 종 문서를 태워 양반 상민 구별까지 없애겠다고 했지만, 그것이 가능할 것인가?"

"안 됩니다."

최경훈이 대번에 고개를 저었다.

"조선의 양반들은 일제히 반역할 것입니다."

신시(오후 4시) 무렵이다.

이곳은 북한산 기슭 오점사 안.

이산이 궁궐 근처의 오점사로 본진을 옮긴 것이다.

"아버님, 그럼 먼저 가겠습니다."

아바가이가 이산에게 다가와 말했다.

요사채의 방 안.

유시(오후 6시) 무렵.

아바가이는 보호크, 황석기 등과 함께 먼저 돌아가는 것이다.

물론 정주에 들러 한윤을 데려가야 한다.

"정주에서 쉬지 말고 바로 국경을 넘도록 해라."

이산이 말했다.

"이미 전령이 갔으니 국경에서 기마군이 너를 기다리고 있을게다."

"아버님, 대보성에서 뵙겠습니다."

절을 한 아바가이가 몸을 일으켰을 때 이산이 말을 이었다.

"대보성에서 기다려라. 나하고 같이 대족장 전하를 뵈러 갈 테니까."

"예, 아버님."

누르하치를 만나려는 것이다.

아바가이가 한윤과 함께 누르하치에게 인사를 하고 결혼식을 올리는 것까지 볼 작정이다.

아바가이가 떠난 다음 날 오전.

이산이 최경훈과 함께 대궐로 광해를 만나러 갔다.

비공식 만남이어서 이산은 후문으로 들어가 내궁의 청에서 광해를 만났다.

청 안에는 좌의정 정인홍과 도승지 윤직이 광해를 수행하고 있었다.

이산은 최경훈과 둘이다.

다섯이 자리 잡고 앉아 인사를 마쳤을 때 광해가 먼저 입을 열었다.

"대장군이 귀환하신다니 서운하고 미안합니다. 걱정을 끼쳐드렸습니다."

이산은 고개만 숙였고 광해가 말을 이었다.

"앞으로는 실망시키지 않겠소."

그때 이산이 말했다.

"전하, 전에도 말씀드렸지만 대륙에 전쟁이 났을 때 전화(戰火)에 휩쓸리지 않도록 하십시오."

"알겠소."

"양쪽에 균형을 맞추셔야 합니다."

"명심하겠소."

"실리를 택하셔야 합니다. 사대하는 간신들을 배척하십시오."

광해가 고개를 끄덕였다.

"대장군, 부디 건승하시기를 바라겠소."

좌중이 숙연해졌고 광해의 눈에 눈물이 맺혀 있다.

둘이 남았다.

이산의 요청으로 청에는 이산과 광해 둘이 남은 것이다.

이산이 손을 뻗어 광해의 손을 쥐었다.

"전하, 이번에 정원군의 자손까지는 처리하지 못하고 갑니다."

그때 광해가 쓴웃음을 지었다.

"고맙소."

인빈 김씨는 4남 5녀를 낳았는데, 정원군이 둘째 아들인 것이다.

선조의 아들은 14명이다.

광해의 요청으로 최경훈은 왕자들에게 손을 대지 않은 것이다.

광해가 이산의 손을 마주 쥐었다.

"내가 알아서 수습하겠습니다."

광해의 눈에 다시 눈물이 고였다.

이렇게 정원군의 아들 능양군이 살아남았다.

마당으로 들어선 아바가이가 청에 서 있는 한윤을 보았다.

신시(오후 4시) 무렵.

저택은 활기에 차 있다.

뒤쪽에서 말 울음소리가 울렸고 군사들이 서둘러 오가는 중이다.

시선이 마주치자 한윤은 옷고름을 입에 물었다.

무의식중에 한 일이다.

그때 청 밑으로 다가간 아바가이가 말했다.

"준비하시오. 늦더라도 떠납시다."

"오늘 떠나야만 합니까?"

한윤이 한 걸음 다가섰다.

"오늘은 쉬고 가시지요. 정리할 것이 있습니다."

아바가이가 고개를 돌려 뒤에 선 황석기를 보았다.

황석기가 고개를 끄덕였다.

"오늘 쉬시고 가시지요. 내일 일찍 출발하는 것이 나을 것 같습니다. 곧 저녁이 됩니다."

아바가이가 저택을 둘러보는 시늉을 했다.

이미 한석준의 가문은 폐문된 것이나 같다.

하인도 서너 명뿐이다.

"그러지. 내일 일찍 떠난다."

그러고는 몸을 돌렸다.

밤.

술시(오후 8시)가 넘으면서부터 저택은 조용해졌다.

아바가이가 이끌고 온 기마군은 50여 기.

말이 1백여 필이다.

사랑채의 방에 앉아있던 아바가이가 밖의 인기척에 고개를 들었다.

그때 밖에서 여자의 목소리가 울렸다.

"나리, 아씨께서 오셨습니다."

하녀의 목소리다.

놀란 아바가이가 눈을 크게 떴을 때.

문이 열리더니 한윤이 들어섰다.

시선을 내리고 있었지만 차분한 태도.

한윤이 문을 닫더니 시선을 들고 아바가이를 보았다.

"잠자리 살펴드리려고 왔습니다."

"아, 그건……."

당황한 아바가이가 우물쭈물 일어섰다.

그때 한윤이 벽장에서 이부자리를 꺼내 아랫목에 깔았다.

벽에 붙어 서 있던 아바가이가 한윤에게 물었다.

"정리 다 했습니까?"

"종들은 다 면천시키고 집안 땅문서를 나눠주었습니다."

요를 깔면서 한윤이 말을 이었다.

"친척한테 이 집도 넘겨주고 제사 지내는 것을 약속받았습니다."

요를 다 편 한윤이 요 끝에 앉아서 아바가이를 올려다보았다.

어느새 얼굴이 붉어져 있다.

"여진에서는 침대에서 잔다면서요?"

"그렇소. 그래서 이렇게 두툼한 요가 필요 없어요."

다가선 아바가이가 한윤을 내려다보았다.

"그런데, 낭자."

한윤의 시선을 받은 아바가이가 물었다.

"우리는 조선식 혼례를 했지만, 아직 동침은 하지 않았소. 아시오?"

그 순간 한윤의 얼굴이 더 붉어졌다.

그러나 시선을 내리지 않는다.

"예, 압니다. 그런데 왜 물으세요?"

"여진에서는 혼인 전에 동침해서 서로 궁합이 맞는다는 것을 확인해야 혼인이 성립됩니다."

"……"

"낭자는 남자를 맞은 경험이 있소?"

"그럴 리가 있습니까?"

한윤이 새빨개진 얼굴로 머리까지 저었다.

그러고는 아바가이를 보았다.

"공자님은 경험이 있으세요?"

"나도 없소."

아바가이가 한윤의 옆에 앉더니 말을 이었다.

"오늘 밤 확인을 해봅시다. 누르하치 아버님이 너희들 궁합이 맞느냐고 틀림없이 물어보실 것이니 말이오."

다가앉은 아바가이가 한윤의 손을 쥐었다.

그때 한윤이 몸을 일으켰다.

"불을 끌게요."

저택 안에서 닭 울음소리가 들렸다.

새벽에 닭이 우는 소리로 일어나는 농부가 많다.

그러나 아직 창호지 밖은 짙은 어둠에 덮여 있다.

그때 아바가이의 가슴을 밀치면서 한윤이 몸을 떼었다.

이미 한윤의 옷은 다 벗겨져 있고 몸은 땀으로 젖은 상태다.

"왜 그러시오?"

아바가이가 묻자 한윤이 가쁜 숨을 뱉으면서 말했다.

"다 알아요."

"뭘 말이오?"

"궁합이 맞아야 혼인이 된다는 말."

"그것이 어쨌다고?"

"내 몸을 품으려고 지어낸 말이죠. 세상에 그런 법은 없어요."

"알면서도 응했군."

"당신은 경험이 없다는 말도 거짓말이에요."

"그건 또 어떻게 아시오?"

"전 처음이지만 당신의 행동을 보면 알 수 있어요."

"어떻게?"

한윤이 눈을 흘겼기 때문에 아바가이가 다시 허리를 당겨 안았다.

15살 때부터 여진 땅에서 수십 명의 여자들과 상관한 아바가이다.

여진의 남녀 교제는 개방적이다.

그러나 결혼 후에는 여자가 지조를 지켜야 한다.

후손 관리가 엄격하기 때문이다.

한윤이 저항하는 시늉을 하다가 다시 안겼다.

다시 몸이 뜨거워지고 있다.

이산이 대보성에 닿았을 때는 아바가이가 도착한 지 닷새 후다.

안채의 청에서 아바가이를 만난 이산이 말했다.

"지금은 대륙에 집중할 때다. 나하고 같이 대족장 전하를 뵈러 가자."

"예, 대장군."

대보성의 청 안이다.

수십 명의 장군, 1천인장급 지휘관들이 모여 있었기 때문에 아바가이는 이산을 대장군으로 부른다.

이산이 말을 이었다.

"대족장 전하께 네 처를 보이고 정식으로 식을 올려야 할 테니까."

"예, 대장군."

아바가이가 심호흡을 했다.

이번 조선 원정에서 가장 큰 소득을 올린 것이 아바가이다.

"당신은 보르츠는 신경도 쓰지 않는군요."

밤.

침실에서 차드나가 말했다.

이산의 시선을 받은 차드나가 말을 이었다.

"보르츠도 이젠 15살이에요, 이산."

"벌써 그렇게 되었나?"

이산이 시치미를 떼고 물었지만 모르고 있는 것이 아니다.

눈을 흘긴 차드나가 앞쪽에 앉았다.

양탄자가 깔린 침실 바닥에는 작은 상이 놓였고 술과 안주가 차려져 있다.

이산이 가벼운 차림으로 술을 마시는 중이다.

조선에서는 이런 여유가 없었기 때문에 이산은 모처럼 긴장이 풀린 상태다.

차드나가 말했다.

"아바가이가 꽃 같은 조선녀까지 데려오는 바람에 보르츠가 말은 안 하지만 부러워 죽을 지경인 것 같아요."

차드나가 똑바로 이산을 보았다.

"보르츠는 당신 아들 아닌가요? 너무 무관심한 것 아녜요?"

"허, 이런."

이산이 입맛을 다셨지만 차드나의 말이 이어졌다.

"유나는 계집애라고 해도 벌써 12살이에요. 여진에서는 15살이면 결혼을 한다고요. 유나한테도 신경을 써야 하지 않아요?"

"그렇군. 내가 소홀했는데."

술잔을 내려놓은 이산이 차드나를 보았다.

"내 자식들이 서운해하겠구만."

"지금 부를 테니까 이야기라도 해요."

차드나가 손뼉을 치자 시녀가 금세 들어왔다.

"보르츠와 유나를 불러라."

차드나가 지시하자 시녀가 몸을 돌렸다.

차드나는 누르하치의 여동생으로 빼어난 미인이지만 성격이 불같은 데다 치밀하고 장악력이 강해서 이산이 없는 동안 영지 관리를 이산보다 더 잘해놓

307

았다.

잠시 후에 방으로 보르츠와 유나가 들어섰다.

보르츠는 15살이지만 키가 커서 이산만 했다.

17살인 아바가이와도 체격이 비슷했다.

용모도 부모의 얼굴을 섞은 섬세한 윤곽이다.

그리고 유나는 아직 다 성숙하지는 않았지만 제 어머니 차드나를 빼다 박았다.

날씬한 몸매.

이산의 시선을 받더니 수줍어서 몸을 비틀었다.

둘이 앞쪽에 나란히 앉았을 때 이산이 말했다.

"다음 원정 때 보르츠가 내 수행대장을 맡아라."

보르츠의 눈에 대번에 생기가 돌아왔다.

이산이 말을 이었다.

"네가 17살이 되었을 때는 아바가이처럼 원정지에서 배필을 골라오도록 해주마."

보르츠가 잠자코 고개를 숙였다.

보르츠도 이산이 아바가이의 생부인 것을 아는 것이다.

그때 이산이 유나를 보았다.

"유나, 내 딸아."

유나의 반짝이는 시선을 받은 이산이 말을 이었다.

"네 행복을 위해서라면 뭐든 다해주마. 이 애비가 받지 못했던 모든 것을 해줄 테다."

그때 유나가 꽃잎 같은 입술을 열고 배시시 웃었다.

뜬구름 같은 말이었지만 그 진정성이 느껴졌기 때문일 것이다.

그때 차드나가 상기된 얼굴로 이산을 보았다.

"이산, 당신은 나한테는 그런 말을 안 해주더니."

그러자 보르츠가 싱긋 웃었고 유나는 손으로 입을 가리면서 소리 내어 웃었다.

차드나의 바람대로 금세 가족 분위기가 좋아졌다.

다음 날 이산은 아바가이와 한윤을 데리고 만추성으로 출발했다.

요동 땅은 민란이 더 심해졌고 백성들의 삶은 극도로 피폐한 상황이다.

징세관 조위는 전혀 반란에 위축되지 않았기 때문에 반란은 더욱 기승을 부렸다.

대소(大小) 반란이 일어난 지역이 70여 곳이나 될 정도였다.

"앞쪽 서장산에 반란군이 진을 치고 있습니다."

척후가 달려와 보고했을 때는 저녁 무렵.

대보성에서 떠난 지 사흘째 되는 날.

만추성까지는 닷새 거리인 지역이다.

이산은 기마군 5천을 이끌고 있었으니 위력 순찰이다.

예비마는 1만 필.

기마군 한 명이 3필씩 할당되었기 때문에 하루 진군 속도는 3백 리(150킬로) 정도다.

척후가 말을 이었다.

"보군은 대략 1만여 명 정도, 기마군은 1천 기 정도입니다."

"길을 막고 있더냐?"

이번에 이산을 수행한 총사령 신지가 묻자 척후가 대답했다.

"아닙니다. 아군을 보고 방비를 굳히고 있을 뿐으로 공격할 낌새는 보이지 않습니다."

그때 신지가 이산을 보았다.

"주군, 저녁이라 저놈들 앞을 지나갈 필요도 없으니 이곳에서 숙영하고 내일 놈들 앞을 지나는 것이 어떻겠습니까?"

이산이 쓴웃음을 지었다.

"도처에 반란군이군. 어쩔 수 없다. 이곳에서 숙영한다."

이곳까지 오는 노중에 반란군을 4번이나 지나쳤다.

그러다가 이번에는 반란군을 앞에 두고 숙영하게 되었다.

거리는 6리(3킬로) 정도다.

밤.

자시(밤 12시)가 되었을 때 이산의 진막으로 스즈키가 찾아왔다.

군사(軍師) 스즈키도 이산을 수행하고 있다.

"주군, 앞쪽의 반군 쪽에서 투항자가 와 있습니다."

이산의 시선을 받은 스즈키가 말을 이었다.

"반군의 좌장군(左將軍)이라는 자인데 길을 열어줄 테니까 왕이라고 칭하는 놈을 없애달라는데요."

"그리고 제가 왕이 되겠다는 건가?"

"저희를 따르겠다고 합니다. 좌장군이라는 자는 본래 산해관의 판관 벼슬을 하다가 죄를 짓고 도망 나와 반란군이 되었다고 합니다."

스즈키가 말을 이었다.

"반란군 왕 행세를 하는 놈은 한시현의 대부(大夫) 노릇을 하던 향반인데 욕심이 많고 잔인해서 부하들의 신임을 받지 못한다고 합니다."

"밤이 깊었다."

이산이 웃음 띤 얼굴로 고개를 저었다.

"그놈 말을 믿고 적진에 들어갔다가 기습을 당할 수도 있어. 부하들을 푹 쉬게 하고 내일 아침에 만나보기로 하지."

"지당하신 말씀입니다."

스즈키가 웃음 띤 얼굴로 이산을 보았다.

"내막을 더 자세히 알아보아야 합니다."

기마군 5천은 정예다.

앞쪽의 반란군은 한 시진이면 쓸어버릴 수 있다.

다음 날 아침.

이산의 진막으로 위사의 안내로 사내 하나가 들어섰다.

바로 앞쪽 서장산을 근거지로 삼은 반란군의 장수다.

진막 안에는 지휘관들이 둘러서 있었기 때문에 위축된 사내가 주춤거렸다.

사내는 반란군의 좌장군(左將軍)이라는 인물이다.

이산 앞에서 무릎을 꿇은 사내가 고개를 들었다.

"소인은 오반이라고 합니다. 산해관에서 판관을 지내다가 맡고 있던 군수품을 횡령한 죄로 태형을 받기로 되었다가 탈주해서 반란군 좌장군이 되었습니다."

40대쯤의 사내는 똑바로 이산을 보았다.

"어제 대장군께서 오셨다는 말씀을 듣고 반군을 탈출해서 기다리고 있었습니다."

"왜 기다렸나?"

옆에 선 신지가 묻자 사내가 고개를 들었다.

사내의 눈이 번들거렸다.

"변태경이 거느린 반군이 1만 3천5백입니다. 모두 농군으로 순박한 놈들입니다. 저 농군들이 변태경 때문에 몰살당할 것 같아서 그렇습니다."

"왜 몰살을 당한단 말인가?"

"변태경은 지금까지 마을만 털었지 관군과 상대한 적이 없습니다. 만일 관군이 습격한다면 변태경은 바로 도망갈 것입니다. 위사대 5백 명을 이끌고 도망쳐버리면 1만 3천이 넘는 군사들은 몰살당합니다."

"네 군사들을 위해서 두목을 죽여야겠단 말인가?"

"예, 그래서 농군들을 모두 대장군 휘하로 편입시킬 것입니다."

그때 이산이 물었다.

"해산시켜서 제 가족이나 집으로 돌아가도록 할 수는 없느냐?"

"이미 집도, 땅도, 가족도 다 잃어버린 놈들입니다."

반란군의 좌장군 오반의 얼굴이 일그러졌다.

"저놈들이 흩어지면 다시 뭉쳐서 산적 떼가 되겠지요."

난세(亂世)다.

이산의 얼굴도 일그러졌다.

다음 날 아침.

서장산의 반란군 두목 변태경이 부장의 보고를 받는다.

"좌장군 오반이 무리를 이끌고 산채를 빠져나갔습니다."

놀란 변태경이 자리를 박차고 일어섰다.

앞쪽에 여진 기마군이 숙영하는 바람에 어젯밤 잠을 설쳤다.

"몇 놈이나 나갔느냐?"

변태경이 소리쳐 물었다.

산채 중심부의 거처는 통나무로 담장을 만들어서 성안의 성이다.

청에 나와 선 변태경을 올려다보면서 부장이 보고했다.

"좌군(左軍) 소속 3천여 명이 빠져나갔습니다. 그리고"

숨을 고른 부장이 말을 이었다.

"지금도 이쪽저쪽에서 도망쳐 나가는 놈들이 많습니다."

"죽여라!"

변태경이 발을 구르며 소리쳤다.

"나가는 놈들을 죽여라!"

"예, 대장님."

부장이 서둘러 몸을 돌렸을 때 변태경이 옆에 서 있는 위사장 강포에게 말했다.

강포는 변태경의 심복이다.

"네가 직접 나가서 무리를 이끄는 놈을 죽여라!"

"그러지요."

고개를 끄덕인 강포가 위사대를 이끌고 담장 밖으로 뛰어나갔다.

서장산의 산채는 중턱의 널찍한 평지에 만들어졌는데 좌, 우, 중군(中軍)으로 배치되었다.

중군의 중심에 변태경의 거처가 있는 것이다.

그로부터 한 식경쯤이 지났을 때다.

이번에는 우장군(右將軍) 양준이 달려왔다.

"대장! 중군(中軍)이 산 아래로 도망치고 있소!"

"뭐?"

변태경이 되물었지만 목소리는 크지 않았다.

아까는 벌떡 일어섰지만 지금은 멀거니 양준을 쳐다보았다.

중군(中軍)은 바로 변태경의 거처 아래쪽에 진이 배치되어 있다.

그때 양준이 말을 이었다.

"앞쪽 들판에 포진한 여진군으로 투항하는 것이오!"

"……."

"좌장군 오반이 부하들을 보내 회유하고 있기 때문이오!"

"강포는 어디 있느냐!"

"모르겠소."

그러더니 양준이 주위를 둘러보다가 몸을 돌렸기 때문에 변태경이 소리쳐 물었다.

"어디 가느냐!"

"우군(右軍)을 수습해야겠소!"

서둘러 발을 떼면서 양준이 소리쳐 대답했다.

한걸음에 마당을 가로지른 양준이 대문 밖으로 나갔을 때 변태경이 자리에서 일어섰다.

"개복이 있느냐!"

호위대장을 부르는 것이다.

마당을 분주히 오가던 위사대, 호위대가 서로의 얼굴을 보았다.

항상 측근에 있던 개복이 대답하지 않았기 때문에 변태경이 버럭 소리를 쳤다.

"개복이 어디 있느냐!"

개복은 변태경의 외사촌 동생으로 측근에서 호위하는 호위대장이다. 변태경은 위사대 5백과 그중에서도 고르고 고른 호위대 50명을 측근에 배치해 둔 것이다.

그때 위사 하나가 대답했다.

"조금 전에 나갔습니다."

"어디로?"

"모르겠습니다."

"이런."

변태경이 발을 굴렀을 때다.

부장 하나가 달려왔다.

"대장! 우장군(右將軍) 양준이 부하들을 이끌고 산을 내려갔습니다!"

눈만 크게 뜬 변태경에게 부장이 말을 이었다.

"투항한 것 같습니다!"

미시(오후 2시) 무렵.

진막 앞에 선 이산이 앞쪽에 꿇어앉은 사내들을 보았다.

앞쪽 서장산에서 빠져나온 변태경의 부하 장수들이다.

좌장군 오반과 우장군 양준, 그리고 중군장(中軍將) 기명춘이다.

두목 변태경은 혼자서 도망을 쳤고 위사대장 강포는 실종 상태다.

그때 오반이 고개를 들고 이산을 보았다.

"대장군께 말씀드립니다. 변태경의 3대 장군(三大將軍)과 부하 1만여 명이
투항했습니다. 받아주소서."

이산이 고개를 돌려 옆에 선 아바가이를 보았다.

"이렇게 반란군을 하나씩 모아두는 것이 서진(西進)할 때 유리할 것이다."

아바가이가 고개를 끄덕였다.

이렇게 칼에 피 한 방울 묻히지 않고 변태경의 반란군을 수습했다.

이산은 서장산 산적의 새 두목으로 오반을 임명했고 그대로 서장산을 지키

게 했다.

다시 기마군이 출발했을 때 신지가 덕담을 했다.

"칼도 빼지 않고 1만여 명의 병력을 얻었으니 세자와 세자비의 홍복이올시다."

이산이 얼굴을 펴고 웃었다.

"아첨하는 말이 감미롭게 들리는 걸 보니 이제 나도 늙었나 보다."

"여유가 있으신 증거올시다."

옆을 따르던 스즈키가 대답했다.

그때 최경훈이 말했다.

"가끔은 그런 말씀도 들으셔야 합니다. 그렇지 않으면 삭막해서 견디지 못합니다."

"허, 또 여기도 당파가 생기겠다."

말을 속보로 걸리면서 이산이 고개를 저었다.

"말이 길수록 거짓이 들어가고 말이 많으면 파당이 생기는 법. 조심해라."

옆을 따르는 아바가이가 고개를 끄덕였다.

이번에 생부와 함께 조선 원정까지 다녀오면서 많은 것을 배웠다.

모두 의부 누르하치의 덕분이다.

"왔느냐?"

만추성의 청 안.

먼저 아바가이의 인사를 받은 누르하치가 소리쳐 말했다.

"너, 네 처는 어디에 두었느냐?"

"지금 어머니를 뵙고 있습니다."

"내가 먼저 봐야 하는 것 아니냐?"

누르하치가 버럭 소리쳤지만 웃음 띤 얼굴이다.

여자는 청에 올 수 없는 것이다.

그때 누르하치가 이산에게로 고개를 돌렸다.

"남쪽은 굳혀 놓았겠지?"

"예, 대족장 전하."

"그럼 이제는 서진(西進)할 차례다."

누르하치가 손바닥으로 팔걸이를 쳤다.

저녁에 누르하치와 이산 둘이서 안채의 방에 마주 앉아있다.

바닥에 호피가 깔린 방이다.

둘 앞에는 각각 술상이 놓였다.

기둥에 대황초가 여러 개 있어서 방은 환하다.

그때 누르하치가 입을 열었다.

"이보게, 아우. 아바가이가 군주의 자질이 있던가?"

"형님의 기대에 어긋나지 않을 것입니다."

"이번에 군주의 자세를 교육시켰나?"

"조선 왕을 만나게 했습니다."

"오오!"

누르하치의 눈빛이 강해졌다.

"광해를 말인가?"

"예, 그리고 당파에 싸인 조선 조정도 보고 느꼈을 것입니다."

"무리를 소탕했다면서?"

"아바가이도 직접 참가했습니다."

고개를 끄덕인 누르하치가 이산을 보았다.

"아까 아바가이의 처가 될 아이의 인사를 받았네. 아비가 파당의 일원이었던 고관이었다면서?"

"예, 아비가 파당은 있었지만 아이는 영리하고 사려가 깊은 성품입니다. 군주의 비가 될 자질이 있습니다. 여러 스승한테서 학문을 익혔기 때문에 내궁(內宮)의 기반을 굳힐 수 있을 것입니다."

"핫핫핫."

갑자기 소리 내어 웃은 누르하치가 술잔을 들었다.

"아우, 이렇게 개운한 적은 처음이네."

누르하치가 흐린 눈으로 이산을 보았다.

"지금까지 눈앞이 흐렸는데 아우의 말을 듣고 나니 갑자기 주변이 환해진 것 같구만. 내가 꺼림칙했던 것은 내 주변이 안정되지 않았기 때문이었어."

한 모금에 술을 삼킨 누르하치가 말을 이었다.

"이제야말로 대륙으로 마음 놓고 달려 나갈 때가 되었어."

시기가 되었다는 말이다.

후계자 아바가이가 배필을 얻고 뒤를 받쳐주는 상황이니 마음 놓고 나아갈 수 있는 것이다.

다음 날.

아바가이와 한윤의 혼례가 성대하게 거행되었다.

만추성 맨 아래 성의 대광장에 부족 원로, 1백인장 이상의 무장, 장군, 그리고 각 가문의 수장까지 수천 명이 모인 식장이다.

이산은 신부 한윤의 대부(代父)가 되어서 예식에 참석했으니 신랑의 생부요, 신부의 대부가 된 셈이었다.

예식은 성대하게 진행되었고 저녁에는 소와 양 수백 마리를 잡아 잔치를 벌였다.

식이 끝나 신랑, 신부가 방에 들어갔을 때 이산에게 누르하치의 부인이며 아바가이의 어머니가 되어있는 차연이 인사를 했다.

"저한테 가장 큰 선물 두 개를 주셨어요, 이산 님."

이산은 웃기만 했고 차연이 말을 이었다.

"제 아들 아바가이와 이제 며느리까지 주시는군요."

차연의 표정을 본 이산의 눈이 흐려졌다.

진심이 가득 담긴 얼굴이었기 때문이다.

다음 날 오후.

이산은 누르하치, 아바가이와 작별하고 만추성을 떠났다.

이산 일행이 성문을 나왔을 때다.

뒤에서 말굽 소리가 울리더니 일대의 기마대가 달려왔다.

앞장선 기수는 내궁의 경호장이다.

이산에게 다가온 경호장이 예를 보이고 나서 말했다.

"대장군 각하, 대족장 전하의 내궁 마님이 보내셨습니다."

"무슨 일인가?"

신지가 소리쳐 묻자 경호장이 고개를 돌려 뒤를 보았다.

"세자비께서 인사를 드리신다고 합니다."

그때 기마인 하나가 말을 몰아 다가왔는데, 바로 한윤이다.

여진인 복장을 한 한윤이 번들거리는 눈으로 이산을 보았다.

얼굴이 하얗게 굳어 있다.

그때 한윤이 말했다.

"인사드리려고 왔습니다."

"오오, 잘 왔다."

"어머님께서 보내주셨습니다."

"그러냐?"

"아버님."

한윤이 조선어로 말을 잇는다.

"부디 건강하세요."

"오냐."

숨을 들이켠 이산이 한윤을 보았다.

"넌 내 딸이기도 하다. 내가 항상 너를 지켜줄 테다."

마침내 한윤의 눈에서 눈물이 흘러내렸다.

만리타향에서 한윤은 이산을 아버지로 의지하게 된 것이다.

이산이 말을 이었다.

"너는 시부모를 잘 만났다. 부디 정을 붙이고 살 거라. 그리고……."

숨을 들이켠 이산이 말을 이었다.

"너, 나, 그리고 아바가이가 조선인이라는 것을 잊지 말거라."

그 말을 옆에 서 있던 최경훈은 들었다.

한윤이 커다랗게 고개를 끄덕이는 것을 보면 크게 위안이 된 모양이다.

명 황제 만력제 신종(神宗)은 30년째 제위에 올라있었는데, 정사에 무관심했다.

환관에게 정사를 맡기고는 대신들의 접견을 회피했고 관리의 임명까지 거부했다.

이러니 환관이 대신을 임명하는 기현상이 일어났다.

환관은 모든 곳에 감시역을 두고 국정을 농단했는데 그것에 염증을 느낀 대신, 장군들이 직을 내놓고 낙향하는 사태가 일어났다.

이러니 도적 떼가 군사를 모아 이곳저곳에서 왕(王)을 칭하는 것이 흔한 일이 되었다.

대보성의 청 안.

만추성에서 돌아온 이산이 회의를 한다.

청 안에는 1백 명이 넘는 원로, 중신, 장군들이 둘러앉아 있다.

영지에서 온 족장들도 모두 모였다.

그때 이산이 말했다.

"이제는 대륙으로 나가야 할 때다."

이산이 말을 이었다.

"영지를 관리해온 부족장들부터 의견을 말해보도록."

이산의 시선이 부족장들에게 옮겨졌다.

"때가 되었습니다."

도모란 부족장 부라트가 말했다.

부라트는 만리장성 지역까지 포함된 서북쪽 영지 6곳을 관리하고 있다.

부라트가 말을 이었다.

"산해관을 넘어갈 수 있습니다."

대륙에 진입하려면 산해관을 지나야 한다. 산해관이 대륙의 관문이다.

이산이 물었다.

"산해관의 명군 수비장이 곽기중인가?"

"예, 곽기중이 반년 후에는 갈립니다."

부라트가 찌푸린 얼굴로 이산을 보았다.

"대장군 곽기중은 환관에게 금 1만 냥을 주고 산해관에 왔습니다. 그런데 1

년이 지나도록 1만 냥을 뜯어내지 못하자 세금을 두 배로 걷는다고 합니다.”

“…….”

“반년 후에 새 산해관 수비대장이 올 텐데, 그전에 들어간 돈을 찾아야 하거든요.”

“곽기중이 급하게 되었군.”

“산해관 주민들이 곧 민란을 일으킬 것 같습니다.”

이산의 시선을 받은 부라트가 얼굴을 펴고 웃었다.

“물론 제가 부하들을 시켜 민란을 선동할 것입니다. 이미 바짝 마른 나무니까 불씨만 던지면 됩니다.”

“산해관이 폭도들에게 점령당하면 대륙의 문이 열린 셈이지.”

“예, 대장군.”

“그럼 우리가 대보성을 떠날 때도 되었다. 그렇지 않은가?”

이산의 시선이 대신들의 얼굴을 훑고 지나갔다.

앞줄에 앉은 스즈키, 신지, 요중, 최경훈 등 10여 명의 대신들은 이미 알고 있는 사실이다.

이번에 만추성에서 누르하치와 합의를 한 것이다.

지금까지 누르하치는 동쪽에서 인삼만 재배하고 있다는 말을 들을 정도로 기다리고 있었다.

실제로 누르하치는 광대한 인삼밭을 경작, 수백 대의 마차를 채울 만큼 인삼을 수확했다.

인삼은 같은 무게의 금과 바꿀 정도의 귀물이다.

누르하치가 재물만 밝힌다고 소문이 퍼졌지만, 그 재물을 무엇에 쓰겠는가?

군자금이다, 군자금을 재배하고 모았다는 말이다.

그때 이산이 말했다.

"누르하치 전하께서도 곧 출진하신다."

이산군(軍)의 사령관은 두 명이다.

사령관은 5만인장급이다.

1만인장 장수를 다섯 명 거느리는 사령관은 신지와 최경훈이다.

신지는 이산의 일본 영지에서 따라온 가신이며 최경훈은 본래 이산과 함께 광해를 모시던 종3품 순찰사 출신이었다.

이제 둘 다 50대 후반이 되었고 여진 땅에 익숙해졌다.

가족까지 모두 이주시킨 터라 옛 고향인 일본과 조선은 여름날의 대낮에 꾸는 꿈처럼 느껴지고 있다.

출전을 앞둔 저녁 무렵.

대보성의 신지의 저택으로 최경훈이 찾아왔다.

시종 둘만 데리고 온 것이다.

"아니, 웬일이시오?"

놀란 신지가 조선말로 물었다.

"드릴 말씀이 있어서."

최경훈이 쓴웃음을 짓고 말했다.

"우선 안으로 듭시다."

신지가 최경훈을 안내하면서 다시 묻는다.

"무슨 일이 있습니까?"

"앉아서 이야기합시다."

자리에 앉은 최경훈이 신지를 보았다.

하녀가 들어와 둘 앞에 찻잔을 내려놓고 돌아갔다.

그때 최경훈이 말했다.

"장군한테 과년한 여식이 있지요?"

"아, 있지요."

고개를 든 신지가 최경훈을 보았다.

최경훈이 갑자기 방문한 이유를 짐작한 것이다.

신지에게 19살 난 딸이 있다.

일본 영지에서 데려온 딸이 여진 땅에서 성장한 것이다.

최경훈이 헛기침을 했다.

"장군, 내 아들이 올해 스무 살이오. 못났지만 겨우 제 몫은 할 겁니다."

최경훈이 다시 헛기침을 했다.

"장군의 여식을 데려오면 고생을 시키지는 않을 것이오."

"아이구, 무슨 말씀을."

신지가 갑자기 두 손을 마룻바닥에 짚더니 고개를 숙였다.

"데려가 주신다면 기뻐서 펄펄 뛸 것입니다. 그 애 어미가 말씀이지요."

"장군께서 허락해 주시겠소?"

"제가 먼저 부탁드리고 싶었지만, 딸이 워낙 부족해서 말도 꺼내지 못했지요."

"이런."

최경훈이 얼굴을 펴고 웃었다.

"나는 장군이 약속한 혼처가 있다고 말씀하실 줄 알고 간이 졸아들어 있었소."

"경사가 났으니 잠깐만 기다리시지요."

신지가 일어섰기 때문에 최경훈이 물었다.

"어디 가시오?"

"술상을 차리라고 하겠습니다."

몸을 돌리면서 신지가 이를 드러내고 웃었다.

"그리고 미리 딸년이 장군께 인사를 드리도록 하지요. 장군이 물리지 못하시게 말입니다."

최경훈이 소리 내어 웃었다.

둘 다 과년한 자식들이 있었지만 이삼 년 동안 기회만 노리던 참이었다.

서로 체면 때문이었는데 최경훈이 먼저 손을 쓴 것이다.

"음, 잘되었다."

다음 날 오전.

최경훈과 신지의 보고를 들은 이산이 웃음 띤 얼굴로 말했다.

"여진 땅에서 조선, 일본인이 혈연으로 묶어지는구나."

"새 가문(家門)이 만들어지는 셈입니다."

최경훈이 정색하고 대답했다.

"이제 조선에 미련은 없습니다."

"저도 일본에 미련이 없습니다."

따라서 대답한 신지가 고개를 들었다.

이제 일본은 이에야스가 장악한 상태다.

도요토미 히데요리가 살아는 있지만 1,600년의 세키가하라 전투에서 히데요리 측의 이시다 미쓰나리가 패사(敗死)하면서 일본은 이에야스의 세상이 되어가고 있다.

그때 이산이 말했다.

"두 가문의 결혼식을 끝내고 출진하도록 하자."

이산의 군세(軍勢)는 정규병이 13만이다.

정규병에는 합류한 각 부족의 군사도 포함되었다.

그래서 1만인장 15명 중에 부족장이 6명이다.

그리고 산적이나 민란을 일으킨 무리를 투항시켜 15만 병력을 조성했다.

합계 28만이다.

그러나 지원군 15만은 팔기군(八旗軍)으로 편성되지 않았다.

이런 이산군(軍)의 사령관 둘이 혼인으로 인연을 맺은 것은 큰 경사다.

그래서 혼인은 이산의 주관으로 성대하게 치러졌다.

혼인이 끝난 사흘 후 오전.

이제는 '대족장'으로 불리는 이산이 출진했다.

팔기군(八旗軍)의 깃발을 휘날리며 출진하는 여진군의 위세가 요동을 뒤흔들고 있다.

"올 것이 왔군."

병마대원수 전충이 혼잣소리로 말했다.

이곳은 요동성 밖의 서북면군 진영.

진막 안에는 10여 명의 고위 지휘관이 둘러앉아 있다.

전충의 얼굴에 쓴웃음이 떠올라 있다.

그동안 전충의 신상이 변화무쌍했다.

징세관인 환관 조위의 패악질을 참지 못한 전충은 병을 칭하고 고향인 산둥(山東)으로 낙향했었다.

사직서만 황제에게 올리고 결재도 받지 않은 상태였다.

사직서를 받은 것이 환관 위충현이다.

위충현도 뇌가 있었기 때문에 난장판이 된 요동을 평정하기 위해서는 전충이 적임자라는 것을 알았다.

그래서 다시 황제의 특사를 전충에게 보내 병마대원수로 승진시켰다.

황제의 친서를 가져온 특사를 거부할 수는 없는 노릇이다.

전충이 그 친서가 환관들이 만든 가짜라는 것을 짐작했지만 거부할 수는 없다.

고개를 든 전충이 물었다.

"이산의 군세(軍勢)는 얼마나 되느냐?"

"20만 가깝게 됩니다."

남쪽 영성현에서 달려온 교위가 보고했다.

"기마군이 10여 만, 그 뒤를 보군이 따르는데 팔기군(八旗軍)이 모두 모였습니다."

전충이 쓴웃음을 지었다.

"하루에 50리(25킬로)쯤 행군하겠지. 그렇지 않으냐?"

"예, 대감."

고개를 든 전충이 왼쪽에 있는 장군을 보았다.

중랑장 방기준이다.

"중랑장, 먼저 그대가 나가야겠네."

"알겠습니다."

"기마군 3만을 이끌고 가서 놈들의 전진을 저지만 시키도록. 전면전을 할 필요는 없네."

"예, 대감."

"한 달만 끌면 내가 내려갈 테니까."

고개를 든 전충이 말을 이었다.

"태음령에서 여진군을 막는 것이 이로울 거야. 제3군을 데려가게."

전충이 이끄는 서북면군은 기마군 8만, 보군 17만의 대군(大軍)이다.

그러나 사방에서 민란이 일어난 상태여서 절반가량이 흩어져 있다.

회의를 마친 진막 안에는 전충과 부원수(副元帥) 오창극이 남았다.

전충이 남으라고 한 것이다.

전충이 오창극을 보았다.

어두운 표정이다.

"이보게, 부원수. 이산이 움직였으니 동쪽의 누르하치가 뒤를 따를 것 아닌가?"

"그렇습니다. 곧 대군이 서쪽으로 이동하겠지요."

오창극이 담담한 표정으로 대답했다.

오창극은 42세.

전충과 전장(戰場)을 함께 누빈 지 10여 년이어서 눈빛만 보아도 마음을 읽는 상태다.

다시 고향에서 불려오면서 전충이 요구조건을 하나 낸 것이 오창극을 부원수로 데려가겠다는 것이었다.

그것이 서북쪽 변경에서 흉노족과 대치하던 오창극이 동쪽 변경으로 온 사연이다.

그때 전충이 오창극을 보았다.

"내가 방기준을 선발대로 보낸 이유를 알겠는가?"

"예, 압니다. 그자는 아예 도망질만 칠 놈이니까요."

오창극이 외면한 채 말을 잇는다.

"제3군은 방기준이 이끌던 병력이라 이리저리 도망질하는 것에는 익숙할 것입니다."

"투항할 가능성이 있어."

쓴웃음을 지은 전충이 말을 이었다.

"그래서 내가 선발대로 보낸 것이네."

오창극이 고개를 끄덕였다.

"투항하기 전에 시간을 끌겠지요."

"태음령에서 막으라고 했으니 그곳에서 흥정을 하겠지."

"대감, 어떻게 하실 겁니까?"

"이보게, 부원수."

전충이 가라앉은 표정으로 오창극을 보았다.

"어떻게 하는 것이 낫겠는가?"

전충이 되묻자 오창극이 쓴웃음을 지었다.

"대감과 생각이 같습니다."

"그대 생각을 말해보게."

"이미 명(明)은 망했습니다. 대감도 그러시지 않았습니까?"

오창극이 말을 이었다.

"지난번에 그런 말씀을 하시기에 대비는 하고 있었습니다."

"어떻게 말인가?"

"대감을 따르기로 한 것입니다."

"……."

"어떤 결정을 하시건 따르지요."

그때 전충이 길게 숨을 뱉었다.

"난 지난달에 가족을 다른 곳으로 옮겨놓았어. 그대도 서두르게."

"그러지요."

쓴웃음을 지은 오창극이 전충을 보았다.

"방기준이 꾸물거리고 있는 사이에 옮겨놓겠습니다."

그때 누르하치도 대군을 움직여 서진(西進)을 시작했다.

총병력 24만.

기마군 12만에 보군 12만의 구성이다.

10년 가깝게 전력(戰力)을 모은 본진이다.

누르하치는 아바가이를 대동했는데 만추성을 떠나면서 공언(公言)했다.

"명(明)을 멸망시키기 전에는 이곳에 오지 않는다."

명(明)의 사신은 병부시랑 여광이다.

여광은 조선에 도착했지만, 이틀이 지나도록 광해를 만나지 못했다.

광해가 지방 순행을 갔다는 핑계를 대고 수원성에 머물고 있었기 때문이다.

여광은 52세.

10여 년 전 왜란 때도 사신 수행원으로 조선에 와본 적이 있었기 때문에 조선 조정에 대해서 잘 안다.

광해가 대북파의 지원을 받아서 즉위를 방해한 소북파를 제거한 것도 안다.

사흘째 되는 날 오전에야 여광이 광해와 경운궁에서 만나게 되었다.

관례에 따라서 상국(上國)의 사신인 여광을 상전으로 대우한 광해가 인사를 마치고 마주 앉았다.

그때 여광이 황제의 칙서를 광해에게 전달했다.

도승지가 받더니 세 번 절을 하고 나서 읽기 시작했다.

"동쪽 변방에서 오랑캐가 준동하여 대명(大明)과 조선의 안위에 해를 끼치고 있다. 그러니 조선왕은 군사 5만과 마차 2천 량, 양곡 10만 석을 거두어 대명군(大明軍)과 합류하도록 하라."

도승지 윤직의 목소리가 청을 울렸다.

"군사 5만은 기마군 2만, 보군 3만으로 하고 대장군이 이끌도록 하라. 그리

330

고……."

고개를 든 윤직의 눈이 흐려졌고 목소리가 떨렸다.

"기간은 석 달 후까지 출동시키도록 하라."

윤직이 칙서를 내렸을 때 청 안은 숨소리도 들리지 않았다.

광해도 여광을 응시한 채 입을 열지 않는다.

군사 5만은 조선군 전체 병력의 3할이다.

총 병력이 15만 정도인 것이다.

그것도 노약자, 각 지방에 흩어진 수비군까지 포함한 병력이다.

그리고 기마군 2만은 전체 병력의 절반가량이나 된다.

그때 여광이 입을 열었다.

"폐하께선 왜란 때 대명군(大明軍)이 조선에 파병한 우의(友誼)를 잊지 않으시기를 바란다고 하셨습니다."

"잊지 않고 있소."

광해가 고개를 끄덕였다.

"하지만 5만 대군은 과중합니다. 요즘 조선에 역병이 창궐해서 그만한 군사도 없는 실정이오. 조정을 해야겠소."

"은혜를 저버리지 마시길 바랍니다."

여광의 목소리가 굵어졌다.

"대명(大明)은 왜란 때 조선을 도우려고 3천만 냥의 전비를 소모했습니다. 그 때문에 국고가 탕진되어 10여 년간 고초를 겪었습니다. 이때 조선이 배은망덕하지 마시기를 바랍니다."

"잘 알겠소. 최선을 다하지요."

광해가 정색하고 여광을 보았다.

"기다려주시오."

이렇게 첫 면담이 끝났다.

경운궁의 깊숙한 청 안에서 광해와 정인홍, 윤직, 그리고 평안감사 박엽까지 넷이 둘러앉아 있다.

박엽은 이때 46세.

빼어난 무장으로 광해의 신임을 받아 군사를 양성하고 변방의 방비에 집중하던 중이다.

광해의 시선이 정인홍에게 머물렀다.

"대감, 조정의 의견은 어떻소?"

"명(明)의 은혜에 보은해야 한다는 의견이 많습니다."

정인홍의 얼굴에 쓴웃음이 떠올랐다.

"특히 유생이나 학자들의 의견은 대부분 파병을 해야 한다는 것입니다."

광해가 고개를 돌려 박엽을 보았다.

"관찰사는?"

"외람되오나."

광해가 어깨를 부풀렸다.

"그렇다면 유생이나 학자들에게 모두 칼을 들려 지원군으로 보내는 것이 나을 것 같습니다."

광해가 쓴웃음을 지었고 윤직이 고개를 숙였다.

웃음을 보이지 않으려는 것이다.

그러나 박엽은 물러나지 않았다.

"입만 가진 유생들이 화근입니다. 책 대신 손에 칼을 들게 해서 요동으로 보내시지요. 자원하지 않는다면 거짓말을 한 셈이 될 것입니다."

"그럴 수야 있소?"

"어차피 조선군은 방패막이로 쓸 테니 그냥 보내셔도 됩니다. 요동으로 보내 청소를 해야 합니다."

"이보시오, 관찰사."

마침내 정인홍이 나섰다.

"주상 앞이오. 말씀 삼가시오."

"저는 말을 굽혀서 못합니다."

그때 광해가 고개를 들었다.

"장수(將帥) 중에서 적임자가 있겠소?"

세 쌍의 시선을 받은 광해가 말을 이었다.

"우리 의중을 잘 알고, 쓸데없는 명분에 휩쓸리지 않는 인물, 그리고 장수의 재질을 갖춘 인물 말이오."

그때 정인홍이 고개를 들었다.

"강홍립이 적임입니다."

광해가 정인홍을 보더니 천천히 고개를 끄덕였다.

그때 정인홍이 말을 이었다.

"강홍립은 명(明)에 사신으로 다녀온 적도 있는 데다 사대(事大)하지 않는 품성이지요."

광해가 고개를 끄덕였다.

강홍립은 문과에 합격한 문신이나 강직한 성품이고 병법에도 밝았다.

왜란 때도 여러 번 전공을 세웠다.

"적임자 같소"

"나이가 50대 중반이나 그만한 적임자가 없는 것 같습니다."

광해가 윤직에게 지시했다.

"강홍립을 부르게."

강홍립은 이때 57세.

한성부 우윤 직함을 받고 있었는데 광해의 신임을 받았다.

술시(오후 8시) 무렵.

대궐로 불려온 강홍립이 광해와 독대하고 있다.

경운궁의 밀실 안.

방에 켜놓은 촛불에 강홍립의 긴장한 얼굴이 드러났다.

방에는 승지도 들이지 않았기 때문에 둘뿐이다.

그때 광해가 입을 열었다.

"우윤, 그대가 명(明)에 지원군으로 가주셔야겠소."

강홍립이 잠자코 시선만 주었고 광해가 말을 이었다.

"사신이 조선군 5만을 요구하지만, 턱도 없는 주장이고 그렇다고 안 보낼 수도 없을 것 같소."

"사대(事大)하는 유생들에게 칼을 쥐어 보내야 합니다."

강홍립이 시선을 내린 채 말했다.

넓은 어깨를 움츠린 강홍립이 말을 이었다.

"언제부터 이렇게 종노릇이 머릿속에 배어 있는지 모르겠습니다."

"내가 고치려고 하지만 힘이 드는구려."

"전하께서 가라고 하시면 갑니다."

그때 광해가 고개를 들었다.

"이산이 있으니 조선군은 피해를 입지 않을 것이오."

광해가 말을 이었다.

"내가 이산에게 사람을 보내 말을 해놓겠소."

"예, 전하. 전세를 따라 이산군(軍)에 투항하지요."

강홍립이 선선히 머리를 끄덕였다.

"명(明) 측에는 싸우다 사로잡힌 것으로 위장하겠습니다."

광해가 고개를 끄덕였다.

군주와 신하가 뜻이 맞는 것이다.

누르하치는 서진하면서 후금(後金) 왕조를 개국했다.

요동의 절반을 영토로 삼고 체제를 갖추었는데 과감히 명(明)의 관리들을 등용했다.

명(明)이 환관에 의해 정사가 문란해지고 관리가 부패한 데다 군(軍)도 무너지는 중이지만 '제도'는 채택한 것이다.

이때 명은 요동뿐만 아니라 대륙에서도 민란이 일어나는 중이었다.

거대한 산의 밑동이 무너지는 중이다.

그러나 하루아침에 무너지지는 않는다.

원체 큰 산이어서 잘못하면 한쪽에 깔릴 수가 있다.

그래서 조금 떨어져서 기다리는 지혜가 필요하다.

"태음령에 명(明)의 기마군 3만이 집결했습니다."

전령의 보고를 받은 이산이 고개를 돌려 신지를 보았다.

"본대는 아직 움직이지 않나?"

"예, 전충은 출진하지 않았습니다."

"3만으로 우리 선두를 휘젓겠다는 건가?"

"아닌 것 같습니다."

1천인장 주극이 나서서 말했다.

"명군(明軍)을 이끈 장수는 방기준으로 선봉대를 맡을 만한 인물이 아닙니다."

1천인장 주극은 명에서 투항한 장수다.

주극이 말을 이었다.

"방기준은 전쟁을 치른 적도 없는 인간으로 환관에게 뇌물을 써서 중랑장에 올랐고 전충의 감시역으로 배치되었습니다. 그래서 전충이 분수에 맞지 않는 대군을 줘서 전선에 내보낸 것 같습니다."

"그런 속사정이 있단 말인가?"

이산의 얼굴에 웃음이 떠올랐다.

"환관의 입김이 닿지 않은 곳이 없구나."

"저에게 3천 군사만 주시면 태음령의 명군(明軍)을 산산조각으로 만들겠습니다."

주극이 말하자 이산이 고개를 저었다.

"급할 것 없다. 저놈들이 공격해오지 않는 한 우리도 놔둔다."

그때 군사(軍師) 요중이 말했다.

"태음령을 우회해서 서진해도 됩니다."

대륙이 넓다는 말이다.

이제 동쪽에는 후금(後金)이 건립된 상황이다.

누르하치는 후금 황제가 되었고 이산은 대원수(大元帥) 호칭을 받았다.

군(軍)의 총사령관 직위다.

이산이 고개를 끄덕였다.

"우리가 우회해서 가면 태음령의 명군(明軍)이 당황하겠구나."

징세관 조위는 서북면병마절도사 전충과 함께 요동에 진입했지만 별개로 움직였다.

전충의 휘하 막료가 아닌 것이다.

조위가 요동성의 별관에 들어섰을 때는 신시(오후 4시) 무렵이다.

요동성은 요동관찰사가 상주하는 요동 지역의 주성(主城)이다.

조위는 전충과 떨어져 관찰사 서황준이 거주하는 요동성에서 징세 업무를 하고 있다.

"대감, 구지현에서 세금이 7만 냥밖에 걷히지 않았습니다."

판관 공벽이 말하자 조위가 고개를 들었다.

"절반도 안 되는군."

"현령이 두 달 전에 성 보수비로 10만 냥을 걷었다고 합니다. 그래서 세금이 과하다는 여론이 높습니다."

"그렇다면."

눈을 치켜뜬 조위가 공벽을 보았다.

"현령을 잡아서 성 보수비 받은 것을 토해내도록 하지."

"대감."

눈썹을 모은 공벽이 조위를 보았다.

"현령 이양곤이 후궁 영비의 친척입니다. 10촌쯤 된다고 합니다."

"영비는 황제를 만난 지 5년도 넘어."

조위가 말을 이었다.

"설령 일이 생긴다고 해도 우리가 황제를 못 만나게 하면 돼."

"그럼 구지현령을 잡아 올까요?"

"잡아올 것 없어. 근처 감옥에 가두고 돈을 토해내도록 해."

"안 내놓으면 어떻게 합니까?"

"고문을 해. 죽으면 사고사로 처리하고."

"예, 대감."

어깨를 부풀린 공벽이 몸을 돌렸다.

북경성의 궁 안에는 후궁이 83명이나 있다.

선제(先帝)의 후궁까지 더한다면 200명도 넘는다.

딸린 궁녀 궁인이 2만여 명.

환관이 3백 명이다.

환관이 이들 모두까지 관리하는 것이다.

황제를 주무르고 있는 상황에 후궁의 친척 따위에 신경 쓸 필요는 없다.

북경성 내성의 밀실 안.

위충현이 태감 하선, 용반과 셋이 둘러앉아 있다.

위충현이 입을 열었다.

"누르하치가 후금(後金)을 세우자마자 주민들이 대거 후금 영지로 이동한다는 소문이야. 이러다가 요동을 뺏기겠다."

그때 하선이 대답했다.

"조선에서 원병이 곧 올 것 같습니다. 요동의 서북면군과 이곳에서 출정할 진압군이 연합해서 조선군과 함께 누르하치를 격멸하겠습니다."

"함께 간 징세관은 얼마나 걷었나?"

"2백만 냥 정도입니다."

"이번 목표는 350만 냥 아니냐?"

"지방관들이 미리 세금을 걷었기 때문에 그렇습니다."

"도둑놈들. 다 썩었다."

위충현이 번들거리는 눈으로 두 태감을 보았다.

셋 다 환관이어서 수염은 없고 얼굴 피부는 반질거린다.

위충현이 말을 이었다.

"잘 들어. 너희들 둘이 내 양팔이나 같으니까 하는 말이다."

"예, 대감."

둘이 동시에 대답했고 위충현의 목소리가 굵어졌다.

"요동 민심이 극도로 나빠졌다는 보고를 받았다. 이미 요동 전역이 민란 수준인 데다 누르하치가 후금(後金)을 세우는 바람에 민심이 그쪽으로 몰리는 중이야."

"……."

"거기에다 내가 보낸 징세관이 세금을 걷는 것이 불난 집에 기름을 붓는 꼴이 되었어."

고개를 든 위충현이 얼굴을 일그러뜨리고 웃었다.

"하지만 대명(大明)은 하루아침에 넘어가지 않는다. 우리가 궁(宮)을 장악하고 있는 한 권력도 다른 데로 넘어가지 않아."

위충현이 의자에 등을 붙였다.

"태평성대에서는 우리가 이렇게 권세를 쥐지 못한다는 사실을 기억해라."

"……."

"우리 자신을 알아야 돼. 그래야 오래 견딘다."

"……."

"어설픈 선인(善人) 행세를 하다가 제 발등을 찍게 된다는 것을 명심해라."

"……."

"화무십일홍, 권불십년이란 말이 있지만, 그 10년이 얼마나 긴 세월이냐? 우리 인간에게 말이다. 그러니 오늘이 바로 그 10년의 첫날이라는 자세로 신중해라."

위충현은 악인(惡人)이다.

대놓고 악인을 자처했고 군림했다.

그것이 수하들을 심복하게 만든 동기다.

태음령에 진을 친 방기준은 본진에 머물지 않고 위사대와 함께 항상 이동했다. 순찰한다면서 수시로 싸돌아다녔는데 위사대 5백이 항상 호위했다.

애당초 이산군(軍)과 부딪칠 생각이 없었기 때문에 전충의 주력군이 올 때까지 기다릴 작정이었다.

"이산군(軍)도 요양성 근처에서 움직이지 않습니다."

정찰대장이 보고했을 때는 방기준이 태음령 서쪽 골짜기에서 숙영하고 있을 때다.

정찰대장이 말을 이었다.

"이틀째 주둔하고 있는데 말을 풀어놓아서 초원이 말 떼로 덮여 있습니다."

요양성은 이곳에서 9백여 리(450킬로) 떨어진 초원지대다.

이곳까지 오려면 기마군으로도 열흘은 걸리는 거리다.

고개를 끄덕인 방기준이 정찰대장을 보았다.

"수고했다. 내일은 본대로 돌아간다."

해시(오후 10시)가 되었을 때 진막 안에서 술을 마시던 방기준이 문이 젖혀지는 기척에 고개를 들었다.

외풍이 들어와 기름등 불꽃이 흔들렸다.

"누구냐?"

낯이 익은 위사가 아니었기 때문에 방기준이 술잔을 든 채 물었다.

그때 두 걸음을 더 다가온 위사가 허리에 찬 장검을 후려치듯 뽑았다.

"턱!"

목이 잘리는 소리가 그렇게 났다.

목뼈까지 잘랐기 때문일 것이다.

"그것, 참."

1천인장 주극이 앞에 놓인 방기준의 머리통을 보면서 쓴웃음을 지었다.

자시(밤 12시) 무렵.

이곳은 방기준의 진막에서 10리(5킬로)쯤 떨어진 낮은 산등성이 위다.

아래쪽에는 1백 필 정도의 말이 매여있지만 주위는 조용하다.

모두 잠이 든 것이다.

고개를 든 주극이 머리통 뒤에 선 1백인장 장견을 보았다.

"정찰을 보냈더니 적장의 목을 들고 오다니. 네가 곧 1천인장이 되어야겠다."

"내가 1천인장이 되려고 이런 게 아니올시다."

장견이 멋쩍은 표정으로 방기준의 머리통을 보았다.

"이놈이 위사대 5백 기 정도를 데리고 사흘 동안 이쪽저쪽을 쏘다니는 것을 따라다니다가 기회를 잡았지요."

장견이 말을 이었다.

"대장의 막사를 골짜기 맨 위에 치지 않겠습니까? 경비병 둘만 뒤쪽에 세워놓고 말입니다."

"저런."

"그래서 제가 셋만 데리고 골짜기 뒤쪽 산을 넘어가서 경비 둘을 베어 죽이고 진막 안으로 들어갔지요."

"그랬더니?"

"이놈은 술잔을 들고 있다가 목이 잘렸습니다. 단칼에 잘랐지요."

"장하다."

"운이 좋았지요."

"네 칼질로 요동의 정세가, 아니 명(明)의 운명이 결정될지도 모르겠다."

주극이 방기준의 머리통을 보면서 길게 숨을 뱉었다.

다음 날 아침.

본진에 있던 부장(副將) 요성준이 머리 없는 방기준의 시신을 앞에 놓고 소리쳤다.

"도대체 몇 놈이 기습해왔단 말인가?"

위사장은 대답하지 못했고 요성준이 고개를 들었다.

"장군하고 위사 둘만 죽였단 말인가?"

"그렇습니다."

"야단났다."

정신을 수습한 요성준이 숨을 골랐다.

"절도사께 전령을 보낼 테니 그대도 따라가 보고를 하도록."

위사장 추연이 고개를 끄덕였다.

"가지요."

미시(오후 2시)가 되었을 때 진막으로 도사 임차무가 뛰어 들어왔다.

"장군! 야단났소!"

요성준이 고개만 들었고 임차무가 소리쳐 말을 이었다.

"군사들이 흩어졌소!"

"흩어졌다니?"

"도망쳤단 말씀이오!"

"무슨 말이야?"

"위사대가 장군의 목이 잘렸다는 말을 퍼뜨렸소. 그랬더니 부대별로 흩어지기 시작한 것이오!"

"……"

"현재 치중대 일부만 남았고 기마군 3만여 명은 모두 흩어졌습니다!"

342

"……."

"위사대 3백여 명만 남았습니다. 큰일이오!"

그때 요성준이 자리에서 일어섰다.

입을 꾹 다문 요성준이 진막 밖으로 나왔을 때 앞쪽으로 말을 달려가는 기마군이 보였다.

10여 기인데 서쪽을 향해 달려가고 있다.

앞쪽 벌판은 어느새 비었다.

서쪽으로 달려가는 기마군도 도망치는 기마군이다.

햇살이 초원 위를 환하게 비추고 있다.

"보르츠, 잘 보아라."

이산이 앞쪽의 황무지를 가리키며 말했다.

다음 날 아침.

사시(오전 10시)쯤 되었다.

태음령 앞쪽 황무지에서 서너 필의 말이 풀을 뜯고 있었는데, 한가한 풍경이다.

그러나 앞쪽 태음령에 진을 쳤던 명(明)의 선봉군 1만 3천은 흔적도 없이 사라졌다.

이산이 말을 이었다.

"저것이 중심을 잃은 부대의 말로(末路)다."

보르츠가 고개를 돌려 이산을 보았다.

"중심이 무엇입니까?"

"목적이다. 장수는 물론이고 병사까지 목적을 품고 전장에 나서야 한다."

이산이 눈으로 빈 황무지를 가리켰다.

"명군(明軍)은 대장부터 목적 없이 전장에 나왔다. 그래서 일순간에 무너졌다."

"목적은 어떻게 갖춥니까?"

"대의(大義)가 있어야 한다. 그것을 군사까지 공감한다면 천하무적이다."

"여진군의 대의는 무엇입니까?"

"네가 말해보아라."

이산이 말하자 보르츠가 어깨를 치켰다가 내렸다.

"명(明)의 학정에서 백성을 해방시키는 것입니다."

이산이 고개를 끄덕였다.

둘은 나란히 말을 타고 서서 황무지를 내려다보았다.

이산이 말을 이었다.

"기억해 두어라. 민심을 잃으면 하룻밤 사이에 망한다. 민심을 얻으려면 대의를 갖춰야 한다."

이산이 이제는 보르츠를 가르치고 있다.

누르하치는 봉천에 도읍을 정한 후에 다시 때가 무르익기를 기다렸다.

서둘러 만리장성을 넘지 않은 것이다.

누르하치가 직접 운용할 수 있는 병력이 25만.

그중에서 여진군은 5만 남짓이다.

나머지는 한족까지 포함한 다른 부족이다.

그리고 남서쪽의 대원수(大元帥) 이산이 거느린 병력이 28만이다.

물론 이산의 병력 중에서도 여진군은 4만 정도다.

이때 여진 부족의 인구는 75만 정도였으니 수억 명의 한족으로 구성된 명(明) 제국을 상대하기에는 절대적으로 인구가 열세였다.

344

"팔기군(八旗軍) 체제가 후금(後金)의 기반입니다."

대신(大臣) 타이론이 말했을 때 누르하치가 고개를 끄덕였다.

누르하치의 궁성 안.

밀실에서 누르하치와 타이론, 그리고 한인 왕치준이 둘러앉아 있다.

타이론은 후금 제국의 문하시중을 맡았고 왕치준은 대학사(大學士)다.

명의 만력제 초기에 선정을 펼쳤던 장거정이 맡았던 직책이다.

누르하치가 한인을 고용해서 후금의 기반을 굳히려는 의도다.

그것은 수억의 한인에게도 포용 정권이라는 인상을 주게 될 것이다.

그때 왕치준이 고개를 들고 누르하치를 보았다.

"폐하, 당분간은 백성을 끌어안아야 합니다. 진군을 멈추시고 후금 영내의 백성에게 5년 동안 모든 세를 면제한다는 선포를 하소서. 그러면 순식간에 백성이 몰려올 것입니다."

누르하치가 시선만 주었을 때 타이론이 혀를 찼다.

"이보시오, 그러면 일 년쯤 후에는 국고가 말라서 병사를 먹일 식량도 구할 수 없을 것이오. 우리 국고 사정을 알기나 하시오?"

"압니다."

왕치준이 상반신을 세웠다.

이때 왕치준은 52세.

8년 전에 유주자사로 있다가 징세관을 죽이고 도주했다.

그냥 도주만 한 것이 아니다.

징세관이 거둔 세금 370만 냥을 수만 명의 백성에게 나눠준 후에 격문을 뿌리고 사라진 것이다.

누르하치는 왕치준이 요동에 은신하고 있다는 것을 듣고 직접 삼고초려를 해서 후금의 대학사로 모셔왔다.

그때 왕치준이 입을 열었다.

"일 년 후에 서진(西進)을 하시지요. 그때는 수천만 백성의 지원을 받은 후금 군은 질풍노도의 기세로 중원을 뒤덮을 것입니다."

누르하치가 숨을 들이켜고 나서 말했다.

"지금까지 수십 년을 기다렸는데 1년을 더 기다리지 못하겠는가?"

누르하치의 사신으로 온 1만인장 카라마탄은 이산의 휘하에서 조선 원정을 다녀온 경험이 있다.

그때 1천인장 이었다가 귀국한 후에 1만인장으로 승진했다.

카라마탄이 이산에게 말했다.

"대원수 전하, 1년 후올시다. 서진(西進)이 1년 후로 보류되었습니다."

이미 며칠 전에 후금(後金)이 영내 백성에게 5년 동안 세를 감면한다는 포고를 한 후다.

그래서 이산도 짐작은 하고 있었기 때문에 고개만 끄덕였다.

청 안에는 군사(軍師) 스즈키와 요중, 대장군 신지와 최경훈 등 고위직 10여 명만 모여 있었는데, 카라마탄이 요청했기 때문이다.

카라마탄이 말을 이었다.

"1년 후에는 전격전으로 서진하신다는 것입니다."

"어제도 서쪽에서 수천 명이 이주를 해왔어요. 이주민을 수습하려면 당분간 정신이 없을 겁니다."

신지가 말을 받았을 때 요중이 나섰다.

"인구가 몇 배 늘어날 터인데 이주민이 먹을 양식이 당장 부족해질 것입니다."

"치안이 불안해질 것 같아서 순찰을 배로 늘렸기는 합니다."

요중과 신지가 말을 주고받았지만 밝은 분위기다.

세를 5년간이나 감면해준다는 선포는 주민들에게 천국에서의 초대처럼 들렸을 것이다.

이산군(軍)의 본진은 태음령 서북쪽 80리(40킬로) 지점에 있는 개양성이다.

보창현의 주성(主城)이었는데, 현령이 도망쳤기 때문에 이산이 무혈입성했다.

평지에 세운 평성(平城)인 데다 수비형 성도 아니어서 성벽 높이는 10자(3미터)도 안 되었고 군데군데 허물어졌지만 넓다.

군사 10여 만이 진막을 치고도 남았다.

"과연 대륙이다."

성루에서 성의 안과 밖을 둘러보던 이산이 스즈키에게 말했다.

"가구당 농지를 배분해주고 있느냐?"

"예, 1인당 500평씩 나눠주고 있습니다."

사방이 황무지로 빈 땅이다.

개간하면 밭농사가 될 땅인데도 황무지로 놔둔 것은 소출의 8할까지를 세금으로 빼앗아가기 때문이다.

추수할 때를 기다렸다가 세금으로 빼앗거나 아예 관(官)에서 먼저 나와 곡식을 베어가는 바람에 농부는 농사를 안 짓고 만다.

그래서 세도가의 소작농이 되든지 종이 되는 것이 나은 것이다.

따라서 세금이 없는 이 땅에 농민들이 구름처럼 몰려오고 있다.

이산군(軍)이 할 일은 머릿수에 맞춰 황무지를 공평하게 나눠주는 것이다.

그때 이산이 스즈키를 보았다.

"농지를 받은 이주민이 땅을 갈아도 뿌릴 씨가 없을 거다. 장부에 기록하고 씨를 빌려주도록."

"예, 각하."

고개를 든 스즈키가 말을 이었다.

"모두 펄쩍 뛰면서 반길 것입니다."

농지에다 씨앗까지 주는 것이다.

보르츠는 어머니 차드나를 빼다 박은 얼굴이지만 이산을 닮아서 체구는 건장했다.

이번에 이산을 따라 나온 보르츠는 개양성에서 대민(對民) 작전을 맡았는데 최경훈의 수하 부장이 되었다.

사시(오전 10시) 무렵.

최경훈이 보르츠에게 지시했다.

"백인장, 동암리 지역에 배분된 농지에서 이웃끼리 싸움이 일어났다는 보고가 왔다. 그대가 가서 수습하도록."

"예, 장군."

선뜻 대답한 보르츠가 물었다.

"농민들끼리의 싸움입니까?"

"그렇다. 한인과 몽골족 간 싸움이라고 한다."

"알겠습니다."

보르츠는 몸을 돌렸다.

첫 출전이었지만 대원수(大元帥) 이산 전하의 아들인 것이다.

그래서 원로들의 건의에 따라 보르츠를 1백인장으로 임명하고 대장군 최경훈의 수하로 배치했다.

보르츠의 첫 직임인 셈이다.

마을 앞에서 보르츠는 먼저 와 있는 1천인장한테서 사연을 듣는다.

1천인장은 경비대 소속이다.

"한족과 몽골족 가족의 경작지가 뒤섞여 있는 바람에 일어난 일이오. 같은 부족끼리 모여 있기를 바라지만 경작지 정리가 어렵습니다."

여진족 1천인장이 말을 잇는다.

"서로 제 주장만 하기 때문이오. 양보를 하지 않습니다."

고개를 끄덕인 보르츠가 물었다.

"몇 가구가 문제를 일으키고 있습니까?"

"한족 75가구, 몽골족 48가구입니다."

1천인장이 부드러운 표정으로 보르츠를 보았다.

"공자님, 어떻게 하실 작정이십니까?"

"당신 이름이 뭐요?"

"가르단입니다. 저를 모르십니까?"

바짝 다가선 1천인장의 눈이 번들거렸다.

30대쯤의 1천인장은 짙은 턱수염을 길렀고 건장한 체격이다.

뒤쪽에 양쪽 기마군들이 모여서 있었기 때문에 보르츠가 목소리를 낮췄다.

"기억이 안 나는데, 우리가 전에 만났던가?"

"제가 대원수 전하 마님의 부족으로 경호원이었습니다."

"아, 그런가?"

"마님께 부탁해서 10년쯤 전에 전하의 위사대 10인장이 되었다가 지금은 청기군(靑旗軍)의 1천인장이 되었습니다."

"장하군. 그 말을 들으니까 내가 부끄러운데."

"뭐가 말씀입니까?"

"그대는 10년 동안 전공을 세워 1천인장으로 올랐는데 난 바로 1백인장

이야."

"공자님, 그런 말씀 하시면 안 됩니다."

"이걸 어떻게 처리해야 되지?"

"공자님, 농지를 주고 씨앗까지 주고 온갖 사정을 다 들어주었더니 이것들이 머리 위로 올라앉으려고 합니다."

가르단의 두 눈이 번들거렸다.

"장군들은 백성들이 소동을 부려도 달래라고만 합니다. 이왕 인심을 쓴 상황이라 잘못해서 잃을까 봐 두려운 것이지요."

"……."

"백성들은 순진하지가 않습니다. 온갖 세파를 다 겪어서 우리 머리 꼭대기에서 내려다봅니다. 그래서 이런 소동을 부리는 것입니다."

"그렇다면 어떻게 하는 것이 좋겠나?"

"몇 놈 목을 베면 순식간에 이 소동이 잠잠해질 것입니다."

"……."

"백성들한테는 강, 온 양면을 보여야 합니다. 그런데 장군들은 그 융통성을 발휘하지 않습니다. 공자께서 서릿발 같은 위엄을 보여주시지요."

"그대 말이 옳다."

보르츠가 고개를 끄덕였다.

"내가 서릿발 역할을 하지."

개양성의 안쪽 내성의 마루방에서 스즈키, 요중과 함께 앉아있던 이산이 최경훈을 맞는다.

유시(오후 6시) 무렵.

"대원수 전하."

다가온 최경훈이 앞쪽에 앉으면서 말을 잇는다.

"드릴 말씀이 있습니다."

말투가 이상했기 때문에 스즈키와 요중의 시선이 모였다.

"무슨 일인가?"

이산이 묻자 최경훈이 고개를 들었다.

"보르츠가 토지 문제로 갈등을 일으키는 한족과 몽골족 입주자 대표 세 명씩을 베어 죽였습니다."

놀란 이산이 시선만 주었고 최경훈이 말을 이었다.

"한족과 몽골족이 무리를 이뤄 배당된 토지를 교환하는 문제로 시비가 붙었는데 말려도 듣지를 않았습니다."

"……."

"토지를 부족 구분 없이 신청 순서대로 배분하다 보니 어쩔 수 없이 섞여 살게 되었는데 부족끼리 같이 모이자고 협상을 했던 모양입니다."

"……."

"그러다가 서로 시비가 붙었는데 무리를 모아 위세를 과시하다 보니 양측이 각각 수십 가구씩 대결하게 되었습니다."

"……."

"그때 조정하러 간 보르츠가 양측 대표 셋씩 모이라고 해놓고는 그 자리에서 참수해버렸습니다."

"……."

"그러고는 양측 부족원에게 소리쳐 말했다는 것입니다. 모두 후금(後金)의 백성인데 한족, 몽골족이 따로 산다는 것이 벌써 반역한다는 것이냐! 후금은 부족 차별하지 않는다! 앞으로 구분하는 놈들은 다 베어 죽이겠다! 그렇게 말했다는군요."

351

그때 이산이 요중과 스즈키, 나중에는 신지의 얼굴을 보았다.

그러고는 흐려진 눈으로 물었다.

"그놈 머리에서 나온 말이 아닌 것 같은데, 누가 시켰는가?"

"보르츠 옆에 토지 관리를 맡은 1천인장 가르단이 있었습니다."

최경훈이 말을 이었다.

"가르단한테서 사정을 들은 것 같습니다."

"가르단이면 공주의 위사였던 자야."

이산이 쓴웃음을 지었다.

"이산의 아들이 첫 출전에서 악명(惡名)을 떨치게 되었군."

"아닙니다."

요중이 한 걸음 앞으로 나섰다.

"공자께서 잘하셨습니다. 이것으로 부족 간의 갈등은 없어질 것입니다. 지금까지 너무 부드럽게 대해준 바람에 백성들이 오만해졌습니다. 백성들은 때로는 추상같은 법을 시행해야 따릅니다."

그때 스즈키가 말을 이었다.

"공자께서 기강을 잡으시고 대원수 전하께서는 포용하시지요. 공자께서 순서를 잘 잡으셨습니다."

그때 이산이 쓴웃음을 짓고 최경훈을 보았다.

"그대 생각은 어떤가?"

이산의 시선을 받은 최경훈의 얼굴에도 웃음이 떠올랐다.

"제 생각도 군사(軍師)들과 같습니다. 보르츠가 부족들을 달래려고 했다면 일은 더 커졌을 것입니다. 백성들은 선정도 원하지만 추상같은 법의 통치를 받아야 안심하고 따릅니다."

"하지만 그대가 꾸짖어주게. 그대에게 보고하지 않고 베었지 않은가?"

"예, 전하."

최경훈이 고개를 끄덕였다.

이번 출전에서 보르츠에게 군주의 자세를 가르쳐줘야 한다.

최경훈은 이산의 의도를 아는 것이다.

<끝>

삼국지 3권

초판1쇄 인쇄 | 2025년 4월 10일
초판1쇄 발행 | 2025년 4월 15일

지은이 | 이원호
펴낸이 | 박연
펴낸곳 | 한결미디어

등록 | 2006년 7월 24일(제313-2006-000152호)
주소 | 서울시 마포구 모래내로 83 한올빌딩 6층
전화 | 02-704-3331
팩스 | 02-704-3360
이메일 | okpk@hanmail.net

ISBN 979-11-979-11-5916-228-2(04810) 979-11-5916-225-1 (세트)

ⓒ한결미디어